A história de Malikah

Marina Carvalho

A história de Malikah

Marina Carvalho

GLOBO Alt

Editora responsável **Sarah Czapski Simoni**
Editora assistente **Veronica Armiliato Gonzalez**
Capa **Renata Zucchini**
Imagem da capa **Mark Fearon/ Arcangel**
Diagramação **Diego Lima**
Projeto gráfico original **Laboratório Secreto**
Preparação **Denise Schittine**
Revisão **Adriane Gozzo e Vanessa Sayuri Sawada**

Texto fixado conforme as regras do Acordo Ortográfico da Língua Portuguesa (Decreto Legislativo nº 54, de 1995).

CIP-BRASIL. CATALOGAÇÃO NA FONTE
SINDICATO NACIONAL DOS EDITORES DE LIVROS, RJ

Carvalho, Marina
C325h A história de Malikah : o amor nos tempos do ouro 2 / Marina Carvalho. - 1. ed. -São Paulo : Globo Alt, 2017.
336 p. ; 23 cm.

ISBN: 978-85-250-6336-6

1. Ficção infantojuvenil brasileira. I. Título.

17-42387 CDD: 028.5
CDU: 087.5

1ª edição, 2017

Direitos de edição em língua portuguesa para o Brasil
adquiridos por Editora Globo S. A.
Av. Nove de Julho, 5229 – 01407-907 – São Paulo-SP
www.globolivros.com.br

Nas entrelinhas do tempo
Continuaram contando
Os passarinhos da terra de cá
Os segredos longínquos
Que até nos fazem chorar
Como a história triste
Da moça revestida de noite
Que teve seus sonhos roubados
Mas não sua coragem
E do herói que tinha medo
Mas que encontrou nos braços
Dessa rara pérola negra
A salvação para a sua alma...
Desse amor, uma herança
Que o tempo deixou como esperança...

Mayra Carvalho
(Poema escrito exclusivamente para esta obra)

Nota da autora

Mais uma vez, depois da experiência com *O amor nos tempos do ouro*, romance histórico ambientado no Brasil Colônia em plena corrida pelo minério dourado, resolvi me aventurar no passado do nosso país. Agora minha heroína é uma africana, arrancada da África quando pequena e forçada a viver todos os horrores inerentes ao regime de escravidão.

Assim como no primeiro livro, para escrever esta história que se passa no ano de 1737, tive que recorrer a muitos meses de pesquisas. Percebi que meus conhecimentos sobre a história do Brasil — um pouco melhores do que quando me aventurei nessa área pela primeira vez — ainda eram insuficientes para compor este enredo, tão superficiais que em algumas ocasiões me peguei indignada comigo mesma.

Qual não foi minha surpresa ao entrar no mundo dos povos africanos trazidos ao Brasil! Quantas culturas, quantas crenças! A pluralidade é tamanha que chega a ser impossível usar apenas o adjetivo "africanos" para se referir aos costumes daqueles que trouxeram inúmeros pedaços da África para o Brasil. Cada parte daquele imenso continente é única.

Como minha ideia original era construir um enredo baseado em ficção, mas sustentado em fatos do passado de nosso país, precisei assimilar muita informação antes de me lançar nessa empreitada. E o processo de aprendizado tem sido maravilhoso. Percebi que a falta de interesse pela história do nascimento do Brasil se deve a um alarmante desconhecimento, porque, à medida que vamos desvendando o passado, ele se apresenta fantástico, arrebatador.

Graças a uma bibliografia diversa — dessa vez, o livro *O negro e o garimpo em Minas Gerais*, de Aires da Mata Machado Filho, foi o norte principal do processo de construção deste romance —, pude ir modelando meu texto, guiada pela beleza que é o aprendizado.

Nem por isso eu me isentarei de possíveis lapsos. Não sou historiadora, apenas uma apaixonada pela história. Qualquer incoerência com os fatos originais é de minha total responsabilidade.

Peço que sejam benevolentes com minhas licenças poéticas. Em algumas passagens, permiti-me acrescentar um pouco de fantasia à realidade.

Quanto à linguagem empregada, preciso esclarecer alguns pontos:

- Até 1759, quando os jesuítas foram expulsos do Brasil, a língua oficial falada por aqui era o *nheengatu*, ou língua geral, uma mescla do português com dialetos indígenas. Obviamente, não seria possível adotar essa linguagem nos diálogos presentes nesta história por ser muito diferente da que estamos habituados a usar hoje em dia.
- Optei pelo português parecido com o de Portugal para os personagens de origem lusitana e por uma linguagem mais variada para os escravos e homens da terra.
- A narração, feita em terceira pessoa, foi trabalhada num português formal, apesar de mais condizente com a atualidade.
- O uso de termos pejorativos para designar os africanos contrabandeados para o Brasil foi necessário a fim de garantir o realismo da história. Mas deixo claro que odiei cada vez que precisei escrevê-los, pois os considero preconceituosos e cruéis, a essência do racismo, infelizmente presente até hoje neste país. *Jamais* o faria em qualquer outra situação. A todos que sofreram e ainda penam com o preconceito, meu sincero respeito.

Malikah é, até agora, a protagonista mais visceral com quem tive a honra de conviver ao longo de quase sete meses. Ela representa, do meu ponto de vista, a luta dos excluídos, de ontem e do presente, pela igualdade de tratamento, pelo respeito, pela tolerância. Já Henrique, bem, acredito que está longe de ser o estereótipo dos mocinhos dos romances de época. Mas deixarei a análise para vocês, leitores.

Escrever esta história foi novamente uma experiência reveladora para mim. Sei que ainda tenho muito a aprender, por isso me atreverei a seguir nosso passado por muitos e muitos anos ainda.

Boa viagem aos tempos do ouro!

Marina Carvalho

Epígrafe

Negra

DE GLEICE HENRIQUE
(Texto gentilmente cedido para uso exclusivo como epígrafe desta obra)

Da janela do meu quarto contemplava minha amada. Morena do corpo delgado, destacava-se entre as senzalas. Sabíamos que era proibido, mas nossa paixão era avassaladora. Eu era o canavial, e ela, o fogo que em mim ardia. Ela era o meu veneno, seu gingado e seu balanço eu acompanhava. Traçamos planos, íamos fugir, porém uma desgraça logo de noite veio a surgir.

Relatarei neste momento o amargor do meu coração.

Estávamos eu e minha morena na calada da noite, com a lua de testemunha. Tínhamos consumado o nosso amor, e jurei lutar por nossa liberdade e pela de seus irmãos. Tramamos nossa fuga para o anoitecer do dia vindouro. Mais beijos e juras, sorrisos e carícias, porém um estalo agudo ecoou no estábulo. Alarmada e assustada, a senzala despertou-se. Triste foi o que aconteceu logo em seguida, a Casa-Grande apareceu e fomos descobertos. O capataz que espreitava havia dias queria possuir de qualquer maneira aquela "negrinha". Quando descobriu onde ela estava, possesso e risonho, gritou-nos, fazendo com que todos se alarmassem com seu imenso escárnio.

O capataz aproveitou-se daquele momento. Pelos cabelos arrastou a bela negra e bem ali, para o centro e aos berros, contou a todos o que estávamos fazendo.

A lua escureceu, o galo não cantou, e às doze badaladas do dia o tronco se hasteou.

A sentença foi dada, meu pai, o senhor daquela casa, disse bem assim: "Que fosse morta a chibatadas!". Tentei, porém foi em vão, para ele nenhum dinheiro pagava a possível humilhação. Corri até ela, que mesmo atada àquele tronco ferrenho, ainda era a mais bela. Jurei vingar-te a morte, jurei amor eterno, jurei por minha vida, ser para sempre teu servo. O capataz ria-se todo, mandou tirar-me da frente, mas assim que ergueu seu braço eu abracei-a veementemente, e nas costas o meu amor foi marcado para sempre.

Amei-a com toda alma
Amarei-a eternamente
Peço a ti, meu Deus, afaste dela
Toda a dor causada por esta gente.

Arrastaram-me de lá, eu gritava apenas por ela. Ouvi seus gemidos agudos, jurei vigar-me por ela. Senzala me apoiava, dizendo em coro assim: "Bendito seja branco guerreiro, aquele que apanhou por amor, aquele que sofreu grande dor, aquele que um dia será intercessor em nosso favor".

Prólogo

Em algum ponto do oceano Atlântico, março de 1720.

Era só uma menininha. Agarrada às pernas da mãe, mantinha os olhos apertados, esperançosa de que, se não encarasse a brutalidade a sua volta, ela deixaria de ser real. Mas não podia evitar ouvir: gritos, gemidos, estalos — a trilha sonora daquela terrível viagem.

A pequena não compreendia a situação. O que teriam feito de mau para aqueles homens feios, que invadiram sua tribo e arrancaram seus familiares e amigos de lá, tratando-os como se fossem um bando de animais?

Com pesar, ela se lembrava de cada momento entre o ataque a sua terra e a chegada ao navio. Depois de rendidos, foram obrigados a andar por quilômetros, dias seguidos, vigiados de perto por homens armados. E o sofrimento foi muito grande: forçados a caminhar em fila, atados uns aos outros pelo libambo[1], com os pés sangrando, não receberam alimentação suficiente e, ainda por cima, tiveram que carregar pesos ao longo de todo o caminho, inclusive as crianças.

O que a menina não sabia era que a estratégia dos capturadores era aumentar o cansaço dos prisioneiros e diminuir as chances de rebelião e de fuga. Muitos acabaram morrendo na travessia, como o pai, os irmãos e os avós da menininha, que chorou em silêncio e secou suas lágrimas na barra do vestido da mãe.

— *Mama, ohun ni ti ko to?* — perguntou ela certa vez, em sua língua nativa, o iorubá, ansiosa por ter respostas sobre o que se passava. Mas sua curiosidade foi tolhida pelo golpe de uma chibata em suas costas de criança.

Depois desse dia, a pequena entendeu que não deveria falar. Tinha o direito apenas de seguir o fluxo e obedecer aos "homens maus".

E ela continuou assistindo aos horrores infligidos por aqueles monstros, a quem secretamente passou a chamar de *Bìlísì*, ou diabo. E esses, por sua vez, também tinham um jeito todo "especial" de tratar os prisioneiros: escravos, os *erú* no dialeto dos africanos daquela região.

Ainda antes de embarcarem rumo à tal terra denominada Brasil, foram mantidos em barracões pelos comerciantes — tanto habitantes locais quanto europeus —, onde esperaram dias até serem negociados. A pequena menina acompanhou, em choque, a averiguação da qualidade das "mercadorias", atestada depois de uma análise criteriosa dos dentes, do couro cabeludo e da compleição física.

Sua mãe, uma mulher jovem e de rara beleza, foi bastante disputada durante as negociações. Por sorte, ao ser adquirida por um enviado da colônia portuguesa na América, permitiram que mantivesse a filha ao seu lado, uma exceção concedida à custa dos planos projetados para o futuro da menininha — estava claro, por sua aparência, que ela se tornaria uma escrava de inestimado valor para seu dono, principalmente dentro da casa-grande.

Mãe e filha se apegaram a essa regalia do destino e permaneceram unidas durante todo o trajeto pelo Atlântico, temendo serem separadas de vez caso se afastassem por qualquer motivo.

Mas quem, por vontade própria, se arriscaria a perambular sozinho pelo tumbeiro, um navio tão sombrio e fétido que mais parecia a morada da morte?

Os escravos, confinados na parte mais insalubre da embarcação, passaram por situações das mais terríveis. Sem saber onde exatamente estavam, apertavam-se num espaço tão reduzido que não podiam ficar em pé ou deitar. A alimentação, além de parca, possuía baixo grau de nutrientes (basicamente feijão, farinha de mandioca e carne-seca). Os africanos capturados mal recebiam água para beber. E, enquanto isso, pelas frestas da embarcação feita de madeira, a água do mar ia aos poucos invadindo o chão do porão.

Durante os quase dois meses de travessia, a menininha desejou pular no oceano e acabar com aquele sofrimento. Afinal, famintos, fracos e doentes, os escravos não tinham mais nada em que acreditar. Seu desespero era tamanho, que alguns dos cativos aceitavam vigiar e punir seus companheiros de sofrimento em troca de um pouco mais de água. Essa realidade era a mais insuportável para a pequena iorubá. Ela não assimilava a traição, ainda que o motivo da deslealdade fosse a desesperança em seu mais alto nível.

Há quem tentou se rebelar e acabou envenenado. Os mortos eram atirados ao mar.

Diante de tanta infelicidade, a menininha também foi testemunha de gestos solidários. Pessoas que nunca haviam se visto antes, que nem sequer falavam a mesma língua, acabavam se ajudando. Repartiam a pouca comida. Consolavam-se. E assim formavam uma amizade de travessia, tornando-se malungos.

No entanto, para a tristeza geral, muitos desses laços acabavam rompidos ao final da viagem, uma vez que os africanos, separados em grupos, seguiam para destinos distintos no interior do Brasil, a maioria encaminhada às fazendas e minas de ouro de seus "proprietários".

Confusa, além de exausta e fraca, a menininha só desejava voltar para a sua terra e rever seus entes queridos. Mas, mesmo ainda sendo muito nova, entendia que estava fadada a viver para sempre naquele novo lugar, sem perspectivas, sem sonhos, sem futuro.

Pobre menininha...

1.

À beira do negro poço
Debruço-me, nada alcanço
Decerto perdi os olhos
Que tinha quando criança.

Carlos Drummond de Andrade, "Canto Negro"

Malikah acordou sobressaltada. Seu coração pulsava de encontro ao peito enquanto o olhar perscrutava o ambiente, embora não fosse capaz de enxergar coisa alguma. A senzala era puro breu.

Os olhos, negros como as penas da graúna, encheram-se de lágrimas, reflexo natural depois de meses de sobressaltos e medo.

Desde que chegaram da África e foram levadas àquela terra estranha, Malikah e sua mãe viviam separadas: a menina, em meio à maioria dos africanos, homens e mulheres comprados pelo patrão e alojados feito animais em cômodos frios e escuros, chamados de senzala; a mulher, Adana, dona de uma beleza rústica, mas incomum — exótica aos padrões europeus —, acabou dentro da casa-grande, servindo às vontades de seu senhor, muito embora ocupasse o cargo de dama de companhia da patroa, dona Inês de Andrade.

Devido a esse "arranjo", ainda muito cedo Malikah se viu sozinha, sem a proteção materna a defender-lhe dos perigos e, principalmente, da crueldade cometida pelos homens de pele branca com os negros. Ela não cansava de se perguntar e de questionar aos companheiros de cárcere o porquê de tamanha desumanidade. "O que nos difere, a não ser a cor?"

Para essa questão nenhum deles tinha respostas. Tudo o que sabiam era contado pelas cicatrizes marcadas continuamente em seus corpos e pelas palavras impregnadas de ódio lançadas sobre os africanos dia após dia.

Mais uma vez o estrondo. Malikah escorregou para os fundos da senzala, até que suas costas batessem na parede. Os outros escravos ficaram de pé, não menos assustados do que ela, apesar de parecerem mais contidos; eram adultos, afinal, não menininhas.

— Shhhh... — Uma mulher mais velha, que em muitas situações fazia as vezes de mãe de Malikah, sinalizou para que ela não fizesse barulho.

Os portões da senzala foram abertos com estardalhaço, como acontecia todas as manhãs, quando os feitores apareciam para encaminhar os escravos para a lida do dia. Porém ainda não havia amanhecido. Restavam-lhes algumas horas de descanso, essenciais àqueles que quase nunca usufruíam de sequer um pouco de sossego.

Os homens foram entrando, brandindo seus chicotes e ordenando que uma fila fosse feita o mais rápido possível. Sem resistência, os escravos obedeceram. Viviam aquela vida por tempo demais para saberem que, contra seus opressores, muito pouco poderia ser feito.

— Bando de vermes! Seus imundos! — gritava o feitor mais vigoroso, louco para fazer valer sua força e executar aquilo que lhe havia sido ordenado. Era um sádico que se comprazia da dor, infligida por ele ou não.

Depois de organizados — a senzala iluminada pelas tochas dos carrascos —, a noção do que estava prestes a acontecer recaiu sobre o grupo de escravos. Para os mais antigos, não seria a primeira vez.

Mas Malikah nem imaginava o tipo de provação pela qual passaria, uma das inúmeras que teria que enfrentar durante sua vida. Sua curta existência — não passava de uma criancinha com seus sete anos recém-completados — só lhe dera, até então, um vislumbre do mundo.

Quando os feitores começaram a puxar os escravos, tanto os homens quanto as mulheres, e, açoitando-os nas pernas, exigiram que se ajoelhassem, lágrimas silenciosas escorreram pelas bochechas da menina. Malikah ainda não tinha compreendido a situação; seu choro era um lamento prévio pela humilhação e violência que estavam para acontecer.

Indefesos, os escravos nada puderam contra as tesouras e navalhas. Afiadas, elas devastavam suas cabeças, levando ao chão, em poucos minutos, mechas escuras de seus cabelos, além de gotas de sangue, que emergiam dos cortes inevitáveis em seu couro cabeludo.

— Bando de piolhentos, fedidos, porcos!

— Pixaim asqueroso! Isso não é cabelo!

Enquanto ofensas dessa espécie e outras ainda piores saltavam da boca dos feitores, imprecações em dialetos africanos variados, além de pedidos às suas divindades de devoção, misturavam-se a gritos e gemidos evocados pelos negros.

Malikah pouco entendia da língua dos brancos, mas sentia o peso das palavras proferidas por eles e as odiava.

— *Mama, mama, mama*... — repetia ela baixinho, entre um soluço e outro.

— Quieta! — disse a mulher ao seu lado. — Vão escutar vosmecê.

Alerta tardio. Os feitores já tinham notado Malikah encolhida no fundo da senzala, chorando. Sua cabeleira desgrenhada deu um novo ânimo aos capangas do patrão.

— Hoje uma negrinha amanhecerá careca — zombou um.

— Há de parecer um moleque.

Os outros gargalharam.

Antes que pudesse pensar em correr, ela foi agarrada pelos braços e levada ao centro da senzala.

— *Ko, ko*[2]! — berrava, debatendo as pernas feito a cauda de um peixe que acabou de ser pescado.

— Arranquem esse pixaim infestado!

— *Ko*!!!

Para calar os berros de Malikah, atingiram as faces molhadas da menina com as mãos e os punhos. Mas o que mais doía nela nem eram os golpes. Ter seu cabelo extirpado, algo do qual ela se orgulhava, feriu mais que qualquer outro castigo.

Cada mecha que caía ao chão representava o fim de sua dignidade. Malikah acompanhou a queda, uma a uma, com o peito pulsando, o coração machucado. Quando encontrasse com a mãe, na certa ela a olharia com tristeza. Não lhe restara nada. Nada em que pudesse se agarrar, nem mesmo um único fio de esperança.

Quinta Dona Regina, 1737.

Malikah levou as duas mãos ao peito assim que se situou no presente. Sentada na cama em seu quarto mal iluminado por um pequeno lampião, ela respirou fundo, várias vezes, para acalmar as batidas do seu coração.

Aos poucos a sensação de alívio alterou seus sentidos. Não era mais aquela menininha do pesadelo, a mesma que passou por tanta provação na vida desde pequena. Por sorte agora vivia feliz, longe de todo aquele horror, rodeada por pessoas queridas.

— Deus... — suspirou, assombrada pelos fantasmas de uma época que ficara para trás.

Ela olhou para o lado e seus olhos pousaram na parte mais importante de toda a sua existência. Deitado de bruços, com um dos polegares enfiado na boca e respirando tranquilamente, Hasan, seu lindo menino, dormia o sono dos inocentes.

Com dois anos de idade, ele era uma mistura inquestionável dos pais. Malikah não se decidia se isso a irritava ou se a fazia amá-lo ainda mais, pois não era fácil enxergar Henrique em cada expressão do pequeno. Sempre que Hasan franzia a testa e estreitava aqueles olhos claros, tornava-se uma cópia em miniatura do pai, ainda que sua pele fosse parda e os cabelos formassem anéis largos que adornavam toda a sua cabeça.

— Meu anjo — murmurou de pé diante do berço. — *Angeli mi*.

Era uma dádiva dos céus seu filho não ter nascido na fazenda de Euclides de Andrade, o horrendo aristocrata que fez da vida dela — e de centenas de outros escravos — um inferno, além de ser o avô de Hasan.

Malikah não perdia a oportunidade de agradecer todos os dias pela graça de serem livres.

Com o coração transbordando amor, ela ajeitou a manta sobre o corpo rechonchudo do menino e lhe fez um carinho na bochecha. Estava prestes a voltar para a cama, mas mudou de ideia quando as lembranças daquela madrugada na senzala voltaram à mente. De tudo o que viveu na infância, ter os cabelos raspados foi, sem dúvida, um dos piores momentos.

Com preguiça de trocar de roupa, Malikah apenas jogou o penhoar sobre a camisola, ambos de um tecido grosso, e desceu até a cozinha, onde pretendia preparar um leite quente e ficar bebericando até o sono voltar.

Àquela hora da madrugada, a casa estava em profundo silêncio. Até mesmo Cécile e Fernão já descansavam, a despeito da fama de notívagos — só porque não sobrava hora no dia para que pudessem namorar em paz, algo que faziam com frequência à noite, assim que Bárbara, a filha deles, dormia.

Do lado de fora da casa, uma sinfonia de grilos e sapos preenchia o ambiente, num aviso ritmado de que a pausa no tempo era passageira; logo a manhã chegaria, agitando tudo novamente.

Assim que acabou de preparar o leite, Malikah agarrou a caneca com as duas mãos e seguiu pé ante pé até a varanda, tomando cuidado ao abrir a porta da frente para não acordar ninguém. Já do lado de fora, o ar da madrugada despertou nela a vontade de inspirar profundamente, permitindo que os aromas da natureza levassem embora os vestígios do pesadelo.

Bebendo seu leite quente em goladas curtas, Malikah apoiou o corpo na balaustrada. Sua consciência insistia em lembrar-lhe do quanto a vida andava boa. Desde que fora arrancada de sua tribo na África, nunca mais soube o significado da palavra paz, até fugir para Sant'Ana e voltar a ser vista e tratada como um ser humano, a despeito de suas origens e da cor de sua pele. Ela ainda lamentava — e como — a morte de Hasan, o homem que lhe prometera o mundo e que, por amor, assumiria o filho de outro. Apesar disso, Malikah não se culpava por se sentir feliz.

Com um profundo suspiro, ela sorveu o cheiro da bebida em suas mãos. Lembrou-se, satisfeita, de que no dia seguinte avançaria um pouco mais nas aulas com Cécile. Desde que equipara a fazenda com uma biblioteca de fazer inveja, a francesa insistiu em alfabetizar Malikah. A ideia original era ensinar apenas o bê--á-bá, mas ambas foram surpreendidas pela facilidade com que a ex-escrava aprendia, e o básico se tornou simples demais para ela. Era maravilhoso poder ler e conhecer o mundo através das palavras escritas.

Como seus pensamentos andavam longe, Malikah não percebeu que alguém passava pela porta atrás de si. A pessoa não queria denunciar sua presença, pelo menos não *ainda*, então caminhou a passos de felino, até ficar a poucos centímetros da moça. Ele titubeou entre surpreendê-la com um toque sutil, para não assustá-la, ou esperar que ela desse por sua chegada. Resolveu observá-la, reparando como estava graciosa embrulhada no penhoar nada elegante, mas que transmitia a personalidade autêntica da dona.

Antes de ver o intruso, Malikah o sentiu. Uma comichão na nuca, que começou do nada, o denunciou. Ela nem precisou se virar. Era perfeitamente capaz de adivinhar a identidade do intruso. Não seria a primeira vez que se pegava surpreendida por ele.

— Perdeste o sono? — perguntou Henrique, num sussurro praticamente inaudível.

Malikah não se virou para encará-lo. Preferia não ter que lidar com o pai do seu filho, mas já que ele decidira acabar com sua paz que se desse por satisfeito em visualizar apenas as costas dela.

Dia após dia as intenções de Henrique ficavam cada vez mais claras. Mesmo contrariando Fernão, que fora claro e enfático ao proibir o meio-irmão de se aproximar de Malikah e do menino Hasan, o jovem advogado vinha ignorando o veto progressivamente.

— Caso tu não te aperreies, vim até aqui para apreciar a solidão.

Henrique inspirou, enquanto dava alguns passos para se afastar dela. Não havia uma intervenção sequer que surtia um resultado positivo. Dois anos haviam se passado, e Malikah não cedia, nem um pouco. Mas ele reconhecia que merecia tamanho desprezo.

— Não estou a perseguir-te — declarou, bastante frustrado. — É uma coincidência estarmos aqui, a esta altura da madrugada.

A ex-escrava soltou uma risada sem humor. Se ela não conhecesse Henrique...

— Crê-me, Malikah. Sou sincero.

— Como tu quiseres — ela respondeu, sem vontade de prosseguir com aquela conversa. Tomou o último gole do leite e se virou com a intenção de voltar para dentro da casa.

— Espera. — Rápido, Henrique agarrou o pulso dela, cuidadoso o suficiente para não machucá-la.

Com os olhos expressando uma fúria mal contida, Malikah exigiu:

— Solta-me!

— Não suporto mais tudo isso, Malikah — ele se lamentou, fazendo o que ela pediu. — Não aguento não poder criar meu próprio filho, não dar ao pequeno a chance de conviver com o pai.

— O pai dele morreu. Era um homem honrado, forte, não um frouxo, capacho de Euclides. — Malikah tremia ao dizer essas palavras. Odiava ser tão dura, mas seu passado com Henrique não lhe dava outra alternativa.

— O pai dele sou eu, quer tu queiras, quer não — lembrou ele, apertando a mandíbula para não gritar.

Descrente, ela o encarou por alguns segundos. Anos atrás, fora completamente seduzida por aquele homem, tão belo, de modos requintados. Agora tudo o que sentia por ele era um profundo desprezo e uma dose de pena, afinal, o maior prejudicado foi Henrique, ninguém mais.

— Tu perdeste a chance de conviver com teu filho quando me jogaste nas mãos do senhor teu pai, ao deus-dará. Permitiu que acreditassem que me deitei com um feitor, um homem detestável, cruel, enquanto fugia sem olhar para trás. — Malikah balançou a cabeça. Esse discurso era velho, estava cansada de frisar o óbvio. — Enfim, segue com tua vida. Encontra um novo sentido para ela.

Dito isso, a ex-escrava passou pela porta e correu para o quarto. Lá, segura entre as quatro paredes, exalou o ar devagar. Toda a confiança usada para enfrentar Henrique evaporara com sua certeza de que conseguiria mantê-lo afastado dela e de Hasan para sempre.

Estava na hora de começar a pensar num plano de fuga verdadeiramente eficiente.

2.

eu,
pássaro preto,
cicatrizo
queimaduras de ferro em brasa,
fecho o corpo de escravo fugido
e
monto guarda
na porta dos quilombos.

Adão Ventura, "Eu, pássaro preto"

Malikah encarou seu reflexo nas águas cristalinas do riacho. Enxugou os olhos com o dorso das mãos, porque as lágrimas teimosas traíam sua visão. Ou não. Estava feia mesmo, horrível.

Deslizou os dedos pela cabeça, acompanhando as linhas malfeitas deixadas pela tesoura do feitor. Desesperada, a menina queria se esconder para sempre, ou até que seus cabelos crescessem de novo.

Mais cedo, a mãe havia escapulido da casa-grande para encontrá-la. Assim que soube do ocorrido na senzala, deu um jeito de ir ver sua menina, com o total apoio de dona Inês, a bondosa esposa do patrão. As duas ficaram abraçadas pelo máximo de tempo que conseguiram,

Malikah sentada em seu colo, sendo embalada para a frente e para trás feito um bebê.

— Não chora, minha pequena, não chora. Cabelos crescem. A falta deles não maculou sua beleza — repetia a mulher, na língua nativa delas, imbuída na causa de consolar sua pobre e ferida filha. Quisera ela ter a chance de se voltar contra seus algozes e fazer com eles as mesmas atrocidades que cometiam contra os africanos. Se pudesse, Adana não se conteria; sua revolta era maior que o mundo.

Malikah não pôde desfrutar mais do que um breve momento com a mãe. Chorosa, suplicou que ela ficasse mais uns instantes. Mas isso era impossível. Já haviam se excedido e não valia a pena provocar a ira de Euclides.

Ainda encarando sua imagem refletida pelo riacho, a menina apanhou uma pedra no chão e jogou-a com toda a força na água, apagando seu reflexo. Ah, se fosse possível fazer o mesmo com seu eu verdadeiro!

Essa atitude, assim como um sinal, alertou-a quanto à necessidade urgente de voltar para junto dos demais escravos, antes que fosse surpreendida por um dos terríveis feitores. Por mais que não passasse de uma criança, sua consciência funcionava com a lucidez igual à da mente de muitos adultos. Portanto não era segredo para Malikah a certeza de que sua vida estava destinada ao bel-prazer do patrão.

Recolheu algumas flores silvestres à beira do riacho e, com passos ligeiros, tomou o rumo da fazenda, onde um jesuíta de confiança da família Andrade esperava sua turma de crianças africanas e indígenas para a doutrinação cristã do dia. Considerando tudo o que era obrigada a fazer — lavar as roupas dos patrões diariamente, cuidar do cultivo de hortaliças, limpar as áreas do entorno da casa-grande —, ter aulas de religião com o padre não era de todo ruim, exceto pelo fato de ser chamada de Ana, nome português dado à menina assim que colocou os pés na Fazenda Real[3], e por ter que desconsiderar as tradições repassadas por seu povo, na África. Mas a pregação do padre Antônio Cabral costumava ser divertida, o que acabava por alegrar, ainda que por pouco tempo, o dia de Malikah.

Ela gostava quando o jesuíta afirmava:

— Agradecei a Deus, que vos retirou das brenhas do mundo em que vivíeis em terras etíopes para serdes instruídos na fé, a viver como cristãos, seguros, portanto, da salvação eterna.

Naquela época, Malikah passou a acreditar que a glória dos "pretos" residia em sua condição de escravos.

— Somente assim cumprir-se-á vosso glorioso destino — profetizava o padre, que, embora compactuasse com a escravidão, fundamentando seu discurso em sólidas bases teológicas[4], tratava os africanos com certa dignidade.

Ao aparecer para a aula do dia, o jesuíta lastimou-se pela violência aplicada aos negros na noite anterior. Se não carregava uma oratória abolicionista, tampouco concordava com os mecanismos de punição aplicados pelos capatazes de Euclides de Andrade.

— Teu cabelo há de crescer novamente, pequena flor — prometeu ele a Malikah.

Ela apenas meneou a cabeça, numa concordância cética. Fazer o quê? A vida era o que tinha que ser.

Sentada em seu canto, atenta à explanação do religioso, a menina não sentiu a pressão do tempo. Quando a doutrinação foi dada por encerrada, percebeu que seu desânimo havia arrefecido parcialmente e sua alma parecia até mais leve. Com as outras crianças, correu sorrindo e dando gritinhos, ainda que seu destino fossem os afazeres do dia, sempre pesados e cansativos.

Antes de se apresentar à escrava encarregada da distribuição dos serviços gerais, o caminho de Malikah foi interrompido pela aparição de um menino refinadamente trajado, loiro, com impressionantes olhos azuis, tão claros que se assemelhavam ao céu num dia ensolarado e sem nuvens. Mas faltava àquele olhar um quê de vivacidade, o que não passou despercebido nem mesmo para a pequena.

— O que houve com teus cabelos? — questionou ele, sem preâmbulos.

Malikah, num gesto instintivo, cobriu a cabeça com ambas as mãos. Por um momento chegou a se esquecer da violência sofrida na noite anterior. Mas diante do olhar inquisidor do menino sentiu seu rosto esquentar de embaraço.

— O feitor cortou — respondeu a menina, os olhos cravados no chão.

— Por quê? — Sendo ainda uma criança ingênua, o pequeno não processava as maldades aplicadas contra os escravos. Vivia à margem do modo como a fazenda era administrada. Mais tarde estaria fadado a compreender tudo muito bem, apesar de vir a preferir fechar os olhos. — Tu pediste a ele?

Movendo a cabeça de um lado para o outro, Malikah negou. Sentia-se intimidada pela figura asseada e nobre do menino, o que comprometia sua pouco desenvolvida eloquência.

— Não entendo...

Essa declaração tão sincera bastou para que Malikah elevasse seu olhar. Por um momento, a despeito dos tons que coloriam a pele dos dois, ela sentiu que eles eram iguais: apenas crianças, à mercê dos desígnios do destino, sem norte, sem vontades nem explicações.

— Tampouco eu — declarou Malikah, tão perdida quanto encantada pelo garoto diante de si.

Quinta Dona Regina, 1737.

Cécile recolhia uma braçada de flores silvestres, enquanto Bárbara, sua filhinha de apenas um ano e três meses, dormia languidamente em uma toalha estendida sobre a relva e Hasan trotava pela campina feito um potro recém-nascido. A diferença de idade entre as duas crianças seria quase insignificante no futuro, mas, por estarem na primeira infância, os interesses de ambos ainda eram bem distintos.

A franco-portuguesa cantarolava uma canção que aprendera com a mãe, com uma mistura de saudade e melancolia. A dor por ter perdido a família de modo tão prematuro jamais passaria. Entretanto, ter constituído a própria, com o homem que amava, amenizava consideravelmente as sequelas da tragédia.

— Hasan, não te afastes! — ela instruiu o pequeno, uma vez que ele tinha uma tendência a ser arteiro.

O menino assentiu, embora a intenção de obedecer fosse zero. Ignorando a ordem da madrinha, ele seguiu o voo de uma borboleta de asas azuis, crente que a alcançaria, como se não tivesse apenas oitenta e poucos centímetros de altura. Determinado, Hasan só tinha a perseguição em mente, por isso nem se deu conta de que havia saído do campo de visão de Cécile.

Na verdade, ele nem tinha maturidade suficiente para discernir que a desobediência era algo errado, sobretudo naquela situação. Sob a ótica egocêntrica de um garoto de dois anos, certo era realizar o que queria, nada mais.

— Desce, "boboieta", desce!

E como ela não o atendia, a frustração de Hasan o levava cada vez mais longe.

Nem o repentino choro da pequena Bárbara desviou-o de sua meta, que ficou de súbito mais fácil quando o inseto decidiu pousar no tronco de um ipê. Prevendo seu iminente sucesso, o menino avançou a passos largos — tanto quanto suas perninhas permitiam — e bateu as duas mãos na casca grossa da árvore, não rápido o suficiente para surpreender a borboleta. Tudo o que ele ganhou com essa açao foi espantar de vez o inseto voador e uma terrível dor nas mãos, além de lágrimas grossas escorrendo pelo rosto redondo.

Atônito, Hasan correu de volta para a madrinha, necessitado de consolo, e foi então que percebeu que estava perdido. E nesse momento, impulsionado pelo desespero, o chorinho se transformou em choradeira, tão alta e desesperada que poderia ser ouvida do outro lado da América.

— Acalma-te, rapaz. — Uma voz masculina seguida de um afago no ombro fizeram Hasan se voltar para a pessoa que surgiu de repente. — O que houve? Tu queres me contar?

O menino arregalou os olhos claros, ainda embaçados pelas lágrimas, e encarou o homem parado diante dele.

— A "boboieta"...

Como se isso explicasse tudo.

Henrique, aquele que, mesmo de longe, tentava acompanhar a vida do filho, agachou-se diante dele e secou suas bochechas com a ponta dos dedos.

— Tu te perdeste de quem, meu pequeno? — quis saber ele, com a voz um tanto embargada pela emoção de estar tão perto do menino. *Coisa rara.*

— "Madinha" Céci.

— Pois então vamos encontrá-la.

Hasan era pura desconfiança. Por algum motivo a mãe dele não gostava daquele homem. Não que ela já tivesse falado sobre isso com o menino, mas ele não era bobo. Malikah, tão amistosa com todos, nunca permitia a aproximação dos dois.

Fez que não com a cabeça. O medo de contrariar a mãe podia ser maior do que a sensação de estar perdido.

Com paciência, Henrique insistiu:

— Tu gostas do teu padrinho, presumo. — Hasan concordou, sem emitir uma só palavra. — E ele é meu irmão. Podes confiar em mim.

Dito isso, Henrique estendeu a mão e esperou que o menino a segurasse. Não forçou, não pressionou. Apenas foi paciente, além de muito, muito esperançoso.

Hasan titubeou. Seus olhos vacilaram entre o rosto do pai e o cenário em volta. Era nítida a luta dele para optar pelo que considerava correto, mas o pavor de ficar sozinho falou mais alto. Então, quando Henrique começou a recuar o braço, seu filho se adiantou e segurou firme a mão oferecida a ele.

Por alguns segundos, o jovem advogado só teve olhos para as duas mãos unidas, o contraste entre sua pele curtida pelo sol e o tom moreno do menino. *Meu filho.*

Era o primeiro contato físico entre eles, o que deixou Henrique profundamente comovido. Desejava abraçá-lo, embalar a criança — *sua* criança —, até que Hasan enxergasse-o como pai.

Impossível. Uma voz incômoda lembrou-lhe de como eram vãs suas vontades. Recompondo-se, Henrique ficou de pé, puxando o filho junto a si.

— Vem comigo, pequeno. Vamos encontrar tua madrinha distraída.

Cécile estava prestes a ter o juízo virado, tamanha a sua preocupação, quando avistou Hasan reaparecer na campina. O alívio logo se misturou a um pouco de apreensão assim que reconheceu o acompanhante do menino.

Com Bárbara pendurada em um de seus quadris, ela avançou rapidamente em direção a eles. Antes de inquirir o pequeno, Cécile encarou Henrique com uma expressão cheia de perguntas, das quais ela gostaria de ouvir as respostas o mais rápido possível.

— Hasan... — Deixando a filha de pé sobre a relva, ela pegou o afilhado pelas mãos e lhe deu um abraço apertado. — Por onde andaste? Eu não pedi que não te afastaste de mim?

— Eu queria a "boboieta".

Cécile estava acostumada com esse tipo de resposta simplista, típica de crianças e homens. Discutir com Hasan porque ele decidiu correr atrás de um inseto não os levaria a lugar algum. Ainda assim, a francesa alertou-o:

— Tu já és um rapazinho. Precisas obedecer tua madrinha.

O menino encarou os próprios pés, envergonhado. Esse gesto de humildade foi suficiente para amolecer o coração de Cécile, que aliviou a expressão e fez um carinho nos cabelos encaracolados do afilhado.

— Por que não chamas Bárbara para colher dentes-de-leão?

A sugestão dela, aos olhos de Hasan, era boa por dois motivos: adorava a brincadeira de assoprar as plumas de dentes-de-leão, além de poder se livrar depressa do embaraço de ser repreendido na frente "do moço de quem a mãe não gostava".

Tomando as mãozinhas de Bárbara nas suas, o pequeno tratou de ganhar uma distância segura daqueles dois adultos — mas não o suficiente para se perder de novo.

Com as mãos na cintura, numa pose de confronto, Cécile olhou torto para Henrique.

— Explica-te — ordenou duramente, mas com educação. De todos que conheceram o jovem advogado desde antes de sua mudança para a Quinta Dona Regina, ela era aquela que o enxergava com mais benevolência.

Ele coçou a cabeça, fazendo uma bagunça nos cabelos cor de areia. Mas logo o ar de culpa deu lugar a uma careta engraçada.

— É meu filho. — Henrique sacudiu os ombros. — Fernão e Malikah podem ser teimosos quanto quiserem. Isso não apaga o fato de eu ser o pai do menino e querer criá-lo como tal.

Cécile soltou o ar devagar. Por mais que entendesse a situação, não era capaz de tomar partido por nenhum deles. A cada vez que se propunha a julgar o caso, concluía que todos tinham suas razões.

— Henrique, é prudente que sejas razoável. Malikah está no direito de exigir essa distância, depois do que tu e teu pai fizeram com ela. Por pouco a pobre coitada não foi morta com o filho dentro da barriga. Se não fosse por Fernão, hoje não haveria criança para tu reivindicares como tua.

— Há dois anos ouço esta cantilena...

— E não aprendeste nada, pelo visto.

O silêncio pairou entre eles por pesados segundos, ambos cientes de que havia um impasse impossível de ser resolvido. Mas Cécile, apesar de toda a resistência por parte de Fernão e Malikah, compreendia o desespero de Henrique.

— O que tu pretendes, meu cunhado? Até quando te sujeitarás a esta agonia? — questionou a francesa. — Por que não desistes? És tão jovem, tão belo, um homem estudado! Procura um rumo novo para tua vida. — Ela suspirou, enquanto olhava Henrique com certa compaixão. — Estás estagnado nestas terras. Acaso não desejas recomeçar, dar uma nova chance a ti mesmo?

Todas as perguntas proferidas por Cécile já haviam sido feitas por Henrique várias vezes ao longo dos últimos dois anos. Por mais que ele visse fundamento em cada uma delas, não encontrava motivação para dar-lhes ouvidos. A tal "nova chance" só se concretizaria se — ou melhor, quando — Malikah finalmente o deixasse participar da vida do filho e, de lambuja, permitisse que Henrique provasse seu amadurecimento a ponto de poder confiar nele novamente.

Ele confidenciou esse desejo a Cécile, exausto de guardá-lo apenas para si mesmo, além de gostar muito da francesa e tê-la como uma — talvez a única — amiga.

— Temo que tuas vontades acabem por iludir-te.

— Estou ciente disso. — Iluminado por uma súbita ideia, Henrique se encheu de uma esperança renovada, que o fez olhar para a cunhada com os olhos brilhando de expectativa; precisaria da ajuda dela mais do que tudo. — A não ser que tu me dês cobertura.

Cécile o encarou, desconfiada, enquanto Hasan brincava de rolar na relva, seguido por uma Bárbara para lá de encantada com a ideia do pequeno amigo.

— Não venhas me pedir que eu seja tua cúmplice e planeje encontros clandestinos com teu filho, a despeito da vontade de Malikah e das ordens expressas de Fernão. — Esperta, ela anteviu as intenções de Henrique sem que ele precisasse ser explícito.

— Ora, por favor, Cécile. É a única alternativa.

— Tu acreditas que, quando fores descoberto, pois será, as coisas ficarão tranquilas para teu lado? — ela ponderou. — E quanto a mim? Perderei toda a credibilidade com minha amiga e a confiança do meu marido.

Sem mais a acrescentar, Cécile deu as costas a Henrique e se preparou para ir ao encontro das crianças. A hora do almoço estava próxima. Precisavam voltar para casa. Mas o rapaz ainda não havia se dado por derrotado.

— Espera — pediu, segurando a cunhada pelo braço antes que ela escapasse e a conversa fosse interrompida para sempre.

— Henrique...

— Escuta, só por um instante.

Cécile cruzou os braços e bateu o pé, indicando que sua paciência tinha esgotado. Mesmo assim deu atenção a Henrique.

— Um minuto, nada mais.

Ele riu, imaginando o irmão, aquele sujeito rústico e dono de si, cedendo às vontades da esposa.

— Prometo ser cuidadoso. Não forçarei encontros diários. Uma vez por semana está de bom tamanho, por enquanto. Farei Hasan ver em mim um homem bom, em quem pode confiar, e não direi uma só palavra sobre ser o pai dele, não até ele ter idade suficiente para entender o que houve de fato entre mim e sua mãe. — Ele parou seu discurso agitado para respirar. — E, acima de tudo, comprometo-me a não te colocar numa situação delicada, se porventura minhas interações com Hasan forem descobertas.

Em reação a essa promessa específica, Cécile riu.

— Quando tu te tornaste tão ingênuo, Henrique? Pela Virgem Maria, acreditas que o menino não vá comentar com a mãe sobre os encontros contigo? E não penses em chantageá-lo, que isso eu não permitirei.

— Mais cedo ou mais tarde Malikah terá que saber. E então ficará mais difícil de me afastar, não depois de eu ter estreitado os laços com Hasan.

— Jesus! — exclamou Cécile, dividida entre ser nobre e fiel. — Não sei se posso facilitar essa aproximação, Henrique. *Mon Dieu*, não sei...

— Então apenas pensa a respeito. Não me dês resposta agora.

— Eu...

— Não agora, Cécile. Outro dia.

Embora parecesse seguro de si, Henrique sentia o coração esmurrar o peito ao virar as costas. O medo de receber uma recusa da cunhada o induziu a ir embora antes que ela tornasse a falar. Voltaria a pressioná-la, sim, mas depois. Agora só desejava mesmo aproveitar a lembrança da mão do filho segurando a sua, pela primeira vez na vida.

3.

Nunca fui senão uma criança que brincava.
Fui gentio como o sol e a água,
De uma religião universal que só os homens não têm.
Fui feliz porque não pedi cousa nenhuma,
Nem procurei achar nada,
Nem achei que houvesse mais explicação
Que a palavra explicação não ter sentido nenhum.

Não desejei senão estar ao sol ou à chuva —
Ao sol quando havia sol
E à chuva quando estava chovendo (E nunca a outra cousa),
Sentir calor e frio e vento,
E não ir mais longe.

Alberto Caeiro, "Se eu morrer de novo"

Meses se passaram até que os cabelos da pequena Malikah voltaram a emoldurar seu delicado rosto. Por medo de tê-los violentamente cortados mais uma vez, ela vivia arrumando meios de evitar os feitores, passando, portanto, a andar com um olho no peixe e outro no gato.

Consequentemente adquiriu a especial capacidade de parecer invisível. A não ser entre as pessoas mais próximas — alguns escravos, os catequistas de padre Antônio Cabral e a mãe —, Malikah passava despercebida, como um gato ressabiado que não tolera contato físico.

Foram tempos de calmaria, pelo menos para ela. Não que todos os horrores infligidos aos escravos tivessem cessado do dia para a noite. Gritos agoniados no meio da madrugada, chicotes estalando no flanco de africanos dependurados no tronco, mortes provocadas pelos maus--tratos e falta de segurança no árduo trabalho de minerar, tudo isso era muito real e comum. E, apesar de corriqueiros, esses fatos não eram banalizados pela alta frequência.

Não havia um só dia em que Malikah deixava de se lamentar pelos seus semelhantes. A cada escravo maltratado ou morto, uma nova ferida se abria em seu peito.

Sendo assim, a bonança em torno de si tinha um sabor agridoce. Estar fora do alvo dos carrascos não garantia à menina uma vida feliz. De qualquer forma, ela procurava se alegrar com a trégua recebida, fazendo valer cada minuto sem castigos.

O trabalho pesado já não parecia um fardo. A bem da verdade, Malikah até apreciava as horas passadas diante do rio, debruçada em cima de uma pedra, esfregando e torcendo as roupas de seus senhores. Ela e outras tantas escravas de idades diversas amenizavam a labuta com uma cantoria harmoniosa de canções da terra delas, uma das poucas ocasiões em que podiam relembrar suas raízes sem serem punidas por isso.

Muriquinho piquinino, muriquinho piquinino,/ Ô parente,/ De quissamba na cacunda./ Purugunta aonde vai, purugunta aonde vai,/ Ô parente,/ Pro Quilombo do Dumbá.[5]

— Quilombo do Dumbá? O que é isso, Nala? — indagou Malikah à mulher ao lado, usando seu nome africano, proibido diante dos brancos da casa-grande.

— Ah, menina, é um lugar longe, pra onde a negrada de sorte foge e volta a viver livremente.

Imediatamente a memória de Malikah evocou a África e a tribo em que nasceu, o que fez um sorriso sonhador brotar em seu rosto.

Como se tivesse lido a mente da pequena, Nala estalou a língua antes de completar:

— O tal quilombo fica aqui, perdido na imensidão destas terras, menina. Não é de verdade a casa do nosso povo, só um lar postiço.

Ainda que não fosse sua amada África, Malikah imaginou como deveria ser bom viver entre seus semelhantes, longe daquela gente branca que só queria o mal dos negros.

— Vosmecê conhece alguém que já fugiu, Nala?

— Só de nome, menina, só de nome... — A mulher suspirou ao mesmo tempo que torcia um lençol de linho com a destreza de quem passou a vida lavando roupa em beiradas de rios. — Da fazenda do patrão Euclides ninguém escapa, nem uma única vivalma.

— Por quê? — Em sua inocência, Malikah tinha a tendência a ver heróis em vez de homens.

— Porque, criança, o homem é ruim feito o capeta. Se um preto ao menos pensar em fugir, vai pro tronco na mesma hora e não sai vivo de lá.

Foram poucas as ocasiões em que Malikah tivera a oportunidade de se deparar com Euclides de Andrade. E quando aconteceu ela mal olhou para ele, tamanho o medo que sentiu. Ainda assim, fora capaz de gravar suas feições duras e o olhar malévolo, motivo suficiente para evitá-lo pelo resto da vida.

Por outro lado, a menina não entendia como um homem tão cruel poderia ter gerado um descendente como Henrique, aquele menino doce que vez ou outra cruzava o caminho de Malikah, tentando abrir brecha para uma amizade.

Eram breves as interações, até porque ambos, apesar de muito novos, conheciam a fúria de Euclides. Se fossem pegos conversando, a repercussão seria negativa dos dois lados.

— Nala, por que as pessoas brancas são malvadas? — questionou ela, sempre afoita por explicações.

— Não acredito que *todas* elas sejam ruins. Só tivemos o azar de conhecer as piores, menina.

Dito isso, a mulher voltou a se concentrar nas roupas e deu a conversa por encerrada ao se juntar ao coro de vozes que entoavam outra canção africana.

Yao ê, Ererê ai ogum bê. Com licença do Curiandamba, com licença do Curiacuca, com licença do sinhô moço, com licença do dono de terra.

Quinta Dona Regina, 1737.

O dia nas terras do aventureiro Fernão começava pouco tempo antes da aurora despontar no horizonte. Tão logo os pássaros despertavam de seu descanso e iniciavam uma algazarra em forma de cantoria, trabalhadores levantavam de suas camas a fim de fazer a roda da prosperidade girar.

Nem mesmo o dono de tudo se dava ao luxo de protelar o sono por mais algumas horas. Fernão também era madrugador e, ainda que sob protestos de Cécile, normalmente saía pela porta da frente da casa por volta das seis da manhã — ou até antes disso, vez ou outra —, não sem beijar primeiro a esposa de modo apaixonado e fazer um carinho na filha, que dormia no quarto ao lado. As duas preferiam que o sol já estivesse alto no céu para começar o dia, e Fernão respeitava a vontade delas.

— Bom dia, Malikah!

Ela era sempre a primeira pessoa com quem ele se encontrava ao deixar o quarto. Prestativa, ajudava no preparo do café da manhã e só depois ia se dedicar a seus próprios afazeres. Não que os fizesse por obrigação. Tanto Cécile quanto Fernão cansaram de pedir a Malikah que desacelerasse um pouco para desfrutar de sua liberdade. Mas eram ignorados. Trabalhar sem ameaças espreitando chegava a ser prazeroso.

— Deixai-me! — ela retrucava com veemência. — Não gosto de ficar parada que nem aquelas madames de Vila Rica.

Como Hasan também estendia o sono algumas horas a mais, Malikah deixava o filho dormindo, certa de que ele ficaria bem, já que a madrinha tomara para si a incumbência de alimentá-lo e levá-lo para uma volta nos arredores. O costume, adotado desde o nascimento do menino, só foi interrompido durante as primeiras semanas de vida de Bárbara, agora também uma acompanhante dos passeios diários.

Sendo assim, Malikah não tinha com o que se preocupar, seguindo sua rotina com a alegria de quem encontrava nas pequenas coisas motivos para se sentir feliz e realizada.

Naquela manhã, como em todas as outras, ela saiu para ir ao rio. Por ser bem cedo, chegou à margem antes de todas as demais mulheres, com quem passava as primeiras horas lavando roupa, cantando e jogando conversa fora. Colocou o cesto sobre sua pedra preferida — a que tinha umas ranhuras ideais para esfregar as peças mais encardidas —, amarrou um lenço na cabeça a fim de se proteger do sol, que não demoraria a esquentar, e começou a atividade.

Enquanto passava sabão nos tecidos, deixou seus lábios cantarolarem uma velha canção e permitiu que a memória resgatasse cenas de muitos anos atrás, quando, ainda menina, exercia a mesma função na Fazenda Real.

Malikah não conseguia esquecer, tampouco se esforçava para isso. A mulher que se tornou era o conjunto de tudo por que passou ao longo da vida, de cada sofrimento às pequenas alegrias. Manter essas lembranças, embora dolorosas, era vital para a sua sanidade.

Aos poucos as recordações do passado foram arrefecendo com a chegada das outras lavadeiras, sempre risonhas e escandalosas.

— Que quentura, meu bom Deus! Com um calorão desses, só metendo os pés na água mesmo — disse uma delas, já subindo a saia, sem cerimônia. — Ah, bom dia, Malikah! Sempre a primeira.

— Bom dia, moças. Se é para trabalhar, melhor que seja cedo.

— Se eu pudesse... Primeiro tenho que dar conta do serviço de casa.

Como eram empregadas de Fernão, todas elas, além de suas famílias, moravam dentro das terras do patrão, nas casinhas cedidas por ele. Não havia escravos na Quinta Dona Regina, a não ser os alforriados e os fugidos das terras de Euclides de Andrade, que, apesar de ter sobrevivido ao ataque sofrido durante um confronto com os homens liderados por Cécile, numa arrojada ação de resgate do marido (capturado pelo inescrupuloso fazendeiro mais de dois anos atrás) ainda não tinha tentado reaver "as mercadorias roubadas" debaixo de seu bigode. *Ainda*.

— Caso vosmecê não fosse tão madrugadeira, teria visto uma coisa engraçada hoje.

As mulheres se entreolharam, sorridentes.

— Deveras? — Com as aulas ministradas por Cécile, o vocabulário de Malikah ficava cada dia mais sofisticado, para seu orgulho e estranhamento de todos. Ela sorriu, já prevendo uma fofoca pueril, dessas bem comuns no dia a dia daquelas lavadeiras. — Alguém caiu do cavalo ou foi atacado por uma seriema desvairada?

— Ora, vosmecê não banque a engraçadinha — alertou a mais falante de todas, em tom bem-humorado. — Fica aí com ares de patroa, a troçar de nós.

Isso de forma alguma soou como uma ofensa. Na verdade, todas tinham orgulho da posição que Malikah alcançara, tendo sido feita escrava quando não passava de uma criança, arrancada da África e dos braços da mãe ainda tão nova.

— Juro que denunciarei cada uma de vós ao patrão se não contardes logo o que vistes de tão chistoso — devolveu ela, no mesmo tom.

As mulheres se entreolharam, certas de que o assunto era inusitado o suficiente para provocar humor em Malikah. Porém havia muitas particularidades da vida da moça que elas ignoravam.

— O sinhozinho loiro, irmão do patrão, estava às voltas com uma "bateção" de martelo numa tábua que quase furou o dedo dele quando passamos por detrás da oficina antes de descer pra cá.

A ex-escrava engoliu em seco ao escutar a história. Exceto os amigos mais íntimos, ninguém mais conhecia a verdade sobre Hasan. Desconfiavam, claro, uma vez que o menino tinha traços de um pai branco — olhos claros, pele parda e não negra —, mas acreditavam que Malikah havia engravidado do feitor que fugira da Fazenda Real.

A fim de evitar especulações, ela optava por manter as coisas como estavam, afinal Henrique nunca assumiria um lugar na vida dela nem na do filho, de modo que as pessoas não precisavam ter acesso a esse tipo de informação. Só por isso ela nada comentava. *Só por isso*, teimava em justificar para si mesma.

— O moço é "doutô", mas teima em ser peão. Vai entender.

Um clima bem-humorado se espalhou entre as mulheres, do qual Malikah não conseguiu compartilhar. Conhecia muito bem as motivações de Henrique para que ele agisse feito um homem da terra, o que, para ela, era tudo de caso pensado, com o objetivo de se mostrar uma nova pessoa, mas dar o bote quando todos estiverem distraídos. Ele não a enganaria mais.

— Pois eu entendo muito bem — resmungou Malikah, subitamente irritada. Cantar na beira do rio enquanto dava um bom trato nas roupas de repente deixou de ser uma atividade agradável naquela manhã.

— Vosmecê não gosta dele.

Fingindo desinteresse, Malikah deu de ombros.

— E por que haveria de gostar? Cresci naquela fazenda dos infernos, maltratada, a sofrer violências de todos os tipos. *Mama* morreu lá, como um bicho. — Ela reduziu o tom de voz, nitidamente desconfortável com os rumos da conversa. — O filho do diabo, diabo é.

— Sinhazinha Cécile diz que ele é bom — retrucou uma das lavadeiras, fazendo Malikah suspirar.

Cécile e suas boas intenções. O coração mole da francesa costumava deixá-la cega diante de algumas realidades, era a opinião da ex-escrava.

— Bom como um lobo em pele de cordeiro. Mesmo que o babuíno use um anel de ouro, ele ainda é uma coisa feia — decretou ela, referindo-se a um provérbio africano sempre repetido pela mãe.

— Malikah, vosmecê é uma mulher de opinião. Pelo menos tenha pena do moço que martelou o dedo, coitado.

— Pena?! Por mim, ele podia ter martelado a testa e aberto um talho do tamanho de uma banana caturra que eu pouco me importaria — contradisse ela, com veemência, recolhendo as roupas e enfiando as peças de qualquer jeito dentro do cesto. — Pena! Era só o que faltava.

De cara amarrada, Malikah desistiu da companhia das amigas lavadeiras e decidiu que se ocuparia com uma tarefa mais solitária, como a de varrer o terreiro ou catar frutas no pomar.

A essa altura do dia, Hasan provavelmente já estava passeando com a madrinha em algum canto da propriedade. Apesar da saudade que abruptamente a atacou, teria que esperar a hora da soneca para ver o filho e enchê-lo de beijos. Ele era a razão de sua existência.

Ao se aproximar da sede da fazenda, uma aglomeração de pessoas na frente da casa captou a atenção dela de imediato. Uma sensação gelada percorreu seu estômago, como um sinal de que algo muito errado acontecia naquele momento. Preocupada, Malikah apertou o passo e só quando estava a poucos metros da cena se deu conta do que ocorria.

Cesta de roupas largada no chão e saia erguida para facilitar a corrida, os olhos da ex-escrava enxergavam apenas uma coisa: o filho de dois anos em cima do telhado da varanda — que não possuía qualquer tipo de proteção, como um guarda-corpo, por exemplo —, correndo o risco de escorregar e se quebrar em mil pedaços aos pés de todos ao redor, inclusive os dela.

— Hasan! — Malikah chamou, contendo o pânico na voz para não assustar o menino. — Filho, fica quietinho que vamos te apanhar logo, meu anjo.

— Oh, Malikah, Malikah... — Cécile foi até a amiga, lívida de pavor. — Ele desceu do berço sozinho, o que jamais havia feito até hoje, e pulou da janela do quarto para o telhado. Levantei da cama com os gritos de Sá Nana. Tentei fazer com que ele voltasse para dentro, mas Hasan só fez se afastar mais e mais. — Ela encobriu o rosto com as mãos. — Se eu ao menos sonhasse que ele iria se aventurar para fora do cercado...

— Eu que deveria ter previsto isso, Cécile. Não te martirizes — disse Malikah, sem tirar os olhos do menino. — Vou subir até lá.

— Já tentei, mas a estrutura rangeu sob meus pés. — A francesa choramingou. — Se Fernão estivesse por aqui, saberia o que fazer.

— Mamãe!!!

O coração das duas martelou mais forte, tomado pelo pânico. Hasan havia se deslocado até uma das laterais do telhado, ficando a cinco ou seis passos de despencar daquela altura toda.

— Filho, pela Virgem Maria, fica quietinho. Nós tiraremos vosmecê daí.

— Mamãe! — ele gritou outra vez. Mas no rosto dele a expressão era de pura alegria. — Sou uma arara!

— *Mon Dieu*!

— Não, não é, Hasan. Vosmecê é um menino! Senta que já vou subir.

Várias tentativas de resgate já haviam sido feitas, como fazer o menino pular sobre uma colcha esticada igual a uma cama elástica ou diretamente nos braços de um dos ajudantes da fazenda, voltar até a janela por onde passou, mas Hasan não estava disposto a cooperar. Cada movimento novo significava mais um instante de terror, pois a criança sempre ameaçava saltar.

Mas Malikah não podia lidar com alternativas. Se não agisse logo — e com eficiência —, acabaria testemunhando a morte do filho e isso, ela reconhecia, seria demais para suportar, a despeito de todas as provações pelas quais passara na vida.

Assim que tomou a decisão de entrar em casa, subir até o quarto e passar pela mesma janela saltada por Hasan — correndo o risco de quebrar as telhas e vazar entre as vigas —, antes que tivesse tempo de cumprir seu objetivo, uma figura esguia se assomou sobre o menino, devagar, tal qual um felino espreitando sua presa. Ao perceber de quem se tratava, Malikah levou as duas mãos ao peito e fez menção de gritar, mas foi contida a tempo por Cécile.

— Controla-te, mulher. Deixa que ele resolva a situação. Não permitas que teus sentimentos te influenciem logo agora.

Com os olhos rasos de lágrimas, Malikah apenas assentiu, relutante, e pôs-se a assistir ao desenrolar do acordo, travado sobre o telhado da varanda, entre um menino muito levado e o homem que só desejava o direito de exercer seu papel de pai.

— Ei, rapazinho, que tal me ajudar a descer daqui? — perguntou Henrique, invertendo os papéis com o intuito de dar um poder, ainda que falso, a Hasan. — Estou com medo e não sei o que fazer.

O menino se virou, ficando frente a frente com o pai, parentesco do qual ele nem desconfiava.

A distância entre os dois era mínima. Bastava Henrique esticar o braço e agarrar a criança. Acontece que esse movimento brusco poderia ser a causa do rompimento do telhado, que rangia cada vez mais alto sob os pés do jovem advogado.

— Tu consegues me ajudar? — repetiu ele, enfatizando a palavra *ajudar*.

Perplexo por um adulto ter se colocado naquela enrascada — só gente pequena tinha esse direito na visão de Hasan —, ele expôs seu ponto de vista com bastante desenvoltura:

— És "gande". — Duas palavras que continham todo o significado do mundo.

— Mas acredito que tu sejas mais corajoso que eu.

Foi um golpe muito bem desferido. Ao ter sua coragem apontada de forma tão explícita e por um homem que aparentemente não temia coisa alguma, o menino estendeu sua mãozinha para Henrique e depois prometeu:

— Eu te salvo.

Malikah soltou um soluço quando ficou impossível continuar escondendo sua emoção, embora estivesse travando uma guerra contra si mesma para não permitir que aquele homem a afetasse de qualquer forma, principalmente usando seu filho para tal fim.

Solidária, Cécile passou o braço sobre os ombros da amiga, enquanto acompanhavam o desfecho da artimanha do pequeno.

Com cuidado, Henrique pegou Hasan no colo, dando a desculpa de que assim chegariam mais rápido ao destino. Então deu a volta, preocupando-se em pisar nas mesmas telhas do caminho de ida, as que ele julgava mais firmes.

Em poucos minutos alcançaram a segurança do piso de madeira do quarto onde o menino e sua mãe dormiam. No entanto, em vez de soltar o garoto, Henrique o abraçou mais forte, aliviado porque tudo terminara bem.

— Graças a Deus, graças a Deus — disse e repetiu, não contendo a emoção.

E foi no auge desse clima que Malikah passou voando pela porta, determinada a tomar o filho nos braços e não o largar mais. Porém, ao flagrar Hasan sendo embalado por Henrique com tanto fervor, sentiu sua determinação falhar, pelo menos durante os instantes em que sua lucidez titubeou.

Negar que nunca sonhara com um final diferente para sua história com o filho de Euclides de Andrade não adiantava, ainda que depois passasse horas se martirizando pelo lapso. Mas desde quando sonhos e realidade falam a mesma língua?

De volta do torpor, Malikah encheu o peito de ar e coragem antes de exigir:

— Solta meu filho, Henrique.

A voz gelada, desprovida de emoção, atingiu o jovem como a flecha disparada por um índio paiaguá, causando-lhe um calafrio. Já Hasan não se preocupou com os sentimentos do pai ao se desvencilhar rapidamente do colo dele e correr para o da mãe, que o agarrou firme, inalando seu cheirinho gostoso e especial.

— Meu neném...

— Mamãe...

Todos os esforços de Henrique concentravam-se na necessidade de participar da vida do filho. Presenciar o amor do menino por Malikah, tão grande que era quase palpável, fez um outro tipo de urgência dar o ar da graça dentro dele: a necessidade de ser amado assim, não apenas pelo pequeno, mas pela mãe também.

Quem sabe?

— Malikah...

— Deixa-nos, Henrique. Quero ficar sozinha com *minha* criança.

— Mas eu o trouxe de volta para ti, em segurança. Mereço mais que esse desdém — protestou ele, indignado. O peito, arfante, subia e descia, e nem a barba por fazer escondia o rubor raivoso de seu rosto.

— Eu te agradeço, de verdade. — Ela estava muito séria.

— Só isso?

— É o bastante, não achas?

Os modos da ex-escrava eram mais sofisticados agora, bem como seu vocabulário. Mas ela não o enganava. Estava se consumindo por causa dele.

— Não. Conversaremos mais tarde. Tu podes ter certeza disso. Não te esquivarás dessa vez.

Sem mais nada a dizer, Henrique passou por ela, fulo, transtornado, exausto. Contudo, antes de deixar o quarto, parou para fazer um afago na bochecha de Hasan, e então saiu.

4.

Seus olhos tão negros, tão belos, tão puros,
De vivo luzir,
Estrelas incertas, que as águas dormentes
Do mar vão ferir;

Seus olhos tão negros, tão belos, tão puros,
Têm meiga expressão,
Mais doce que a brisa, — mais doce que o nauta
De noite cantando, — mais doce que a frauta
Quebrando a solidão,

Seus olhos tão negros, tão belos, tão puros,
De vivo luzir,
São meigos infantes, gentis, engraçados
Brincando a sorrir.

Gonçalves Dias, "Seus olhos"

Além de inúmeros costumes e crenças, os africanos, ao aportarem no Brasil, também trouxeram um espírito supersticioso, do tipo que acredita que os sonhos se decifram e as sortes podem ou não combinar.

Os escravos da Fazenda Real não eram diferentes. Todos concordavam sem questionar que sonhar com águas claras era um bom sinal, bem como com um menino pequeno nos braços ou com uma cobra. Tudo isso significava bom agouro, sob a visão dos africanos, que consideravam auspiciosos a maioria dos sonhos, nos quais esperavam encontrar um palpite para agir.

A pequena Malikah aprendia com os mais velhos e perpetuava as superstições, repetindo a quem estivesse disposto a ouvir as histórias sobrenaturais do seu povo.

— Sonhar com um boi a distância é ouro certo — segredou certa vez a Henrique, quando ainda não passavam de duas crianças inocentes e cada vez mais próximas —, mas demorado.

— E se o boi estiver perto? — questionou o menino, desconfiado. Apreciava os "causos" da menina, embora não os levasse muito a sério.

— Aí o ouro não tarda, uai. E, caso uma luta seja travada entre quem sonha e o boi, o ouro sai na primeira lavagem.

Henrique soltou uma risada descrente. Entre suportar a cara amarrada do pai e dar ouvidos à maluquice de Malikah, ele preferia a segunda opção, sem titubear. E ainda se divertia muito, coisa rara em sua vida cheia de regras.

— Vosmecê pode até ficar a mangar de mim, mas é tudo verdade pura — garantiu ela, riscando o chão poeirento com um fino galho de árvore. — Cuidado, viu? A descrença é uma ótima isca para as feitiçarias...

— Juras? E a que eu estaria sujeito, menina?

Malikah reduziu o tom de voz e olhou para os dois lados, como se temesse ser flagrada pelos maus espíritos ou algo assim.

— Muamba ou mandraca, vai saber.

— É melhor tu me explicares, porque não entendo essas palavras dos pretos. — Henrique falava desse jeito não porque tinha a intenção de ofender Malikah. As coisas eram como eram.

— Muamba é mandinga, coisa-feita, feitiço que alguém joga em outro alguém. Mandraca é reza braba, intervenção do capeta. O Madraqueiro, com um gesto, pode patetear a pessoa ou abrir portas, apagar fogaréu de longe, conjurar raios, essas coisas — explicou a menina com tamanha seriedade que poderia convencer até a criatura mais cética do mundo.

Mas não Henrique.

— Mentirosa.

— Não sou! É tudo verdade.

— Não é nada. Padre Antônio vai cortar tua língua por inventar tanta bobagem.

Ofendida, Malikah se levantou num só impulso, enganchando as duas mãos na cintura magra.

— E os espíritos hão de puxar esses pés branquelos de madrugada por ousar duvidar do poder deles.

Sem esperar pela réplica, a menina bateu em retirada, logo depois de fazer uma careta para um atônito Henrique, pego de surpresa pelo gênio forte da pequena escrava.

Quinta Dona Regina, 1737.

O canto monótono das rodas do carro de boi anunciava o fim da lida do dia. A tarde caía, envolvendo a paisagem naquele cinza melancólico, tristonho, prenúncio inquestionável de que a noite não tardaria.

Para completar o cenário, pássaros das mais diversas espécies, em sua típica algazarra vespertina, voltavam para seus ninhos, assim como o gado caminhava a passos lentos até o curral.

Os homens, por sua vez, exaustos, só queriam saber de água e comida, além de uma revigorante noite de sono.

Bom, quase todos os homens. Os africanos e seus descendentes gostavam mesmo era de se reunir no pátio em frente a suas casas para cantar e dançar até a lua atingir o ponto mais alto no céu. Tratava-se de uma antiga tradição, trazida com eles de suas tribos na África, perpetuada nas senzalas, na época em que eram escravos, e consolidada com alegria e consciência tranquila nas terras de Fernão.

Os *vissungos*[6], cantigas dos negros entoadas especialmente nas lavras, fortaleciam os laços entre os ex-escravos e ajudavam a ampliar a vida social deles, tolhida duramente por Euclides de Andrade. Portanto, em todas as festividades, não faltavam canções especiais para cada ocasião.

Naquela noite, Malikah resolveu se juntar aos amigos, por insistência de Akin. Não costumava participar das reuniões no terreiro por causa do filho, que tinha sono cedo. Porém, depois do susto com Hasan, que a deixou muito estressada, decidiu que um pouco de música e dança haveria de lhe fazer bem.

O pequeno ficou aos cuidados dos padrinhos, dormindo placidamente em sua caminha de mogno, sob o móbile de cavalos, presente de Cécile quando o menino nasceu.

Vestida de maneira simples — saia de algodão azul e camisa branca —, Malikah aproveitava o frescor da noite, ora jogando conversa fora com as pessoas, ora se entregando ao ritmo dos tambores. Fazia tempo que não se sentia tão leve e se divertia tanto.

— *Oi! Cuatiá, tu cuatiara vinjanja ombera. O vinjanja, auê, ai, oi, oi, vinjanja curietô cuatiá, tua cuatira vinjante ombera.*[7] — Sua voz fazia coro com as demais mulheres; a alegria transparecendo em cada sílaba da canção.

Enquanto cantava, girava em torno de si mesma; a saia inflada, pernas à mostra. Seus cabelos esvoaçavam ao sabor do vento, conferindo a Malikah um ar ao mesmo tempo etéreo e muito sensual.

Os homens olhavam para ela, uns com admiração, outros com cobiça, mas nenhum ousava ultrapassar os limites, porque ela era Malikah, protegida de Fernão, a intocável ex-escrava que quase se tornara esposa de um dos maiores homens que todos ali tiveram a honra de conhecer. E se esses dois motivos não fossem suficientes, a postura dela — simpática, mas reservada — garantia que ninguém tentasse nem ao menos flertar com a moça.

Isto é, ninguém entre os *africanos*, porque havia, sim, um homem que desejava muito mais do que apenas *flertar* com Malikah. E ele estava diante dela, hipnotizado, prestes a interromper a dança e tomá-la nos braços.

Indiferente aos comentários que certamente passariam de boca em boca, Henrique fez o que queria. Sem refletir sobre as consequências de seu ato, segurou Malikah pelo braço, obrigando a moça a encará-lo.

Primeiro ela se assustou. Em seguida, quis esbofetear aquele rosto traidor, a tão poucos centímetros do dela.

— Solta-me — exigiu, tentando se libertar.

Henrique estudou as feições dela, um equilíbrio entre delicadeza e força. Passeou o olhar por sua face, deliberadamente lento, detendo-se nos lábios carnudos de Malikah. Sem se desviar deles, lembrou-a:

— Eu avisei que iríamos conversar.

— Não aqui, nem agora — retrucou ela, nervosa.

— Certo. Então vem comigo.

Ele não esperou que ela concordasse, porque sabia que isso jamais aconteceria. Simplesmente tomou uma das mãos de Malikah nas suas, exigindo que o seguisse.

— Solta-me, Henrique, antes que eu comece a gritar. Os homens acabariam com tua raça na mesma hora.

— Tu não farias isso — ele riu. — És correta demais para permitir que eu seja massacrado a sangue frio.

— Não quero falar contigo. Não temos coisa alguma a dizer um ao outro — insistiu a moça.

— Ah, não te enganes, moça. Entre nós há mais assuntos pendentes do que as montanhas nas Minas Gerais.

Os tambores não cessaram pelo fato de Malikah ter deixado a roda. Os sons continuavam retumbando pelo terreiro, abafando o diálogo dos dois.

Quando Henrique encontrou um lugar reservado, onde a conversa entre eles pudesse acontecer sem interferências, ele parou, posicionando a ex-escrava diante de si.

— Tu não tens este direito...

— Shhhh! — Ele calou os protestos dela, usando o dedo indicador para impedi-la de falar. — Vais me escutar, ainda que não queira. Já te dei tempo suficiente, Malikah. Agora basta!

Henrique não usou um tom condescendente na voz. Tampouco se conteve. Foi brusco, impaciente. Estava farto de melindres, de pisar em cacos de vidro com aquela mulher.

— Eu quero participar da vida do meu filho. E não tomes isso como um pedido. Estou a te avisar.

Malikah escarneceu, sorrindo com desdém.

— Prefiro me fingir de surda a dar ouvidos a esse absurdo.

Ela virou as costas, decidida a ir para casa e esquecer a abordagem ousada do advogado. Mas ele ainda não tinha terminado. Puxou-a de volta, prendendo-a entre seu corpo e o tronco de uma mangueira. Era para ser só um movimento que obrigasse Malikah a ouvir Henrique até o fim, não algo que fizesse os dois estremecerem. Por um instante, ele esqueceu suas reivindicações; ela, seu rancor. Havia passado tempo demais desde a última vez em que estiveram nos braços um do outro.

Henrique, sem refletir sobre as consequências do gesto, levou seu rosto até a curva do pescoço de Malikah e inspirou devagar.

— Tão cheirosa... — ele sussurrou, resvalando os lábios na pele dela. — Como sempre.

O mundo emudeceu naquele momento, pelo menos ali, em torno dos dois, cujos sentidos absorviam somente os movimentos que ambos faziam. Malikah não foi capaz de evitar que um arrepio doloroso atravessasse seu corpo, mesmo lutando bravamente para resistir ao toque de Henrique.

— Teu cheiro me embriaga, moça — continuou, enquanto diminuía a distância que os separava. — Tão linda, tão feminina...

Dentro do peito, o coração de Malikah era um tambor poderoso, que retumbava forte, mas descompassado. Movida pelo calor da situação, ela levou as mãos aos ombros de Henrique e desenhou seu contorno com a ponta dos dedos, como se, com o toque, resgatasse da memória as imagens de uma época em que ele era tudo para ela. Tudo. Uma época em que a presença dele era sinônimo de esperança, não de traição.

Henrique gemeu baixinho, espalhando um ar cálido pelo pescoço dela. Também se recordava do passado, dos primeiros contatos ainda na infância, dos encontros às escondidas que foram mudando sutilmente — de inocentes a cheios de segundas intenções. Ele se lembrava de tudo: de como os dois eram perfeitos quando estavam juntos, do amor, que, mesmo não alardeado em voz alta, podia ser sentido — um sentimento que ele pouco desfrutara na vida depois da morte da mãe. Mas Malikah era promessa, porque amá-la, ainda que em segredo, dava a Henrique uma perspectiva de futuro bastante promissora, feliz.

— Ah, minha pérola, quanta saudade sinto de ti. — Ele ergueu o rosto para falar olhando dentro das profundezas negras da moça, aqueles olhos escuros como as penas de uma graúna. — Fui tão covarde, tão estúpido...

Malikah não discordava. Embora seu corpo sentisse tudo por Henrique naquele instante, a cabeça começou a voltar para o lugar. Encarando-o com lágrimas ameaçando transbordar do olhar, seus rostos tão próximos que as respirações se misturavam, ela soube que jamais o perdoaria.

— Não. — Henrique interpretou a expressão dela. Massageando as bochechas de Malikah, ele pediu: — Por favor, não me condenes a vida inteira. Eu mudei. Não percebeste?

Como resposta, ele recebeu um suspiro desanimado e a quebra brusca do contato visual. A moça empurrou-o, apenas o suficiente para sair do abrigo dos braços dele.

De costas, com a respiração entrecortada, ela declarou:

— Nada neste mundo mudará o que sinto por ti. Ao me abandonar, grávida, ao deus-dará, algo dentro de mim morreu para sempre.

— Não...

— Percebo que mudaste. — A ex-escrava não permitiu que Henrique tentasse se explicar. — Todos mudamos. Mas isso não altera nossa situação. Eu não confio em vosmecê. — Às vezes o velho modo de falar escapava pelos lábios de Malikah, especialmente quando seus nervos estavam alterados. — Portanto não arriscarei a minha felicidade e a do meu filho por uma incerteza.

Uma bela incerteza, ela quis acrescentar. Vendo-o tão de perto, era nítido como o tempo havia sido generoso com a aparência de Henrique.

— *Nosso* filho.

— Não, moço, *meu*.

Cansada, Malikah fez um gesto vago com as mãos e partiu.

Por longos minutos, Henrique permaneceu imóvel, no mesmo lugar, observando a silhueta dela sumir na escuridão. E mesmo quando não pôde mais enxergá-la continuou lá, rígido feito uma árvore centenária.

Se recuperar o amor e a confiança de Malikah era uma missão impossível, ninguém o impediria de lutar pelo direito de exercer seu papel de pai. Faria isso de uma forma ou de outra, mesmo consciente das consequências que sua teimosia poderia trazer.

Teimosia não. Persistência, corrigiu-se.

Mas Henrique sabia que precisaria mesmo era de muita sorte, em dose cavalar.

Malikah entrou em seu quarto como se seus pés fossem plumas. Hasan, agora instalado numa cama de pernas curtas, improvisada por Akin de modo a evitar possíveis acidentes, dormia o sono dos inocentes.

Pé ante pé, ela dirigiu-se ao filho e se abaixou para fazer um carinho em seu rosto rechonchudo. O menino soltou um suspiro satisfeito, como se soubesse, embora inconsciente, que a mãe o regalava com sua inestimável atenção.

Hasan era o mundo inteiro dela. A recém-adquirida liberdade não valeria coisa alguma se ele não existisse. Ainda que a vida do filho se devesse, em tese, a Henrique — e por isso ela lhe seria eternamente grata —, o filho de Euclides jamais tomaria parte da criação dele.

A exaustão dominou o corpo de Malikah, que arrancou as roupas depressa e se enfiou numa camisola confortável e imaculadamente branca. Iluminada pela luz do lampião, ela recostou-se nos travesseiros que cobriam toda a cabeceira da cama — um luxo frugal negado a ela durante toda a sua existência até ir viver na Quinta Dona Regina — e apanhou o livro marcado ao meio na mesa de cabeceira. A cada dia se tornava uma leitora mais e mais apaixonada, por influência de Cécile. Naquela semana, antes de dormir, ela se dedicava a Miguel de Cervantes e seu ensandecido Dom Quixote, exemplar em português trazido do acervo da francesa em Marselha.

Sua fluência em leitura ainda não era das mais evoluídas. Porém Malikah não podia culpar sua pouca competência por não ter entendido o parágrafo que tentava ler havia longos minutos. Estava desconcentrada, na verdade, e essa desatenção tinha nome e laços com a aristocracia portuguesa.

Arrebatada pelo desânimo, ela deixou o livro de lado. Em seguida, puxou o lençol para se proteger da brisa fresca, presente da madrugada. Mas antes que conseguisse se cobrir por inteiro deparou-se com o contraste gritante entre a alvura da colcha e o tom da pele de sua mão.

Claro e escuro. Branco e preto. Certo e errado. Henrique e Malikah.

Ela poderia passar a noite inteira encontrando antônimos plausíveis para aquela discrepância, todos velhos conhecidos de seus anos de escravidão.

Pureza e pecado. Anjo e Demônio. Superior e inferior...

Mas houve um tempo, quando ainda era escrava de Euclides de Andrade, em que Malikah ousou sonhar que o amor era capaz de aniquilar essas diferenças. Isso porque um lindo sinhozinho, branco, loiro e de olhos azuis, olhava para ela com a alma — assim ele a fazia acreditar —, e não com a superioridade inerente aos privilegiados de pele clara.

5.

Ó meu Amor, meu seio é como um berço
Ondula brandamente... Brandamente...
Num ritmo escultural d'onda ou de verso!

No mundo quem te vê?! Ele é enorme!...
Amor, sou tua mãe! Vá... docemente
Poisa a cabeça... fecha os olhos... dorme...

Florbela Espanca, "Mãezinha",
em *Antologia Poética*

Henrique despertou com um suave toque em seus cabelos. Não precisava abrir os olhos para descobrir de quem eram os dedos que executavam aquele carinho tão prazeroso. Estava acostumado. Acordava dessa forma todos os dias — ou pelo menos desde quando sua consciência era capaz de se recordar.

— Meu lindo menino, é hora de te levantares.

Seus olhos claros, num tom de azul celestial, arderam em reação à luz do sol, que vazava pela fresta da janela, dando destaque às micropartículas espalhadas desordenadamente pelo ar.

— É cedo, mamãe — resmungou ele, afundando a cabeça no travesseiro. — Deixa-me dormir mais um pouquinho.

Inês abriu um sorriso, no qual cabia todo tipo de sentimento, de amor incondicional pelo filho à tristeza em virtude das mazelas da vida. Ela sabia bem o que era sofrer. O modo como acabou se tornando esposa de Euclides de Andrade e tudo o que perdeu em decorrência do capricho do fazendeiro a transformaram numa pessoa sem esperanças, sem sonhos.

Seu único motivo de permanecer brigando contra a vontade de ser guiada pela morte rumo ao paraíso estava deitado diante dela, lindo e teimoso, o segundo anjo que Deus enviara a Inês, tão parecido com o primogênito...

— Querido, acaso não sabes que teu pai detesta atrasos? Convém afugentar logo esse sono e aprumar o corpo. A mesa estará posta em alguns minutos. — A voz da jovem mãe denotava ternura e calma. Mas só ela sabia o esforço que precisava fazer para não ser transparente quando tinha o filho por perto. Henrique não fazia ideia, tampouco precisava saber da história por trás do casamento de seus pais. — Vem. Eu te ajudo.

O menino resmungou contrariado, porém esticou o braço para que Inês pudesse entrelaçar seus dedos aos dele.

— Por que meu pai é tão rude? — questionou Henrique ao trocar a camisa de dormir pelos trajes formais exigidos por Euclides.

Inês gostaria de lhe responder com sinceridade. Revelar que o homem era um monstro, um ser vil, sem coração, que, em nome de Deus, usava as pessoas a seu bel-prazer. Mas de que adiantaria difamar o marido perante o filho? Em que essa postura contribuiria para mudar a realidade deles?

Então, ela se limitou a ser evasiva como de costume:

— Ora, meu bem, teu pai é assim porque foi criado dessa forma pelo pai dele, que, por sua vez, recebeu esse tipo de educação do próprio pai.

Henrique enrugou a testa e ergueu os olhos para encarar a mãe, demonstrando preocupação.

— Isso significa que eu serei como eles, no futuro? — Sabiamente, ele acrescentou: — Já que o jeito de ser de cada um passou até chegar ao meu pai...

O que Inês mais queria era garantir que Henrique jamais se pareceria com Euclides. Mas como, se o esforço do marido em transmitir sua personalidade ao filho era prioridade na vida dele? E como ela poderia impedi-lo? Não passava de um capricho conquistado. *Não, tomado, comprado.*

— Dependerá apenas de ti, meu anjo. Basta que te assegures de ser um homem de bem.

— E como o farei? — indagou o menino, esforçando-se para amarrar o cadarço dos sapatos.

— Ah, existem tantos caminhos. — Inês se abaixou e tomou para si a função de fazer os laços de modo preciso e correto. — Mas não te regozijares com as injustiças é um bom começo.

Ele armou uma expressão de quem não entendeu bem.

— Tu não deves te alegrar com as desgraças alheias. Esse é o primeiro ponto. Nem desejar para o outro o que não almejas para ti mesmo. — A mulher tentou esclarecer, de modo suave, para que suas palavras não deixassem o filho ainda mais confuso. — Ser justo acima de tudo e nobre nas atitudes e nos sentimentos.

Henrique movimentou a cabeça para cima e para baixo, concordando com a mãe. A seu ver, não pareciam atitudes tão difíceis de serem tomadas. Ele conseguiria escapar da sina dos homens Andrade.

— Talvez eu já seja um pouco bom, mamãe — o menino supôs, sem muita confiança. — Até gosto de Malikah...

Para um ouvinte qualquer, soaria estranha a declaração de Henrique. *Até gosto...* Mas Inês entendia aonde o filho queria chegar. Para ele, ainda que todos os homens da Terra insistissem em condenar os negros, relegando-os a um nível nada digno, pouco importavam as origens da menina arrancada da África e, em seguida, dos braços da mãe, desde que ela continuasse sendo amistosa com Henrique.

— Gostas, é? Então tu estás a encontrá-la às escondidas? Como não estou a par dessa amizade?

O sorriso nos lábios da mãe era prova de que ela não estava condenando Henrique, o que contribuiu para estimulá-lo a contar a história completa:

— Não é sempre, mas vez ou outra eu esbarro nela pelos arredores da fazenda. Nós gostamos de conversar, contar histórias. — O menino franziu o cenho. — Malikah ficará encrencada se for pega, certo?

— Teu pai não haverá de gostar mesmo. É contrário a qualquer regalia oferecida aos escravos. — Inês fez um barulho desdenhoso com a boca. — E ainda acredita que irá para o céu. — Essa observação ela proferiu entredentes. — Contudo, meu anjo, se ser amigo de Malikah te faz bem, e a ela também, claro, quem disse que ele precisa ter conhecimento dessa situação, concorda?

— Iremos mentir para ele, mamãe?!

— Omitiremos, querido, para teu bem e o bem da menina.

Melhor do que ninguém, Inês compreendia as implicações de uma desobediência a Euclides. Não desejava isso para Malikah, tampouco para o próprio filho, embora ambos já penassem o suficiente em virtude da personalidade de seu odioso marido.

Fazenda Real, 1737.

Amparado por uma de suas bengalas — a de haste marrom-clara, feita com caule de palmeira e apliques de ouro —, Euclides claudicou pelo escritório até alcançar a escrivaninha. De uma das gavetas, retirou a carta, recebida havia dois dias, responsável por abalar ainda mais seu já inconstante estado de espírito.

Ele se sentou com dificuldade. Mesmo depois de dois anos, as dores não arrefeciam. Além de ter ficado com uma sequela irreversível nos quadris, ainda era castigado pelo mal-estar herdado do ferimento à bala que quase lhe tirou a vida.

Malditos!

O adjetivo, propagado o tempo todo, em bom som ou por resmungos, destinava-se a todos que o deixaram daquele jeito, um inválido deplorável: Fernão, Cécile, os escravos rebelados e, principalmente, Henrique, seu filho traidor.

Porém, de acordo com suas contas, a calmaria estava prestes a terminar. Cada um deles haveria de padecer, lenta e dolorosamente. A carta em suas mãos simbolizava a garantia de que os ventos começavam a soprar para o seu lado.

Antes tarde, antes tarde...

Quinta Dona Regina, 1737.

A pequena Bárbara quicava feito um potro recém-nascido no colo do pai, enquanto Cécile preparava o prato do marido, que tinha acabado de chegar em casa para o almoço. Henrique também estava à mesa, devorando, sem muita etiqueta, a refeição preparada por Sá Nana.

Os dois homens passaram a manhã afundados em trabalho, mas nem por isso pareciam cansados, apenas famintos.

De vez em quando, Henrique se concentrava nas brincadeiras entre o irmão e a linda sobrinha, com uma pontada de inveja pelo tipo de relacionamento que eles tinham. Havia dias em que ele simplesmente se conformava com o fato de que jamais viveria algo parecido.

— A comida não ficou boa, moço? — questionou a cozinheira, mãos na cintura grossa e testa franzida.

— Está divina, Sá Nana, não te preocupes — Henrique sorriu, para enfatizar a resposta.

Cécile, da beirada do fogão, captou o que se passava na mente do cunhado. Sua sensibilidade não falhava. Então fez o que sempre fazia, isto é, agiu com bondade.

— *Mon cher*, aqui está teu prato. — Ela beijou o topo da cabeça de Fernão, que não resistiu ao carinho. — Passa a Bárbara para mim.

— Vai com a mamãe, florzinha.

A menina resmungou um pouco, pois ainda não estava pronta para abrir mão do pai.

— Ah, sua bajuladora, agora não queres o colinho da *maman*. Pega, titio, esta pequena cobiçosa.

Confuso, Henrique recebeu a menina nos braços e ela foi logo apertando as bochechas dele, repetindo a brincadeira que fazia com o pai.

Fernão lançou um olhar condescendente à esposa, ciente das artimanhas dela para incluir Henrique no seio da família. Com que facilidade ela fazia isso! Ele, por sua vez, apesar de dois anos já terem se passado, ainda resistia em ter um relacionamento pleno com o irmão.

— Titi! — a pequena Bárbara balbuciou, contente em escutar a própria voz.

— Fofura do tio. — O coração de Henrique inflou em reação ao carinho da sobrinha. Os olhinhos azuis da menina brilhavam de entusiasmo, enquanto ele retribuía a atenção, fazendo-a quicar em seu colo.

— Tu levas jeito com crianças, meu cunhado — Cécile comentou, na maior inocência, ainda que calculada. — Não concordas, Fernão?

— Não sei, *mi iyaafin*. Pensas que reparo nessas coisas?

A francesa riu. O marido até podia querer se passar por durão, mas ele não a enganava; só não desejava dar o braço a torcer. Além disso, era óbvio o ciúme que estava sentindo da filha naquele momento. Seu desconforto tinha nome.

Tranquila, ela também se acomodou para almoçar. Observando Henrique com a filha, todo carinhoso e meio desajeitado, desejou que Malikah estivesse ali para ver essa interação. Na certa, seu coração acabaria amolecendo um pouquinho.

Infelizmente a paz daquele momento não durou. Akin, esbaforido e um tanto pálido, irrompeu cozinha adentro, falando aos atropelos:

— Perdoa eu, patrão, mas tem uma charrete na estrada da fazenda. A roda quebrou e a moça está lá, sem meios de ir para casa. Pobre menina, parece uma alma penada. O susto foi feio.

— Que charrete, moleque, e que moça é essa? — questionou Fernão, largando o prato de comida.

— Ela disse que é filha de um fazendeiro das redondezas, um tal de Cláudio Alves. Estava de viagem para casa, quando a carroça quebrou. Devo cuidar do conserto?

— Tu deves providenciar a retirada da pobre moça do meio da estrada, Akin — Cécile se adiantou à orientação do marido.

— Sim e, em seguida, podes trazer a charrete — completou Fernão. Ele se levantou, assumindo o controle da situação. — É preciso levar notícias ao pai da senhorita. Sela um cavalo e vai até lá, Akin.

— Então eu mesmo apanharei a menina na estrada. — Henrique passou Bárbara para os braços da mãe e bateu em retirada, seguindo os outros dois homens, cada qual com uma providência a executar.

— Estás a ver, filha? Homens sempre se consideram eficientes — comentou Cécile, voltando ao prato de comida. — Porém, ai deles sem nossos empurrões.

Bárbara bateu as mãozinhas na mesa. Parecia concordar com a mãe, ainda que não tivesse entendido coisa alguma.

Henrique e Fernão deixaram Akin tratar da questão de enviar notícias ao fazendeiro dono da charrete enquanto iam acudir a filha dele e retirar o veículo quebrado do meio da estrada.

Juntos, eles eram pura determinação e força, algo impressionante de se ver. Uma pena manterem um relacionamento tão cortês, nada fraternal.

De fato, o acidente gerara transtornos, como ambos puderam constatar ao chegar ao local. As rodas do lado direito estavam completamente empenadas. O condutor, agachado, procurava encontrar uma saída — uma mágica, por exemplo — que os tirasse daquela situação o mais rápido possível. Já a moça mal continha seu medo, apertando as mãos e caminhando de um lado para o outro.

Sua juventude ressaltava por meio do rosto angelical, naquele momento, branco feito mármore, a representação fiel de uma jovenzinha em apuros.

Sensibilizado, principalmente pelas recordações da esposa numa situação semelhante, Fernão não hesitou em ajudá-la, dando prioridade a ela em detrimento da charrete.

— A senhorita machucou-se? — ele quis saber, preocupado.

— Não. — A resposta da moça transmitia receio. Claro que não estava confortável, cercada por dois homens desconhecidos, com seu veículo quebrado no meio do nada.

— Sou Fernão Lopes da Costa, proprietário destas terras. Minha casa fica a alguns metros logo adiante e está à disposição da senhorita até que alguém de tua família venha buscar-te.

— Bem... — ela titubeou, buscando apoio nos olhos do condutor da charrete, um antigo empregado do pai. Ele pareceu tranquilo, apesar do incidente.

— Minha esposa ficará muito satisfeita se a senhorita nos der a honra de se hospedar conosco. Tu não te aflijas, porque aqui todos somos de bem.

— Ah, pois muito bem. Realmente será melhor. Só preciso fazer com que papai seja avisado e tome as providências para retirar a charrete de tua propriedade e vir apanhar-me.

— Já encontramos um meio de preveni-lo, senhorita — garantiu Fernão. — E, se tudo estiver esclarecido, meu irmão fará o favor de guiar-te até a casa.

Ela olhou de Henrique para o cavalo que ele segurava pela rédea, lutando contra a insegurança, que precisou deixar de lado de qualquer forma, pois não havia outra opção. Era seguir com o desconhecido ou ficar na estrada.

— Sou Henrique e esta montaria é somente tua. Não temas.

— Obrigada. E meu nome é Bibiana.

Os irmãos não comentaram, embora tenham achado o nome exótico.

E, quando um relâmpago seguido de um trovão cortou o céu, todos entenderam que o tempo para conversas tinha se encerrado.

6.

Morre a luz, abafa os ares
Horrendo, espesso negrume,
Apenas surge do Averno
A negra fúria Ciúme.

Sobre um sólio cor da noite
Jaz dos Infernos o Nurne,
E a seus pés tragando brasas
A negra fúria Ciúme.

Bocage, "A negra fúria ciúme",
em *Quadras*

Na primeira vez que Henrique flagrou a mãe desacordada, pensou que ela estivesse apenas dormindo. Foi pé ante pé até a beirada de sua cama, depositou um beijo em seu rosto e esperou.

O que ele não sabia, em tão tenra idade, era que Inês havia sofrido um colapso nervoso causado por agressão. O agente da violência? O próprio marido e pai do menino, Euclides de Andrade, perito na técnica de bater sem deixar vestígios.

Henrique apenas começou a estranhar quando a situação passou a ser rotineira. E assim que, não só ele, como todos na casa-grande perceberam a tendência da patroa a sofrer desmaios constantes, a explicação disseminada aos quatro ventos foi taxativa: dona Inês não fora agraciada com uma mente equilibrada, e sua sanidade mental entrou na roda de conversação de Deus e o mundo.

Ela minimizava os ataques, alegando cansaço, pouco apetite. Em algumas ocasiões, desculpava-se com uma frase nada objetiva: "são coisas de mulher". E ninguém ousava insistir numa justificativa mais elaborada. Euclides, com seu modo típico de agir, arruinava as especulações, mesmo aquelas sussurradas à meia voz.

Somente Adana, mãe de Malikah e criada pessoal de Inês, compreendia a gravidade dos desmaios e o que os causava. Em vão, tentava passar para a patroa um pouco de força, ressaltando que, por mais que a vida não fosse justa com todas as pessoas, Henrique necessitava da presença dela, forte ao lado dele, auxiliando-o a atravessar a vida com dignidade e caráter irrepreensível.

Era a esse argumento que Inês se mantinha agarrada. Não fosse o filho, provavelmente teria sucumbido à tristeza e às agressões. Não existia castigo pior do que estar atrelada ao odioso Euclides até a morte.

Mas Henrique, apesar de ainda ser criança, de bobo nada tinha. Ele não sabia dar nome aos problemas da mãe, porém era capaz de compreender que eles eram piores do que Inês demonstrava.

Um dia, ao encontrá-la sentada à janela do quarto, olhando pensativa para as montanhas que cutucavam o céu ao longe, o menino a abraçou por trás e deitou a cabeça em suas costas. Inês inspirou profundamente e sorriu, sem desviar a visão da paisagem.

— A senhora está magrinha, mamãe — ele comentou, com um nível de apreensão alto demais para uma criança. Sua intuição o alertava que algo não andava bem.

— Ora, meu pequeno, e não é isso o que se espera de todas as damas? — respondeu Inês, distante.

— Estão a falar que adoeceste. É verdade? — O medo estava ali, em cada uma daquelas sílabas, proferidas com cuidado.

— Talvez eu tenha sido acometida por um resfriado ou algo que o valha, querido. Nada com que tenhas de te preocupar.

— Mamãe, prometes que nunca me deixarás? — O questionamento soou como uma súplica; e foi, na verdade.

Ao ouvir esse apelo, Inês ficou de frente para o filho e tomou as mãozinhas dele nas suas, guerreando contra as lágrimas que teimavam em transbordar.

— Meu anjo amado, um dia todos partiremos para junto do Pai e da Virgem Maria. Só o que posso prometer é proteger-te de onde quer que eu esteja. Tu, filhinho, sentirás minha presença, porque jamais te abandonarei, mesmo quando tudo parecer perdido aos teus olhos. És a luz da minha vida.

Nunca uma declaração pareceu mais fatalista aos ouvidos de Henrique. Por essa sensação ele chorou, um choro silencioso e manso, um paradoxo diante do turbilhão de emoções que se instalava dentro dele. Não queria que a mãe cuidasse dele de longe, no céu. Precisava dela ali, ao seu lado.

Para sempre.

Quinta Dona Regina, 1737.

O céu desmoronou tão logo Henrique pôs os pés em casa, acompanhando uma desconfiada Bibiana, que não lhe dirigira a palavra durante todo o caminho. Por sorte, Cécile havia montado guarda na sala, à espera deles, atitude que repercutiu muito bem para os nervos da mocinha.

— Oh, graças a Deus! Imaginei que tivésseis sido pegos pelo temporal.

— Foi por um triz que não. — Henrique fez um movimento em direção à janela, apontando para a tempestade. — Esta é Bibiana, cunhada.

— És muito bem-vinda. A casa é tua, pelo tempo que precisar.

— Obrigada, senhora Cécile. Eu esperava seguir viagem ainda hoje, mas com essa chuva... — A moça encolheu os ombros. — Temo que papai não tenha condições de chegar até aqui para me buscar de charrete.

— Ora, tu não deves te preocupar. Ficarás conosco pelo período que for necessário. A casa é grande e nós somos, sem falsa modéstia, uma família hospitaleira — garantiu Cécile, com a simpatia que lhe era tão característica. — Temos quartos de sobra por aqui. É provável que eu fique por demais avoada devido aos preparativos de um casamento que se aproxima. Então peço que releves.

— És por demais atenciosa, senhora Cécile. Obrigada pela gentileza.

— Por favor, chama-me apenas de Cécile. Não sou assim tão mais velha do que ti. — A francesa lançou uma piscadinha camarada para Bibiana, que sorriu abertamente pela primeira vez desde o incidente na estrada.

Henrique, que acompanhava o diálogo das duas mulheres, concluiu que já poderia dar sua missão como encerrada. Seria mais útil ajudando Fernão, onde quer que ele e a charrete avariada estivessem naquele momento.

— Pois muito bem, madames — disse ele, brincalhão. — Desejo que aproveiteis o calor entre estas paredes. Quanto a mim, voltarei para prestar meu auxílio no conserto do veículo, debaixo do aguaceiro que despenca lá fora.

Antes que ele tivesse tempo de bater em retirada, Bibiana se dirigiu ao jovem, mãos cruzadas no peito e o olhar transbordando gratidão:

— Obrigada por irdes a meu socorro. Não fosse tua boa vontade, só Deus sabe o que poderia ter acontecido comigo e com o pobre cocheiro.

— Ora, não me agradeças. Foi uma honra ajudar.

Com um leve aceno de cabeça, Henrique dedicou um cumprimento à jovem moça, agora aos cuidados de Cécile. Contente por ter cumprido a missão com louvor, ele sorriu enquanto se dirigia à saída. Porém não contava com Malikah parada a poucos passos de distância, estudando a cena como um cientista diante de seu experimento. Seus olhos refletiam um brilho diferente, algo um tanto agressivo, igual aos de uma onça prestes a atacar o cervo.

Não estivesse tão acostumado com o comportamento irascível da ex-escrava quando ele estava por perto, Henrique teria estranhado, tentado interpretar a cabeça da mãe de seu filho. Mas naquele momento ele tinha outras funções a desempenhar, urgências acima do estado de espírito de Malikah.

Sem dirigir a atenção a ela, ele tomou seu rumo, provocando nela um certo incômodo por ter sido tão descaradamente ignorada, na frente de uma estranha ainda por cima.

Cécile, que de boba nada tinha, notou o clima e tratou de amenizar seus efeitos, até porque Bibiana não precisava se inteirar dos problemas daqueles dois. Então, assim que apresentou as duas mulheres uma para a outra, fez um resumo dos acontecimentos, esclarecendo os pontos que culminaram na chegada da moça.

— Portanto ela ficará conosco até que alguém tenha condições de vir buscá-la — sentenciou a francesa. — Acredito que a chuva retardará teu retorno para casa, Bibiana. Entretanto será um prazer hospedar-te aqui pelo tempo que for necessário.

Estranhamente Malikah permaneceu calada, sem uma opinião, um palpite sequer. Mas isso não significava que sua cabeça não estivesse a mil por hora, reparando no fato de Bibiana ser tão meiga e bonita, além de dar ares de desamparada, como se precisasse de um salvador ao seu lado, livrando-a dos perigos da vida.

Ser testemunha do modo como Henrique sorrira para ela fez Malikah enxergar que aquele era o tipo certo de mulher para o advogado. Os dois combinavam em tudo: ambos brancos, bem-educados, de origem abastada. Seria um alívio se eles viessem a se entender de maneira romântica.

Seria mesmo? A ex-escrava gostaria de dizer que sim, mas alguma coisa a incomodava de tal jeito que ela jamais teria coragem de admitir isso, nem para si mesma.

— Prepararei tuas acomodações, de modo que tu possas descansar. Acredito que meus vestidos hão de servir em ti, portanto poderás usar algo limpo depois de te refrescar — ofereceu Cécile.

— Deixa. Fica com a visita. — Malikah se adiantou, impedindo a francesa de sair da sala. — Eu mesma subo e organizo o quarto e as roupas.

— Tens a certeza?

— Claro. E não demorarei. Em minutos tudo estará pronto para a senhorita Bibiana.

Se a convidada notou o tom, ninguém poderia afirmar. Mas não passou despercebido a Cécile um certo desprezo na voz da amiga.

Bom sinal, ela pensou. *Très bon effet.*[8]

Assim que Malikah se retirou, Bibiana sentiu uma imensa curiosidade em entender o papel da moça naquela casa. Seu pai era escravocrata. Mantinha uma quantidade significativa de africanos e descendentes na fazenda, embora não fosse adepto das práticas de castigos e torturas. Seguia a tendência, como quase todo proprietário de terras da colônia. Bibiana estava, portanto, acostumada a conviver com os negros em posição subalterna aos brancos. Porém, ao que tudo indicava, aquela mulher, *Malikah*, não vivia subjugada a ninguém.

Todavia, a despeito da vontade de saber, ela não levantou indagações a Cécile. Odiaria se passar por indiscreta diante de uma pessoa que, desde o primeiro instante, só fazia ajudar. Mas seu recato não a impedia de divagar sobre a organização diferenciada das relações naquela casa.

— Espero que a esta altura tu estejas mais calma. Tudo irá se resolver — disse Cécile, fazendo um sinal para Sá Nana, que atravessava a sala com uma pilha de panos de prato recém-lavados. — Ah, que bom te ver! Estava mesmo prestes a oferecer uma merenda a nossa convidada, Sá Nana. A senhora faria a gentileza de servir um pedaço daquele bolo delicioso com refresco de pequi?

— Não é necessário ter esse trabalho, por favor — protestou Bibiana, sentindo-se cada vez mais tocada pelo tratamento que vinha recebendo.

— Ora, não é trabalho, não. Volto logo.

Dessa vez, a moça não conseguiu segurar o comentário:

— É tão curiosa a maneira como todos se relacionam aqui. Parecem... íntimos.

Cécile sorriu, compreendendo de imediato o que Bibiana, com cautela, tentava dizer.

— Somos uma grande família, formada por mim, meu marido, nossa filha, meu cunhado, Malikah e o filho dela, meu afilhado.

Ao ouvir o nome da ex-escrava na lista de familiares, os olhos de Bibiana quase saltaram.

— Os demais são empregados da fazenda; alguns deles, nossos amigos — continuou Cécile. — Não possuímos escravos. Por aqui, quem trabalha recebe seu pagamento, além de moradia.

— Isso significa que os negros destas terras são todos forros?

— Bem que eu gostaria de dar-te uma resposta positiva, Bibiana. Porém tenho que admitir que não. A maioria é escravo fugido. Mas essa é uma longa história, que mais tarde posso vir a contar, quando estiveres descansada e alimentada.

A expressão no rosto da moça não negava sua avidez por saber mais. Era tudo tão fora dos padrões, mesmo para aquela parte perdida do mundo. Mas ela respeitou a postura de Cécile e não a pressionou. E nem se quisesse insistir teria obtido sucesso. Mal digeriu a última parte da conversa e suas conjecturas foram desfeitas por um vendaval na forma de um menino, que entrou na sala correndo e respingando chuva em tudo o que estava ao redor dele.

— Hasan! — exclamou a francesa, surpresa com a aparição súbita do afilhado, principalmente por estar molhado daquele jeito. — De onde tu vens, ensopado assim?

— Banho de chuva, iupi!!!

Cécile estava mais que habituada às artimanhas do afilhado. Como a criança saudável que era, não lhe faltava energia para realizar suas estripulias diárias.

— Por Deus, com quem tu estavas, pequeno?

— Akin. — Ele levantou as mãozinhas para cima, como se essa informação revelada fosse para lá de óbvia.

Ao que tudo indicava, nem o jovem empregado da fazenda, franzino, sim, mas cheio de vigor, dera conta de manter Hasan sob sua vigília. Para a preocupação geral, o menino havia escorregado pelos dedos de outro adulto, como minúsculas pepitas de ouro arrebatadas das encostas dos rios por mãos inexperientes.

— Oh, querido, quando tomarás juízo? — indagou a francesa, mal conseguindo conter o sorriso. — Apanharás um resfriado desse jeito. Vou levar-te para mudar de roupa. — E, voltando-se para Bibiana, Cécile se desculpou: — Voltarei em alguns minutos. É só o tempo de ajudar este rapazinho.

— Claro. Ficarei perfeitamente bem.

Hasan só deu conta da presença de uma terceira pessoa na sala ao escutar a voz da moça. Movido por sua infinita curiosidade, ele a analisou com olhos perscrutadores, resolvendo, por si só, o que achava dela.

— Olá, rapazinho — cumprimentou Bibiana, doce feito mel. — Aprecias brincar na chuva, pelo visto?

Ele concordou com ela, balançando a cabeça para cima e para baixo.

— És muito bonito. Como te chamas?

— Hasan — respondeu ele, sem um pingo de timidez.

Todos da família, incluindo os empregados mais chegados, adoravam que o menino tivesse uma autoestima tão elevada. Em se tratando de africanos e seus descendentes, fora dos limites da África, essa não era uma característica das mais comuns.

— Belo nome; de um guerreiro, suponho.

O verde dos olhos do menino brilhou de satisfação, tamanho o orgulho que o invadiu. Cécile até podia senti-lo inchar pelo elogio.

— Sim, nome do pai dele. E guerreiro é um elogio pequeno pelo homem que ele foi.

Todos se sobressaltaram com a repentina aparição de Malikah. Tão envolvidos que estavam naquela conversa a três, nem repararam que ela já havia concluído seus serviços no andar de cima.

— Mamãe! — Hasan correu e enroscou os braços em torno das pernas dela.

Com o olhar, Cécile repreendeu a amiga. Não precisava ser rude com Bibiana só porque, provavelmente, tinha ficado incomodada com a atenção que Henrique dispensara à moça pouco mais cedo.

— Os aposentos da convidada estão prontos — avisou, a expressão fechada. — Agora vem comigo, diabinho molhado. Depois nós dois teremos uma boa conversa.

Assim que Malikah deixou a sala puxando o filho pela mão, Cécile soltou o ar preso nos pulmões lentamente. Se aquela fúria toda da amiga fosse sinal do que ela estava imaginando...

— Que menino encantador! E ele tem olhos verdes! — Bibiana não conteve sua surpresa. — O pai dele é... branco?

O tal pai mencionado por Malikah era incontestavelmente negro. Porém o verdadeiro vinha exibindo uma cor meio dourada devido às horas sob o sol escaldante da região. Como explicar toda a complexidade dessa história a uma desconhecida? Logo, Cécile optou por ser evasiva:

— Sim e não, Bibiana. Sim e não.

7.

Em teus olhos mirar meu pensamento,
Sentir em mim tu'alma, ter só vida
P'ra tão puro e celeste sentimento
Ver nossas vidas quais dois mansos rios,
Juntos, juntos perderem-se no oceano,
Beijar teus labios em delírio insano
Nossas almas unidas, nosso alento,
Confundido também, amante, amado
Como um anjo feliz... que pensamento!?

Castro Alves, "Amar e ser amado"

Naquela semana, Malikah havia aprendido com padre Antônio Cabral que cobiçar os bens alheios era pecado. Em sua pregação, ele afirmava:

— Cobiça é querer ter o que pertence a outra pessoa. A cobiça produz inveja e descontentamento com aquilo que temos. Também leva a outros pecados, como o roubo, o adultério e todo tipo de ação maldosa contra o próximo. Por isso, é muito importante evitar a cobiça.

Malikah ouvia com atenção, preocupada com as próprias atitudes e temendo queimar no inferno em virtude do comportamento, por vezes, nada virtuoso.

— Para não cair na cobiça, é bom focar nas bênçãos que Deus nos deu. Deus conhece o desejo de nosso coração e sabe o que é melhor para nós. Quando queremos fazer a vontade de Deus, a cobiça diminui.

A menina juntou as palmas das mãos, encostou-as no peito e, de olhos fechados, prometeu ter pensamentos mais puros daquele dia em diante, especialmente no que dizia respeito aos bens alheios. *Não olharei com cobiça as joias das mulheres ricas. Juro, bom Deus.*

Para completar o sermão, o jesuíta citou um trecho do Evangelho, o que deixou Malikah ainda mais disposta a abrir mão dos seus desejos íntimos de menina — uma menina que jamais pôde desfrutar de qualquer prazer mundano, aliás.

— Não amem o mundo nem o que nele há. Se alguém ama o mundo, o amor do Pai não está nele. Pois tudo o que há no mundo, a cobiça da carne, a cobiça dos olhos e a ostentação dos bens, não provém do Pai, mas do mundo. O mundo e a sua cobiça passam, mas aquele que faz a vontade de Deus permanece para sempre.[9]

A pequena africana estava disposta a ser diferente. Tanto que, ao ir até Vila Rica, acompanhando uma das escravas que trabalhava dentro da casa-grande, para comprar os doces que dona Inês tanto apreciava, procurou não se deixar impressionar pelos vestidos das filhas e esposas da sociedade, nem por seus adornos exclusivos, moldados pelas mãos de um ourives talentoso. Mas Malikah gostava mesmo era das luvas de renda, tão alvas que reluziam. Conformada, reconhecia que jamais usaria um par, nem mesmo um descartado pela dona, já cheio de furos ou desfiado.

Isso é cobiça, Malikah. Veja lá o que o padre disse.

Ao voltar para a fazenda e ser encarregada de entregar os doces à patroa, a menina, então com nove anos, encontrou Inês na varanda, reclinada numa cadeira de balanço com uma expressão de extremo cansaço. Seus pés impulsionavam placidamente a cadeira, que rangia a cada "para lá e para cá".

— Desculpa eu, patroa, mas Aisha... não, Isabel, mandou os doces. — O lapso não passou despercebido por Inês. Assim que chegavam da África, os negros recebiam nomes portugueses e eram obrigados a usá-los. Porém, longe dos olhos de seus proprietários, os escravos costumavam descumprir essa regra.

A mulher sorriu de modo afetuoso para a menina e lhe fez um carinho na face antes de receber o pacote. Aquelas cocadas eram sua perdição. Foi logo mordiscando uma, enquanto oferecia outro pedaço a Malikah, que hesitou antes de aceitar. *Cobiça. Cobiça.*

— Não te acanhes, pequena. Aceitas a oferta. Tu não te arrependerás de botar algo tão saboroso, doce como melado, na boca. A sensação é divina.

— Sim, senhora.

As duas, num silêncio patrocinado pelo prazer oferecido pela iguaria, aproveitaram o sabor. Talvez Malikah, nada acostumada a aproveitar as refeições, estivesse ainda mais encantada com aquela pequena delícia.

— Pega outro — disse Inês, estendendo o pacote para a menina.

— Não carece, patroa.

Ela fez uma reverência sutil e se preparava para voltar ao trabalho, mas Inês não estava pronta para ver Malikah ir embora. Afeiçoara-se àquela menina, mesmo que a distância, tanto por ela ser uma filha arrancada dos braços da mãe — assim como aconteceu com seu primogênito Fernão e a própria Inês — quanto pela amizade entre a pequena e Henrique. Os olhos do menino sempre se iluminavam quando ele falava sobre Malikah.

— Fica um pouco mais e conversemos. Fala-me sobre ti, do que gostas...

Não era surpreendente que a menina tenha se assustado com o pedido de Inês. Em que mundo uma senhora tão distinta prestava tamanha consideração a uma escrava, uma criança ainda por cima?

— Eu... — Ela desviou ou olhos para o chão. Nem sabia por onde começar.

A esposa de Euclides ajudou-a:

— Ouço os sons que veem da senzala. Tenho a impressão de que a reunião noturna dos escravos é bem divertida. Tu aprecias, Malikah?

— Sim, patroa. Gosto dos *vissungos*.

— Das canções?

A menina anuiu com a cabeça.

— Vou te segredar um fato, contudo precisas me prometer sigilo absoluto — sussurrou Inês, em clima de conspiração. Não fosse Malikah uma criança, certamente teria observado com que dificuldade a mulher falava. — Juras?

— Sim, senhora. — A pequena fez o sinal da cruz no peito, como ensinara padre Antônio.

— Eu também gosto das canções. Sempre me debruço na janela à noite, para ouvi-las melhor. Algumas têm um ar de lamento; outras, de liberdade.

Inês vagueou o olhar até alcançar o horizonte. Começava a sentir aquele sufoco no peito novamente.

— A senhora tá bem?

— A cada dia me sinto melhor, bela menina, a cada dia. — Ela suspirou, tocando, mais uma vez, o rosto de Malikah com as pontas dos dedos enluvados. Por um segundo, a menina se permitiu apreciar a beleza da peça rendada, um lapso, pois logo a voz do clérigo ecoou em sua cabeça. *Cobiça.* — Gostas?

Houve um momento de confusão até que a pequena escrava compreendesse a pergunta, a qual não foi respondida. Ela não tinha o direito de dizer a verdade.

— Pois fica com elas.

Imediatamente, Inês retirou as luvas e depositou-as nas mãos da menina, que se encolheu como um bicho acuado.

— Não, eu... É errado.

— Shhh... É meu presente a ti, que deve aceitá-lo de bom grado.

— Mas o feitor, as mulheres... Oh! — A menina não sabia o que fazer.

— Guarda bem escondido, Malikah. Não deixes que roubem de ti ou que te castiguem por isso. Eu quero que estas luvas sejam tuas.

Como não conseguiria resistir aos argumentos da patroa, a pequena obedeceu. Em seguida, enfiou o presente dentro do vestido. Ninguém deveria saber, jamais.

— Agora vai. Entrarei para me deitar um pouco.

— Muito grata, patroa.

— Não por isso, querida. Não por isso.

Quinta Dona Regina, 1737.

Quando Fernão e Henrique voltaram para casa, já estava escurecendo. Ainda chovia e toda a terra havia se transformado em barro, que tingira os dois irmãos de marrom da cabeça aos pés. Deixaram as botas do lado de fora e entraram pelos fundos, vigiados de perto por Sá Nana, imbuída na causa de impedir que a dupla sujasse seu chão limpíssimo.

Acuados, cada um tratou de ir se limpar, principalmente porque a hora do jantar se aproximava e Cécile gostava de ter toda a família à mesa. Inclusive o banho do marido se encontrava à espera dele, morno e perfumado — um mimo que a francesa fazia questão de ofertar ao homem da sua vida.

— Tudo resolvido, *mi iyaafin* — informou Fernão ao entrar em seu quarto e se deparar com a esposa dobrando uma toalha sobre a cama. — A charrete foi para a oficina, o condutor, levado para a casa de um dos colonos e Akin já voltou da fazenda do tal Cláudio Alves. Tu sabes como aquele rapazola é esperto.

— Disso eu sei. Deu tempo até de meter Hasan numa nova trapalhada — comentou Cécile, antes de se virar para o marido e gritar: — *Mon Dieu*, quanta sujeira! Tira logo essa roupa imunda, Fernão, ou vai enlamear tudo!

Ele esboçou um sorrisinho mal-intencionado enquanto arrancava a camisa do corpo e se saiu com esta:

— Não pensas que ainda é um pouco cedo para me desejares sem roupa, *okan mi*?

— Oh, que vaidoso!

— Confiante.

— Bobo.

Os dois riram, sempre cúmplices, sempre apaixonados.

— Onde está nossa filha? — Fernão quis saber, só de calça e um olhar malicioso.

— Na biblioteca, com Malikah e Hasan.

Em poucas passadas, o aventureiro voltou à porta do quarto e passou a chave. Em seguida, deu um jeito de surpreender Cécile. Sem que ela tivesse tempo de se defender, ele a pegou nos braços e entrou na banheira, espirrando água pela borda.

— Seu... inconsequente! — protestou ela, arfando para recuperar o fôlego, perdido entre o susto e as risadas mal contidas.

— Não, senhora. Entendo perfeitamente as consequências desta brincadeira, *mi iyaafin*.

Porque não era necessário falar mais nada, ambos aproveitaram aquele raro momento de privacidade, como se somente eles existissem no mundo. Já era hora de providenciar um irmãozinho para Bárbara.

Algum tempo depois, assim que jantaram em torno da grande mesa da sala, todos se dirigiram para a varanda, onde ficaram a contar casos e a contemplar a chuva.

A contragosto, Malikah desistiu de subir direto para o quarto — após uma troca de olhares com Cécile, que sabia ser persuasiva até mesmo sem abrir a boca. A ex-escrava não estava em clima de confraternização. Era no mínimo perturbador dividir o ambiente com Henrique e Hasan ao mesmo tempo e, pior, com uma forasteira misteriosa, cuja aparição não lhe cheirava como obra do acaso.

De todo modo, cedeu. Até sua teimosia tinha um certo limite.

Puseram-se a falar sobre o passado da colônia, ouvindo histórias que Fernão conhecia de cor, transmitidas de geração em geração, principalmente entre os grupos de exploradores da terra.

Embalada pela voz grave do pai, Bárbara dormia aconchegada nos braços da mãe. Porém, a outra criança presente, Hasan, não queria saber de perder uma só parte das histórias e ficava perambulando de um lado para o outro da varanda, sempre com dois pares de olhos pregados nele: o de Malikah e o de Henrique.

— Vila Rica possui tantas igrejas que, a julgar pela quantidade, seria compreensível que todos os homens que lá residem fossem uns santos — declarou Fernão, dirigindo-se mais especificamente a Bibiana, que pouco sabia sobre a cidade mais importante das Minas Gerais. — Há alguns anos, foi inaugurada a matriz de Nossa Senhora do Pilar, e todos os aristocratas encabeçaram as festividades, como se merecessem as bênçãos mais que os demais filhos de Deus.

— É verdade. Nós, então, *escravos imundos*, não pudemos nem chegar perto — Malikah se recordou. — Mas de longe vimos que as celebrações foram muito bonitas.

A postura da ex-escrava deixava Bibiana cada vez mais curiosa sobre a vida da moça. Gostaria muito de obter outras informações que, juntas, fizessem algum sentido. Afinal, por Deus do céu, que filho era aquele, de nome africano e traços de um pai branco? E o que dizer da importância dela naquela casa, de seu prestígio diante de todo mundo? Eram tantos mistérios...

— Nas festividades religiosas se desenvolve um fausto com todo gênero de ostentação — Fernão completou. — Naquele dia em especial, inúmeras procissões ensejavam à igreja. Os fiéis ofertavam bens de riqueza incalculável. Havia muitas danças, máscaras, pessoas ricamente vestidas. Aos ouvidos, sonora e contenciosa harmonia de músicas.

Apesar da descrição detalhada dos acontecimentos, nenhum dos ouvintes — exceto Bibiana, talvez — enxergava a explanação com alegria. Até mesmo as festividades da igreja serviam para destacar as classes, de maneira gritante, por sinal.

— De que adiantam tantas homenagens a Deus se as ações dessas pessoas vão justamente contra os ensinamentos de Cristo? — questionou Cécile, numa pergunta retórica que provocou um silêncio reflexivo.

Além da sinfonia da chuva, cujas gotas produziam um som ritmado, tirando notas musicais ao baterem nas folhas das árvores, nas pedras e no chão, Hasan também preenchia o silêncio, incapaz de se manter quieto nem que fosse por alguns segundos apenas.

O menino brincava de assustar os insetos que voavam na órbita de um lampião, alheio à seriedade do diálogo dos adultos. Até que um mosquito desorientado — ou vingativo — aproveitou a oportunidade e se enfiou na boca de Hasan, aberta de tanto dar risadas. Ele engasgou, cuspiu e correu em busca de socorro, implorando ajuda à primeira pessoa em quem trombou.

— "Moquito"! "Moquito"! Tira!

Com paciência, Bibiana deu batidinhas nas costas do menino, ao mesmo tempo em que pedia a ele que tivesse calma. As palavras doces e o gesto aos poucos o tranquilizaram e o incômodo inseto acabou descendo garganta abaixo, causando um alívio instantâneo.

Com lágrimas nos olhos, o pequeno respirou fundo. Fez uma expressão meiga por conta do "salvamento", à qual Bibiana não resistiu. Então o enlaçou num abraço gostoso, desses que toda criança sabe dar.

Hasan achou o cheiro da moça delicioso. Inebriado, retribuiu o carinho.

A cena foi rápida. Poderia ter passado despercebida. Mas Malikah não só acompanhou todo o desenrolar da ação como não conseguiu conter o ciúme esfomeado que abocanhou suas entranhas. No dia a dia, lidava naturalmente com a relação de seu filho, um carismático nato, com os moradores da fazenda. Porém Bibiana era uma forasteira. *Além do mais, além do mais... O quê?*

Furiosa com os próprios sentimentos e com a situação, seus instintos a impeliam ao ataque; civilizada, bloqueou a ideia e, antes que fizesse algo do qual se arrependeria, levantou-se e saiu sorrateiramente.

Ou melhor, nem tão sorrateiramente assim. Cécile percebeu tudo e intencionava agir em apoio à amiga. Mas outra pessoa teve a ideia primeiro. Logo, a francesa permaneceu sentada em sua cadeira, embalando Bárbara, um tanto mais tranquila — e esperançosa.

Malikah foi se refugiar na cozinha, entre as sombras, coração disparado. Não estava se reconhecendo. De repente, tornara-se uma pessoa irritadiça, com as emoções à flor da pele. Odiava isso, ao mesmo tempo em que reconhecia que era tudo culpa de Henrique. Tudo!

Tentara se enganar, acreditando que a chegada dele, dois anos antes, não afetaria a vida dela. Era só cada um ficar no seu canto. E ainda havia a ameaça de Fernão, a condição imposta para que Henrique fosse aceito por lá: nunca se aproximar de Malikah nem de Hasan. No entanto, não era difícil prever que alguém tão sinuoso como ele haveria de burlar tal determinação.

— O que farei? O quê?! — ela se questionou, realmente preocupada com sua sanidade. No íntimo a ex-escrava já admitia a desvantagem. Seus próprios sentimentos andavam unindo forças com o lado errado.

Atração por um homem inadequado, ciúmes de uma forasteira... O que era tudo aquilo transbordando de seu peito de uma hora para outra?

— Ah, meu querido Hasan, por que me deixaste? — lamentou, sabendo que os rumos de sua vida seriam bem diferentes caso seu ex-noivo estivesse vivo ainda.

Assim que surgiu na cozinha, Henrique encontrou Malikah com o rosto afundado entre as mãos, soltando essa "pérola" que muito o magoou. Apesar disso, ele estava ciente de que merecia cada castigo que vinha recebendo por ter aberto mão dos conselhos de sua falecida mãe, naquele passado longínquo, e dado ouvidos ao pai.

Não soube que atitude tomar de imediato. Parado na porta, observou os sacolejos dos ombros dela enquanto derramava lágrimas silenciosas. Permitiu que sua mente o transportasse para o período em que eram duas crianças inocentes, construindo um laço gradativo, mas muito forte e real.

Por que Henrique ignorara o amor de Malikah? Por que o veneno de Euclides de Andrade, bem como os critérios da sociedade escravocrata, teve peso maior que os sentimentos que ele desenvolveu por aquela menina? Porque viveu parte da vida querendo provar qualquer coisa ao pai.

Embora desconfiasse de que seria rechaçado de novo, Henrique mandou o orgulho às favas e foi oferecer sua alma à mulher que... amava.

— Malikah — sussurrou ele, parado às costas dela.

Não pretendia assustá-la, o que não a livrou disso.

Para impedir que a ex-escrava fugisse, Henrique espalmou as mãos nos ombros dela, mantendo-a sentada. Claro que Malikah tentou se desvencilhar, reação natural proporcionada pelo susto de ter sido seguida por alguém. E, quando descobriu quem era a tal pessoa, quis desaparecer, sumir, sem rastros ou pistas.

— Ah, meu Deus! — ela suspirou. — Por que tu não me deixas em paz?

Mesmo o peso desse protesto tão enfático não foi capaz de desanimar Henrique. Não dessa vez. Ele manteve as mãos nas costas de Malikah, impondo a ela sua presença. Agora a mulher iria escutá-lo, cada maldita palavra que necessitava ser dita.

— Acaso os porquês não são óbvios para ti? Há quanto tempo nós nos conhecemos, Malikah? — indagou ele, cansado de andar em círculos. Talvez o único modo de sensibilizar a ex-escrava fosse evocando o passado dos dois. — Por quantas coisas passamos juntos, ou sozinhos, embora na mesma época?

Malikah balançou a cabeça com força, de um lado para o outro, chacoalhando os cabelos. Não queria se lembrar, trazer à tona a época em que Henrique era precioso para ela.

— Decerto tu te recordas do pedido de minha mãe no leito de morte. — Henrique tinha a consciência de que usava recursos pouco ortodoxos para derreter o coração de Malikah. Mas, se isso chegasse a acontecer, teria valido a pena.

Não abandones meu filho, criança.

Ela podia escutar a voz de dona Inês, tão mansa e cálida naquele dia derradeiro. Pedia perdão àquela mulher de alma atormentada e coração puro diariamente em suas orações por não ter cumprido a promessa. E como poderia, depois de tudo por que passara nas mãos de Henrique?

— Não me venhas com chantagem, moço. Tua mãe era uma santa e de onde quer que esteja é provável que reconheça os motivos por minha falta de palavra.

Eu não o abandonei, ela quis acrescentar.

— Ela também me fez um apelo, Malikah, em relação a ti. Implorou para que eu ficasse sempre ao teu lado e não permitisse que nenhuma injustiça te acometesse.

Lágrimas quentes e grossas rolaram pelo rosto dela. Recordar-se de Inês de Andrade lhe causava uma mescla de ternura e dor. Convivera muito pouco com a patroa, mas o suficiente para se sentir um ser humano quando todos ao redor teimavam em chamá-la de criatura. Inês era boa, um sopro efêmero de delicadeza em sua vida tão miserável.

Henrique agachou aos pés de Malikah com a intenção de nivelar a altura dos dois e conseguir olhá-la nos olhos. Também estava visivelmente comovido.

— Quem merece ser julgado por não ter mantido o juramento sou eu, minha flor. Caso ainda respirasse sobre este mundo, mamãe jamais me perdoaria pelo monstro que me tornei. Prometi tantas coisas a ela... — ele se interrompeu, tamanha a emoção que o consumia. — Não fui o filho que ela merecia. Pobre Inês, perdeu seus dois meninos, de um jeito ou de outro.

Malikah não estava preparada para aquela confissão. Esperava ser persuadida a relevar as faltas de Henrique ou se sentir culpada por não ter conseguido permanecer ao lado dele. Mas aquela vulnerabilidade era demais.

— Mas hoje ela teria orgulho de mim. Bom, penso eu que sim. Gosto de acreditar nisso. — Ele diminuiu o tom de voz. — Não sou como meu pai, Malikah. Tenho me esforçado ao máximo para me parecer com o meu irmão. Então, acho mesmo que minha mãe sentiria orgulho de mim.

Por muito tempo, Malikah acreditou que todas as mazelas do mundo só tinham um destino: atingir cada negro que um dia fora trazido à vida na Terra. Ao conhecer a história de Cécile, de Inês, de Fernão, entendeu que a cor da pele não era garantia de sofrimento ou felicidade, ainda que os africanos e seus descendentes, por ação de homens sem escrúpulos, padecessem muito mais.

No entanto, ter acesso à dor de Henrique naquele momento minimizou um pouco sua própria dor. Agora ela era Malikah, não Ana, não escrava; gente, não bicho. E ele? Um homem consumido por uma enorme bagagem de culpa.

Estimulada por essa constatação, Malikah pousou seus dedos sob os olhos dele. Ali estava o contraste novamente, ao qual ela preferiu não dar atenção, por ora. Movida pela compaixão — e outros sentimentos ignorados por vontade própria —, a ex-escrava secou as lágrimas de Henrique, como sempre fazia com Hasan, o filho *deles*.

— Se estivesse viva, tua mãe, há dois anos, teria todos os motivos do mundo para se orgulhar de ti — declarou ela, sendo totalmente sincera.

Tanto o contato da pele dela na dele quanto aquelas últimas palavras levaram Henrique a interpretar como positiva a atitude de Malikah. E, mais tarde, a sós em seu quarto, ele culparia esse equívoco de entendimento pela reação que teve em seguida. Sem pensar, tomou o rosto dela entre as mãos e zerou a distância entre eles, não esperando sequer um segundo a mais para sentir os lábios de Malikah nos seus.

E tudo acabou sendo muito intenso. Pega de surpresa, ela não reagiu imediatamente. Mas quando deu por si estava retribuindo o beijo. Mais que depressa, Henrique se pôs de pé, puxando-a consigo, até que se encontraram numa posição satisfatória: ela pressionada entre a mesa e o corpo do seu antigo amor.

Beijaram-se com sofreguidão, descontando os anos de afastamento, e nada, nunca, foi tão bom. Se é que isso fosse possível, Malikah estava ainda mais formosa em suas curvas — sentidas pelas hábeis mãos do jovem bacharel — e mais devastadora em seus beijos. Henrique se sentia no céu, como se Deus em pessoa tivesse se dignado a lhe conceder a redenção por todos os seus pecados.

— Ah, minha flor — sussurrou ele, soprando as palavras sobre a boca volumosa da mulher em seus braços. — Que saudade! Que saudade! Nem imaginas como eu te...

Antes que tivesse a chance de completar a declaração, um ruído de porta batendo interrompeu o momento. Desorientada, Malikah empurrou Henrique, que se afastou alguns passos, varrendo a cozinha com o olhar à procura do causador de sua frustração. E qual foi sua surpresa ao se deparar com Hasan, de dedo na boca, arrastando uma manta pelo chão e esfregando os olhos, com a maior cara de sono.

— Mamãe, "dumi".

Com o coração socando seu peito, Malikah pegou o filho nos braços e escapuliu feito um gato, sem nem olhar para trás.

Henrique sabia que não havia vencido a batalha. De manhã ela voltaria a encará-lo com armas em punho e dentes à mostra. Porém, pela primeira vez em anos, uma pontinha de esperança começou a abrir caminho dentro dele.

Decidiu ir para a cama e apostar na virada do vento.

Já deitado, ainda com o sabor de Malikah na boca, tocou os lábios e suspirou.

— Pois bem, minha mãe, agradeço pela intercessão. Porque essa brecha no coração de pedra daquela cabeça-dura parece obra tua. Ah, como parece...

8.

Por que Deus permite
que as mães vão-se embora?
Mãe não tem limite,
é tempo sem hora,
luz que não apaga
quando sopra o vento
e chuva desaba,
veludo escondido
na pele enrugada,
água pura, ar puro,
puro pensamento.

Carlos Drummond de Andrade, "Para sempre",
em *Lição de coisas*

— Hoje é meu aniversário.

Malikah tinha acabado de alcançar a beira do riacho, no exato local em que se acostumara a encontrar Henrique. O que antes não passavam de esbarrões furtivos acabou se tornando uma amizade improvável — e clandestina.

O menino encarava as águas cristalinas e assim permaneceu, declarando o fato sem desviar os olhos para a pequena escrava. E acrescentou tão logo ela se sentou ao lado dele:

— Estou a fazer onze anos.

Para uma criança, ele não parecia nem um pouco entusiasmado com a data. Pelo contrário, sua expressão era de puro desgosto.

Deduzindo que alguma coisa não estava bem, Malikah esticou o corpo e alcançou o rosto de Henrique, onde depositou um beijo estalado. A ocasião não poderia ser a mais apropriada para esse primeiro contato físico — que no futuro evoluiria para algo mais sério, além de arrebatador.

— Felicidades a vosmecê. Ganhou presentes? — A curiosidade da menina era calculada. Ela só desejava distraí-lo do que o incomodava.

— Mamãe me deu um pacote de cocadas, trazidas de Vila Rica ontem à tarde. Fui até seu quarto pela manhã e a encontrei sob os lençóis, tão branca quanto aquelas nuvens do céu. — Henrique soltou um suspiro e Malikah achou que compreendia a causa de seu desassossego. — Do meu pai não recebi sequer um abraço. Ele disse que já não tenho mais idade para tal desperdício de tempo.

A menina teve vontade de perguntar se dona Inês estava bem. Também queria debulhar um terço de imprecações contra Euclides de Andrade. Que tipo de pai era aquele homem? *Que espécie de gente?*

— Que bobo! Abraçar é bom.

Henrique se divertiu com a simplicidade da declaração da menina.

— Os escravos se abraçam muito? — questionou ele, em tom de brincadeira.

Ela deu de ombros, indiferente à provocação.

— Vez ou outra. As mulheres grandes são carinhosas com os miúdos.

Por um instante, o menino se permitiu sentir uma pontinha de inveja dela. Carinhos espontâneos eram raridade em sua vida, exceto da parte de sua mãe, que, nos últimos tempos, andava tão baqueada que não lhe sobravam muitas forças para expressar fisicamente seu amor pelo filho. Em seguida ele se lembrou de que tampouco Malikah podia usufruir do afeto materno. Nesse sentido, ambos padeciam do mesmo tipo de mal.

— Tua mãe é uma boa pessoa — Henrique soltou essa, de supetão. De repente notou que seus problemas não podiam ser comparados com os da menina.

Malikah, muito esperta, percebeu o que ele estava tentando fazer e sorriu de contentamento.

— Sim, a mais maravilhosa das mulheres.

Como se tivesse sido conjurada pelas duas crianças, Adana surgiu, gritando o nome do garoto a plenos pulmões:

— Henrique! Henrique!

Por algum motivo, ele entendeu que algo muito ruim havia acontecido. Imaginou que seu pai tivesse descoberto seus encontros secretos com a pequena escrava e que estivesse à caça do filho para castigá-lo.

Solidária à apreensão do amigo, Malikah enlaçou sua mão à dele, gesto que representava uma declaração explícita de apoio, o que o menino prontamente aceitou.

— Vem, patrãozinho, é a mãe de vosmecê...

Não foi necessário dizer mais nada. A mensagem soou clara como a luz do sol que iluminava aquele dia. Os três partiram o mais rápido possível em direção à casa-grande, alheios a tudo, inclusive à possibilidade de Euclides presenciar aquela correria desenfreada.

Só pararam diante da porta do quarto de Inês, mas somente porque Malikah se recusou a invadir a privacidade de sua patroa.

— Vai ter com a mãe de vosmecê — disse ela.

— Entra comigo, por favor.

A menina relanceou o olhar até encontrar com o de Adana, que lhe sorriu, incentivando-a a seguir Henrique, já que essa era a vontade dele.

Ainda de mãos dadas, as duas crianças prosseguiram e foram ver Inês, que jazia sobre sua cama agarrada a um sopro de vida. Ela lutava bravamente para se manter firme, pelo menos até que conseguisse se despedir do filho.

— Querido, aproxima-te — murmurou de modo quase inaudível.

Ele obedeceu, mas Malikah manteve-se afastada, não querendo impor sua presença.

— Hoje é teu aniversário. Onze anos e eu ainda me recordo do dia em que tu nasceste. — Inês inspirou com dificuldade, como se o ar lhe faltasse. — Foste um bebê lindo, tranquilo... um anjo.

Henrique soluçou, depois de lutar arduamente contra as lágrimas que irromperam de seus olhos feito uma queda-d'água.

— Não chores, querido. Minha hora chegou. Estou feliz por ter sido chamada a morar junto ao Pai.

— Fica comigo, mamãe. Não tenho ninguém mais.

Inês alcançou a mão do filho e a apertou, usando suas últimas forças.

— Quando se tem um coração bom, é impossível ser solitário, meu menino. Conserva o teu. Mantém tua pureza, tua bondade, teu amor, e lá do céu eu ficarei muito feliz.

O maior pavor daquela mãe era partir e largar seu filho à mercê de um pai como Euclides. Só lhe restava aconselhá-lo e rezar para que suas palavras criassem raízes dentro dele.

— Não aceites transitar por caminhos tortuosos, meu bem.

— Prometo, minha mãe — assegurou ele, mais que depressa.

— Muito bem. Agora vem aqui, pequena. — Inês mexeu os dedos, chamando Malikah para perto dela. Mesmo hesitante, a menina obedeceu. — Gosto de ti, de tua amizade com Henrique. Não o abandones, ainda que ele, por vezes, não tenha atitudes louváveis.

— Sim, senhora — concordou ela, fungando.

— E tu, meu menino, cuida dela e não permita que seja injustiçada. Protege esta menina, este tesouro dos mais valiosos.

— Mamãe...

— Preciso dormir, filho. Estou tão, tão cansada...

Inês não morreu logo depois disso. Ela se manteve viva por mais um dia — seu último ato em favor de Henrique; recusava-se a partir no aniversário do menino —, mas não voltou a abrir os olhos durante esse período e nem disse mais nada. Henrique permaneceu ao lado dela. Surpreendentemente, Euclides não criou caso quanto a isso.

Ao partir, a pobre mulher foi velada com honras e pompas. Sinos tocaram em todas as igrejas de Vila Rica em tributo à esposa de um dos homens mais importantes da capitania. Tudo teatro. O sofrimento imposto a Inês pelo próprio marido jamais seria compensado, nem mesmo se todos os sinos da Terra tocassem por ela.

A Henrique pouca coisa restou. Mas a esperança, aos poucos, voltou a ganhar força, imagem e nome. Ela passou a se chamar Malikah.

Quinta Dona Regina, 1737.

Quando uma vaca entrava em trabalho de parto, boa parte dos trabalhadores que lidavam com o gado diariamente se deslocava para acompanhar o processo, que tendia a ser demorado, além de apresentar riscos à mãe e ao filhote. Por falta de traquejo, num passado não tão distante, muitos bezerros da fazenda ou nasciam mortos ou morriam até vinte e quatro horas depois do nascimento. Por isso, todo cuidado era pouco.

Naquela manhã, a vaca em questão afastou-se do rebanho e buscou o isolamento longe do curral, sob uma frondosa árvore na área de pastagem. Quando foi encontrada, a certeza de que o filhote estava por vir era inquestionável. Ela não parava de andar de um lado para o outro, deitando-se e levantando-se repetidamente. Diante dessa constatação, mandaram chamar Fernão, que fazia questão de estar presente nessas horas. Ele foi seguido por Henrique, cada vez mais inteirado dos assuntos da fazenda.

— Como ela está? — quis saber o patrão, agachando-se para apalpar a barriga do animal. — Será que o bezerro está bem posicionado?

Talvez a vaca tenha entendido a pergunta, já que ficou sobre as quatro patas no mesmo instante, mostrando a resposta. Dois cascos surgiram, virados para cima. Isso significava que o filhote estava virado no ventre da mãe.

— Maldição! — Henrique exclamou. — Teremos de contê-la para puxar o bezerro.

Não era a primeira vez que se deparavam com uma complicação em partos de novilhos. O que surpreendeu Fernão foi a predisposição de Henrique em se envolver e ajudar, o que ele vinha fazendo com frequência nesses últimos dois anos. Se a intenção fosse apenas melhorar sua imagem diante do irmão e de Malikah, ele já teria fraquejado. Fingimento algum dura tanto tempo.

— Vamos puxar com a corrente — instruiu Fernão, já executando o procedimento.

Levou bons minutos, quase uma hora, até que o bezerro estivesse inteiro do lado de fora da mãe. Tão logo caiu na terra, Henrique se apressou para ajudar o pequeno animal a respirar, fazendo cócegas em seu focinho com uma folha seca.

Quando viram que mãe e filho passavam bem, transportaram os dois para um reservado no curral e estimularam a primeira amamentação.

No fim das contas, exaustos e sujos, Henrique e Fernão se entreolharam, sem disfarçar a satisfação por tudo ter dado certo.

— Vou ao rio. Se voltar para casa deste jeito, é bem provável que Cécile me arremesse panelas na cabeça — comentou o mais velho, em tom de brincadeira.

Henrique estranhou a amenidade. Passavam boa parte do tempo juntos, trabalhando, mas não chegavam a interagir amigavelmente. Fernão vivia de armas em punho contra ele.

— Então é melhor que eu também vá. Não quero ser atingido pela ira de tua francesa. — A decisão de acompanhar o irmão foi deliberada. O que menos pesou foi o estado de suas roupas, mas sim a chance de estreitar os laços com o ex-aventureiro.

Caminharam lado a lado, embora sem trocar uma palavra sequer. Não que essa ausência de diálogo chegasse a incomodá-los. Era já um costume entre os dois. E, quando chegaram à margem do rio, cada um tratou de dar o seu mergulho bem longe um do outro.

Até que, desprezando sua atitude um tanto infantil, Fernão resolveu dar o primeiro passo. Assim que saiu da água para se secar, abordou o irmão, que se preparava para voltar aos afazeres.

— Diz-me, Henrique, quanto tem tentado aproximar-te de Malikah e de Hasan. Estou a perceber teus movimentos e não sei se aprovo isso.

O mais novo coçou a cabeça. Tinha certeza de que não demoraria a ser inquirido por Fernão. Mas tampouco aceitaria se intimidar.

— Veja bem, decerto tu me vês como o garoto sem mãe e o homem manipulado pelo pai que conheceste anos atrás. Quando implorei para vir morar aqui, estava disposto a concordar com qualquer condição. Eu era um nada, um borra-botas que desrespeitou até a última promessa feita à mãe. — Henrique fez uma pausa para respirar. — Porém descobri que não sou como Euclides. Admito que me deixei influenciar por anos, apesar de quase nunca concordar realmente com seus métodos. Ao saber que Malikah esperava um filho meu, fui do céu ao inferno em questão de minutos, Fernão. Eu queria ter me casado com ela tão logo descobri e me culpo por seguir, de novo, a cabeça de meu pai. Ele me convenceu de que era muito natural uma escrava carregar um bastardo no ventre, sem que a criança viesse a ser reconhecida um dia. Fui levado a inclusive duvidar da paternidade. Tudo fraqueza de minha parte, uma maldita e imperdoável fraqueza, que me induziu às piores decisões tomadas.

O ex-aventureiro encarava o irmão sem mover um só músculo. Estava impressionado com a confissão e não desejava desestimulá-lo com uma reação impensada. Por isso manteve-se estático, disposto a ser o ouvido a escutar tamanha declaração.

— Fugi para o Rio de Janeiro, envolvi-me com mulheres de má reputação, bebi sem qualquer critério, tudo porque não conseguia arrancar Malikah de dentro de mim. Então, de repente, julguei-me curado do que acreditei ser apenas uma atração pelo proibido e retornei disposto a ignorá-la, o que não chegou a se realizar. — O olhar de Henrique estava perdido nas águas do rio, mas ele continuou, precisava ir até o fim, porque alguém tinha que ter acesso a toda a história, e quem melhor que seu irmão? — Eu espreitava Malikah pelos cantos, observava-a de longe, admirava a barriga protuberante com uma mistura de orgulho e raiva. Eles nunca seriam meus. Mas aí ela fugiu e logo em seguida eu fui ao fundo do poço com a descoberta a teu respeito. Se eu necessitava de um motivo derradeiro para cortar os laços com Euclides, eu havia acabado de recebê-lo de bandeja. Enfim... — Um suspiro, uma bagunçada nos cabelos molhados, uma batida de pés na terra. — Aqui estamos nós, dois anos depois, e tudo o que mais desejo, Fernão, é conquistar o amor da minha família. Meu filho e minha mulher...

Um pássaro cortou o céu, seguido logo atrás pelo resto do bando. Era uma típica cena das manhãs naquela região. Os dois irmãos acompanharam o voo das aves até que elas se perderam de vista, ainda que não estivessem prestando a menor atenção.

— E se eu te proibir de tentar tal aproximação? — indagou Fernão, provocador.

Sem um pingo de humor, Henrique deu uma risada seca, pronto para enfrentar qualquer um que se metesse em seus planos.

— Seria desobedecido ostensivamente. Não tolerarei interferências nesse sentido. Tu tens todos os motivos para não confiar em mim, mas agora é tarde. Não posso viver sem Malikah e Hasan. Vais me escorraçar daqui?

Em algum momento, mais tarde, o ex-aventureiro tentaria descobrir de onde viera o orgulho que subitamente sentiu de Henrique. Com ou sem explicação lógica, o sentimento estava lá, cutucando-o de dentro para fora.

— Pelo contrário. — Fernão deixou suas prevenções de lado e deu três tapas fortes nas costas de Henrique. — Tua resolução me faz ter a certeza de que não negas a raça. Somos irmãos por uma peripécia do destino. Mas agora percebo que temos muito mais em comum do que imaginávamos.

— É o sangue de Inês de Andrade a falar mais alto dentro destas veias — Henrique justificou.

— Pode ser, irmão. Pode ser.

Naquela manhã, Malikah acordou distraída; a noite anterior não lhe saía da cabeça. Hasan não demorou a dormir, estava exausto depois de brincar na chuva e passar o dia gastando toda a cota de energia à qual tinha direito. Desmoronou na cama antes mesmo de receber o beijo de boa-noite da mãe, que achou bom ter o silêncio do quarto todo para ela. Assim pôde refletir sobre o que acabara de ocorrer na cozinha com Henrique. *O que eu deixei acontecer*, ela se corrigiu mentalmente.

Tão logo acordou — ou levantou da cama, pois dormira muito pouco —, ao descer para o desjejum, encontrou Cécile, com Bárbara agarrada às suas pernas, enquanto esperava o leite ferver. As duas amigas se entreolharam e trocaram um mundo de palavras mesmo em silêncio, que foi quebrado pelo comentário da francesa:

— Estou preocupada contigo, Malikah. Tu não andas em teu estado normal.

Com Cécile, a ex-escrava podia conversar sobre qualquer coisa. Nunca houve melindres entre elas. Mas, afinal, o que havia a ser dito? Como sequer abordar o que ela andava sentindo?

— O que queres dizer?

— Não te faças de desentendida. — Exasperada, Cécile jogou os braços para o alto e enrugou a testa. — Posso escrever uma lista de esquisitices que tenho notado em ti. — Ela levantou o dedo indicador. — Um: vives a resmungar pelos cantos agora, como uma velha rabugenta; dois: ontem tu foste rude com uma estranha que nada fez contra ti; três: só falta atacar com as próprias mãos cada pessoa que menciona o nome de Henrique.

— Admira-me vosmecê ficar surpresa com meu comportamento. — O pronome escapuliu, como todas as outras vezes em que Malikah se via acuada. — Acaso tu, melhor do que ninguém, não entendes como minha vida está virada de cabeça para baixo?

Cécile se desvencilhou de Bárbara e foi até a amiga a fim de segurar suas mãos.

— Por causa de Henrique?

— Ora, se tudo não é culpa daquele... daquele... Jesus! Nem consigo completar meu pensamento. Estou tão perdida...

Usando uma de suas maiores qualidades — a capacidade de confortar as pessoas de quem gostava —, a francesa conduziu Malikah até uma cadeira. Depois, entregou-lhe um copo de água, dando tempo a ela, de modo que pudesse organizar as ideias.

— Tu não consegues esquecê-lo, certo? — sugeriu, já ciente da verdade.

— Ele não me deixa...

— Então, por que não lhe dá uma nova chance, *ma chère amie*?

Como se a própria Malikah nunca tivesse se questionado sobre isso. Mas era tão difícil perdoar Henrique... Confiara nele desde os primeiros encontros, ainda pequenos e ingênuos, para, no fim, ele massacrar as esperanças que se solidificaram dentro dela, as mesmas que o elegeram dono de seu coração e digno de sua confiança.

— Quase perdi meu filho por causa da covardia dele, Cécile. Por pouco eu mesma não morri, assassinada por aquele monstro do Euclides. Caso Fernão não fosse tão esperto, o que seria de nós hoje?

— Fernão foi o salvador de tanta gente! — Cécile não cabia em si de orgulho do marido. — Creio que fomos abençoados ao ser colocados em seu caminho. No entanto, Malikah, não te esqueças de que Henrique salvou o irmão, deu as costas ao pai, decidiu mudar a vida e abriu mão da própria herança. E por quê?

— Ora, porque se decepcionou ao tomar ciência da história de Fernão.

— Ah, minha amiga, não te iludas. Ninguém muda tanto devido a um desapontamento. Tenho a convicção de que, se o caráter dele fosse ao menos um terço igual ao do pai, Henrique jamais moveria sequer uma palha para ajudar quem quer que fosse.

A argumentação de Cécile tinha tanto fundamento que Malikah se pegou sem palavras para refutar a amiga. Tampouco conseguia aquiescer ou verbalizar sua concordância.

— Vivemos em um mundo injusto e cruel, querida, onde seres humanos subjugam seus semelhantes sem remorso. A maioria dos brancos é doutrinada desde cedo a acreditar que pessoas de outras raças são inferiores. Na hierarquia dessa gente, alguns animais têm mais valor do que o homem, especialmente se este for negro, ou gentio, ou pobre. — Cécile se interrompeu para ajeitar a filha chorosa no colo. — Olha para Bárbara. Esta criança não desenvolverá essas ideias, porque não está a ser criada assim. Entretanto, o mesmo não ocorreu com Henrique. Os ensinamentos de Euclides, bem como seus exemplos, deixaram marcas nele. É uma bênção divina que meu cunhado tenha se rebelado contra aquele pai.

— Dona Inês... — murmurou Malikah, reflexiva.

— O que tem ela?

— Prometeu que olharia pelo filho lá do céu. Creio que tanta mudança seja obra dela.

— Durante a vida e em espírito — concordou Cécile.

Simultaneamente, elas deixaram escapar um suspiro sonhador, ambas personificando na mente a imagem da mulher que colocara dois grandes homens no mundo.

— Ontem ele me beijou — admitiu Malikah, sem perceber que tocava os lábios, tateando a memória de um momento que quebrara suas defesas.

— Oh! *Mon Dieu*!

— E, por poucos segundos, eu permiti. Eu retribuí, Cécile! — A ex-escrava foi consumida pelas fortes batidas do seu coração. — Mas isso não voltará a acontecer.

— E por que não?

— Minha amiga, eu não suportaria outra traição. Se devolvesse minha alma a Henrique e ele voltasse a pisar nela, jamais me recuperaria novamente.

Pondo-se de pé, Malikah fez um carinho nos cabelos cacheados de Bárbara, sua afilhada. Estava dando o assunto por encerrado.

— Eu morreria, Cécile. Morreria.

Só havia um único lugar em que Malikah queria estar depois do diálogo com Cécile na cozinha. Ela atravessou o terreiro a passos largos, sob o lusco-fusco do amanhecer e com a cantoria dos galos como companhia. Só fez uma pequena pausa para recolher flores silvestres, organizando-as num pequeno buquê.

Então subiu uma colina não muito íngreme. Ao chegar ao topo, sentou-se aos pés de um ipê solitário, juntou os joelhos no peito e deixou seus dedos deslizarem pelas extremidades de um crucifixo esculpido em pau-brasil.

Uma brisa suave soprava naquele instante, mansa o suficiente para sacudir as folhas da árvore e revolver os cabelos de Malikah, mas sem levantar poeira. Para a moça, sinal de estar sendo bem recebida pelo anfitrião daquela morada.

— Hasan, bom dia.

Ali seu guerreiro havia sido enterrado e não passava uma só semana sem que ela o visitasse. Fazia parte de sua rotina. Às vezes a ex-escrava apenas permanecia em silêncio, conjurando a presença dele. Em outras, punha-se a lembrar dos momentos que viveram juntos, como amigos ou noivos. Porém, quando a vida se apresentava sufocante demais, Malikah desabafava em voz alta, como se, de alguma forma, Hasan surgisse com a resposta a todos os seus problemas.

Aquele era um desses raros dias, afinal.

— Trouxe estas flores para vosmecê.

Com cuidado, ela depositou o buquê sobre a pedra que cobria o túmulo.

— Eu as colhi enquanto caminhava até aqui. — Ergueu os olhos, calando-se para observar a luta dos primeiros raios solares contra as últimas sombras da madrugada. — A fazenda anda de vento em popa. Fernão é um patrão muito exigente, mas justo. Temos tanta sorte. — Malikah arrancou um ramo de erva daninha que crescia perto da cruz. — Percebes como estou a falar diferente? Cécile tem me ensinado a ler e a escrever, todos os dias. Aprendo rápido, Hasan, mas vez ou outra eu ainda me perco no velho jeito de conversar. "Cunversá". — Ela soltou uma risada ao reproduzir a pronúncia antiga. — Mas não é por isso que estou aqui. Já te contei essas coisas.

Malikah teve medo de externar suas aflições. Por mais que Hasan estivesse morto havia dois anos, sofria só de pensar em chateá-lo.

— Não vou te sobrecarregar com meus problemas, mas sinto tanto a tua falta que chega a doer aqui e aqui. — Primeiro ela colocou as mãos sobre o peito; em seguida, segurou o pescoço. — Ah, meu querido Hasan, tu, mais que qualquer outro homem, merecias ter sido muito amado. E foi! Foi sim. Porém...

Ela amava mais outra pessoa, que não soube valorizar o seu amor.

— Oh, Deus, estou tão perdida... Preciso de um norte, por favor.

Coincidências acontecem a todo instante, mas Malikah julgou inexplicável o que ocorreu logo que ela fez a súplica: a brisa aumentou de intensidade e jogou as flores para o alto. As pétalas soltas, ao caírem de volta sobre a pedra, formaram um desenho bem semelhante a um coração.

De olhos arregalados, ela tentou encarar aquilo com maturidade. No entanto, sendo africana e tendo crescido sob a ótica do misticismo, Malikah não teve como deixar de lado a impressão de que acabara de receber um sinal do além.

Fosse Hasan, Deus ou qualquer outro ser que o havia enviado, isso pouco importava, mas sim a interpretação do aviso: estariam dizendo a ela que seguisse o seu coração?

9.

Também, Senhora, do desprezo honesto
De vossa vista branda e rigorosa,
Contentar-me-ei dizendo a menor parte.

Porém, para cantar de vosso gesto
A composição alta e milagrosa
Aqui falta saber, engenho e arte.

Luís Vaz de Camões, "Mudam-se os tempos, mudam-se as vontades", em *Sonetos*

Na Fazenda Real não passava um único dia sem que algum negro fosse açoitado, dependurado no tronco. As pessoas podem se acostumar com quase tudo na vida. Quase. Seguir adiante após a morte de um ente querido, mudar-se de casa e até de posição social, viver sem um membro, tudo isso acaba sendo assimilado enquanto o tempo passa.

Assistir a um ser humano ser chicoteado covardemente, suas feridas em carne viva, empapando corpo e chão de sangue e suor, apanhando até perder os sentidos, fazia parte do cotidiano dos escravos, embora nenhum deles, por mais que presenciasse essa situação todos os dias, fosse capaz de tratá-la como algo natural.

Lágrimas saltavam dos olhos dos homens e mulheres violentados, choro de crianças, adultos e velhos. Nenhuma faixa etária ficava insensível diante de tamanha atrocidade, praticada indiscriminadamente a mando de Euclides, o qual considerava que, para manter seus cativos submissos e tementes ao patrão, era necessário escolher pelo menos um negro a cada dia para receber o castigo e servir de exemplo a todos os demais.

A nomeação do castigado da vez podia ser aleatória — o feitor quase usava a técnica do "uni duni tê" — ou compulsória, quando um escravo descumpria alguma determinação, por exemplo. De todo modo, ninguém poderia se considerar isento desse mal, visto que, quem nunca havia sido levado ao tronco, qualquer hora acabaria lá.

Na manhã de uma quarta-feira qualquer, dois meses depois do falecimento de Inês, cansado de ouvir as lamentações das escravas, sussurradas pelos corredores da casa-grande, Euclides tomou uma decisão ao encontrar Adana limpando o quarto da esposa. Os olhos da mulher, rasos d'água, denunciavam sua tristeza devido à perda recente. Era a desculpa que o fazendeiro vinha esperando para impor um castigo àquela negra em especial.

Bela de um jeito exótico, quantas foram as vezes em que ela fora violentada pelo patrão. A abordagem dele nada tinha de sutil, revelando suas intenções explicitamente a qualquer um que estivesse por perto, inclusive à esposa, que sofria de modo absurdo, mas por Adana. Inês jamais sentiu ciúmes de Euclides e até apreciava os casos extraconjugais. Assim conseguia um pouco de paz. Entretanto presenciar o sofrimento de sua dama de companhia — e grande amiga — partia seu coração em mil pedaços. Infelizmente, não podia tomar atitude alguma.

— Ora, ainda sentes a morte de minha estimada esposa. — A afirmação de Euclides fez Adana dar um pulo. — Então serei bondoso e permitirei que usufruas do que era dela, ao menos esta manhã.

A mulher franziu a testa, não por não ter compreendido a intenção do fazendeiro, mas porque dessa vez ela lhe ofereceria resistência. Nunca mais se deitaria com ele.

— Deita na cama!

— Não — retrucou a escrava, com as mãos fechadas em punho nas laterais do corpo.

A recusa enfureceu Euclides, que agarrou os cabelos de Adana, usando sua força para machucá-la.

— Repetirei a ordem e desta vez tu há de me obedecer, negrinha imunda. Deita naquela cama e levanta tua saia. Caso contrário, perderei a cabeça definitivamente.

Em vez de responder, a mulher reuniu toda a coragem que existia dentro dela e cuspiu no rosto dele. Não que desconhecesse as consequências por sua ousadia. Ainda assim, fez o que sempre desejou.

E, claro, foi punida por isso.

Depois de apanhar pelas mãos do próprio Euclides e terminar com o rosto inchado e os lábios cortados, Adana foi arrastada até o tronco instalado no meio do terreiro para que todos vissem o que lhe aguardava. O homem rasgou o vestido dela e a amarrou nua; os braços unidos e acorrentados sobre sua cabeça.

Então ela foi açoitada. Gritou na primeira, segunda, até a décima quarta vez. Daí em diante, calou-se, aceitando a punição com altivez.

Toda a fazenda parou para assistir. E, por mais que o ato de chicotear escravos não fosse uma novidade, aquele se revelou o castigo mais penoso de todos até então.

— Vejam o que acontece com quem ousa agir contra minhas vontades! — gritou Euclides, sem perder o foco em Adana. — Deus criou a negrada para servir os brancos. É pecado se revoltar contra nós.

Os golpes e a gritaria acabaram atraindo as crianças que estavam reunidas com o padre catequizador. Logo, Malikah não tardou a tomar conhecimento da situação. E no momento em que isso aconteceu sentiu a cabeça rodar. O pouco que havia comido ao acordar revirou-se em seu estômago e ela vomitou tudo.

De que outra forma uma menina tão jovem conseguiria lidar com tamanha violência infligida contra sua mãe?

Prestes a desmaiar, Malikah só não foi ao chão porque, no último segundo, alguém a amparou: Henrique.

— Vamos sair daqui. — Foi tudo o que ele disse, enquanto, com muito esforço, erguia a amiga nos braços.

Levou-a para o lugar mais distante que conseguiu alcançar, onde os sons da crueldade não chegavam.

— *Mama, mama, mama*... — A menina, em choque, não parava de repetir, em sua língua nativa.

A Henrique coube a função de embalá-la, o único consolo que ele tinha condições de oferecer.

Eles permaneceram assim o dia inteiro. A incerteza manteve os dois à parte de tudo. Não souberam quando os açoites cessaram. Tão logo a tarde caiu, tingindo o céu de um tom rosado, saíram atrás de notícias. E nem precisaram de muito empenho. Toda a senzala procurava por Malikah.

Ao olhar para as expressões dos escravos, Henrique soube. Seu coração ficou pequenino no peito, empático à dor da menina, que estava prestes a se tornar a maior de todas já sofridas — e olha que não eram poucas.

— *Owon*[10], a mãe de vosmecê... "num" aguentou — declarou a escrava mais velha, torcendo as mãos uma na outra.

Por um instante fugaz, Malikah não compreendeu o que foi dito. Porém, ao sentir os braços de Henrique contornando seu corpo num abraço solidário, o entendimento recaiu sobre ela como um raio, partindo-a em um milhão de pedaços.

Lenda, invenção ou realidade, até hoje comenta-se por aquelas bandas que, naquele dia, um grito agudo e angustiado varreu os arredores da Fazenda Real. Há quem diga ter escutado o berro a quilômetros de distância e que até as aves se assustaram com a altura da tristeza da pequena Malikah, definitivamente sozinha no mundo, arrancada dos seus e largada à própria sorte, sem esperanças de que um dia chegasse a ter uma vida melhor.

Nem precisava ser uma vida feliz, só... melhor.

Quinta Dona Regina, 1737.

Era dia de casamento, quase uma semana depois da chegada de Bibiana. As pessoas corriam de um lado para o outro, de modo que tudo estivesse perfeito na hora da cerimônia, marcada para as quatro horas na capela da fazenda, erguida alguns meses antes do nascimento de Bárbara, a fim de que a filha de Cécile e Fernão fosse batizada em casa.

A padroeira da igrejinha era, obviamente, Santa Bárbara, protetora dos mineiros. Na entrada, uma tábua de madeira ostentava, num entalhe caprichado, a imagem da mulher, degolada pelo próprio pai por desejar seguir o cristianismo. Tornou-se santa pela Igreja Católica e também era venerada pelos povos africanos no Brasil. Para moradores e trabalhadores da Quinta Dona Regina, não poderia haver padroeira mais pertinente.

A noiva, Úrsula, antiga dama de companhia de Cécile, passara a manhã rodeada de mulheres, sendo paparicada por todas, que não mediam esforços para fazê-la feliz.

Presa à Quinta Dona Regina devido às más condições da estrada, resultado da chuva fustigante dos últimos dias, sentada num canto e encabulada demais para tomar parte daquela agitação, Bibiana observava a empolgação da francesa e se surpreendia cada vez mais com sua bondade. Como uma estrangeira, branca, rica, estudada, podia ter um coração tão grande e abnegado? Ela conseguiu unir os mais diversos tipos de pessoas, valorizando a todas igualmente. Impressionante!

Mas o maior foco da curiosidade de Bibiana era Malikah, a altiva e confiante ex-escrava, mãe de uma criança mestiça, com um passado conhecido apenas pelos mais próximos. À boca miúda, comentavam que o pai de Hasan era um feitor, expulso da Fazenda Real depois de engravidá-la. Entretanto, a mocinha não acreditava completamente naquela versão.

Não é de minha conta, afinal, repetia para si mesma vez ou outra.

— Úrsula, *ma chère*, tu estás esplêndida! — Cécile bateu palmas ao contemplar a beleza da noiva, já vestida e penteada para a cerimônia. — Tenho a certeza de que serás muito feliz em sua vida de casada.

A moça abriu um sorriso, comovida com o otimismo da francesa. Quando partiu do Rio de Janeiro para acompanhar Cécile até Vila Rica como sua dama de companhia, acreditou que sua vida jamais teria um sentido real. Se o antigo patrão, Euzébio Bragança Queiroz, era abominável, o que dizer de Euclides de Andrade, talvez o pior homem nascido até então, a quem a francesa fora prometida pelo tio interesseiro? Úrsula temia, sim, por seu futuro, mas não expunha seus medos em voz alta. Quem era ela entre tantos outros sofredores?

Mas o destino dera uma grande guinada e agora a moça estava prestes a se casar, graças à interferência de Cécile, certeira ao apresentar Rodrigo — um dos melhores empregados de Fernão — a Úrsula numa noite de conversas e cantorias no terreiro da fazenda.

O encantamento foi mútuo, embora sutil, até que o jovem tomou coragem e pediu a mão da moça como manda a tradição, ou seja, requisitou uma reunião particular com o patrão e expôs a ele seu anseio. Desde esse dia, Cécile achou melhor afastar Úrsula das atividades diárias da casa, de modo que ela tivesse todo o tempo do mundo para lidar com os preparativos do casamento.

E ele finalmente chegara!

Eram quase quatro horas da tarde. Os convidados já haviam tomado seus lugares nos bancos da capela, bem como o padre, o querido jesuíta Manuel Rodrigues, que ocupava o altar da igreja ao lado do noivo, cujo nervosismo ele não conseguia esconder.

Exatamente no horário marcado, ao som de uma bela canção, Úrsula foi conduzida por Fernão, atrás de Hasan e Bárbara, respectivamente o pajem e a dama de honra da cerimônia.

E tudo contribuiu para que o casamento fosse perfeito, além de tocante: as palavras do padre, sempre filosóficas e providenciais; as flores espalhadas pela igreja, não muitas, mas a quantidade certa para denotar singeleza; o brilho de contentamento no olhar dos noivos.

Cécile, a madrinha, ao lado do marido, não poderia estar mais feliz. Úrsula merecia viver bem.

Enquanto os convidados mantinham a atenção na cerimônia, dois deles mal ouviam a homilia do jesuíta. Também, pudera. Concentrar-se em qualquer outro assunto senão no beijo que trocaram na cozinha dias antes era uma tarefa das mais difíceis para Malikah e Henrique.

Sentados em lados opostos na igreja, ela batalhava para fingir ignorá-lo. Porém, em seu campo de visão, era capaz de detectar cada movimento dele, que, por sua vez, não tinha forças para tirar os olhos da amada.

Uma luta inglória para ambos os lados.

A situação só não ficou ainda mais insustentável porque o padre logo deu as bênçãos finais e os noivos caminharam juntos até a saída da capela, seguidos pelos convidados, ansiosos pela festa que aguardava a todos no jardim de Cécile, onde uma grande tenda de madeira foi levantada para abrigar as pessoas e elas poderem se divertir sem se preocuparem com a chuva, que no momento tinha dado uma trégua, mas já ameaçava voltar.

— Está tudo tão adorável que até dá vontade de me casar também — confessou Bibiana, ao se juntar aos donos da fazenda na mesa reservada a eles.

Malikah, sentada ao lado de Cécile, revirou os olhos, tamanho seu incômodo com a presença da moça. Na opinião da ex-escrava, estava mais do que na hora de Bibiana tomar o rumo de casa.

— Estás prometida a alguém? — perguntou a francesa, esperançosa de a resposta ser sim e aliviar a angústia de Malikah. Mesmo que ela não admitisse, Cécile conhecia perfeitamente bem a origem daquela antipatia pela menina.

— Por Deus, não! Odiaria ser forçada a me casar com alguém que não amo.

— Então teu pai...

— Ainda não alcançou a proeza de encontrar um pretendente que despertasse em mim o menor interesse.

Ao fazer essa declaração, Bibiana deixou seus olhos caírem sobre Henrique, que estava de papo com Akin e Tenório em outro ponto da festa. A olhadela discreta não passou despercebida por Malikah. Para ela, era mais que óbvio o interesse da moça pelo jovem, e novamente a ex-escrava concluiu que eles tinham tudo para dar certo.

Incomodada com essa constatação, achou melhor se afastar de Bibiana. Sendo franca, a moça não tinha culpa de ter desenvolvido sentimentos por Henrique.

Malikah pediu licença e foi ao encontro do filho, que dançava perto dos músicos, todo alegre e desinibido. Ela pegou Hasan no colo e girou com ele, fazendo o menino soltar gritinhos de empolgação.

— Amado de mamãe, estás a aproveitar, não é? — Com o nariz, fez cócegas no pescoço dele, que deu uma gargalhada contagiante.

De onde estava, Henrique observou a cena e foi inundado por uma ternura sem tamanho. Aqueles eram seu filho e sua mulher. Para ficar perfeito só faltava se juntar a eles — e ser aceito, claro.

Desconsiderando as possíveis repercussões de sua decisão, ele deixou Akin e Tenório de lado. Andou sem pressa na direção de Malikah e Hasan, demorando-se numa minuciosa análise da aparência dela, que usava um lindo vestido bege, de cintura alta e mangas soltinhas, que caía levemente por todo o seu corpo. Era bordado com pequenos poás marrons, exceto na barra, que apresentava um desenho floral bastante romântico. Em nada se parecia com os trajes que costumava usar no dia a dia. Aquele vestido era especial devido à ocasião, feito sob medida para — na opinião de Henrique — a mulher mais linda de toda a redondeza.

Ao se aproximar, ouviu sua risada, imitada imediatamente pelo filho deles.

— Olá, grande Hasan! — Henrique primeiro se dirigiu ao menino. — Vejo que estás a te divertir.

Malikah não teve tempo de reagir, pois estava de costas. Quando deu pela coisa, a mão dele já estava brincando com os cabelos do pequeno, que ria todo bobo para o pai.

— Queres brincar de voar?

— Ah, que ideia é essa? Pela Virgem!

— Sim!!!

Hasan pulou do colo da mãe direto para os braços de Henrique, sem nem pestanejar. Brincadeiras estouvadas eram com ele mesmo.

Por um segundo a mais, o advogado reteve o menino num abraço apertado, sentindo o corpinho do filho no seu. Ele era tão pequeno, tão indefeso, que despertava em Henrique o desejo insano de protegê-lo para que nada de mau no mundo pudesse afetá-lo.

— Voa! Voa! — exclamou Hasan, retirando o pai de seus devaneios.

Assim, segundo a vontade da criança, ele enlaçou o menino pelas mãos e pôs-se a rodar em torno de si mesmo. Em instantes, Hasan planava no ar e via tudo ao redor em forma de borrões.

Pai e filho gritavam e riam ao mesmo tempo, enquanto Malikah secava discretamente a lágrima de alegria que rompeu sua resistência e desceu por sua face. Sabia que não deveria, mas estava emocionada, sim.

Ai, Senhor!

Ela desviou os olhos por um instante, a fim de se recompor. E assim que voltou a erguê-los encontrou os de Henrique, azuis feito céu de primavera, queimando por Malikah. O magnetismo daquele olhar era tão forte que chegava a parecer tangível.

— Minha flor — Henrique mexeu os lábios, sem emitir som algum, para que somente ela pudesse entender.

Mas isso foi demais. Desconcertada ao extremo, Malikah se esquivou tão rápido que trombou com Akin.

— Eita! "Tá" com pressa, moça?

— Desculpe, menino. Não te vi.

— Vosmecê dança comigo?

Na verdade, ela preferia fugir. Porém dançar com Akin seria uma ótima distração para sua angústia.

— Com prazer.

É bem provável que pessoa alguma, presente na festa, tivesse reparado na evolução daquela cena curiosa. Talvez Cécile, o que seria natural da personalidade dela e nem um pouco preocupante. Mas havia outra interessada no desenrolar dos fatos, uma jovem mulher que uniu as peças e formou o quebra-cabeça.

Bibiana.

Malikah já estava tonta de tanto rodopiar nos braços de Akin. Então pediu arrego.

— Chega. Preciso de água.

— Vosmecê é uma molenga — ele desdenhou, brincando.

— Que seja!

Dançar com o amigo havia feito se dissipar boa parte de suas apreensões. Malikah se sentiu grata por isso. Sorridente, ela foi em busca de um copo d'água, não antes de se certificar de que Hasan estava bem. Naquele momento, seu filho corria com Bárbara no centro do jardim, sob a supervisão de Cécile. Henrique, por sua vez, tinha sumido.

Tanto melhor.

Malikah não queria perder tempo avaliando suas últimas reações a ele. Estava consciente sobre o que sentia e o que não sentia pelo advogado. E, se seus sentimentos ficassem guardados dentro dela, não causariam consequências indesejadas.

Assim que acabou de tomar a água e deixou o copo sobre a mesa, uma mão sorrateira passou rapidamente por dentro da dela. Malikah reagiu rápido, girando em torno de si mesma à procura do engraçadinho que a havia abordado daquele jeito. A poucos passos de distância, viu Henrique com um sorriso bobo nos lábios, fazendo um sinal que a ex-escrava custou a entender.

Então notou que entre seus dedos havia um objeto fino, aveludado. Mais que depressa, ela ergueu a mão e encontrou uma flor. A descoberta a fez sorrir. Não queria ter reagido dessa forma, mas, ainda assim, sorriu. Henrique estava destruindo as defesas de Malikah, lenta e docemente.

Queria exigir que ele parasse de atormentá-la. Por outro lado, no íntimo, desejava que ele nunca parasse.

Estou perdida.

Ela levou a flor ao nariz e aspirou seu perfume.

Ao mesmo tempo, seus olhos caíram em um novo casal na área de dança: Henrique e Bibiana.

E como tinha sangue quente não assimilou bem aquela visão. Num instante esmagou a pobre flor, com a força que Malikah usaria para apertar o pescoço de Henrique, caso ele estivesse ao seu alcance, e se retirou, procurando um lugar afastado para ficar sozinha com seus pensamentos.

— É bem provável que eu precise ir embora com Hasan — resmungou ela, de braços cruzados sobre o peito, recostando-se no tronco de um velho carvalho.

Nuvens escuras aos poucos tomavam o céu para si, indicando que não demoraria a chover de novo.

— Fugir?

Malikah deu um pulo; seu coração disparou no peito.

— Oh, por que tu não me deixas em paz? — Ela choramingou, exasperada. — O que preciso fazer para que me esqueças?

— Nada. — Henrique segurou o rosto dela, com as mãos em concha. — Nunca desistirei de ti nem do nosso filho, minha flor.

— E se eu partir, sumir no meio do mato com Hasan, sem rastros?

— Eu vou atrás até vos encontrar. Sairei feito um bandeirante em busca de ouro, imbuído na causa de encontrar meu próprio tesouro, Malikah, nem que seja necessário dar a volta ao mundo, de caravela ou a nado. — Ele aproximou os lábios do ouvido dela. — Tu não entendes mesmo o que sinto por ti ou apenas finges não saber?

— Então por que me deixaste? — A indagação saiu como um protesto.

— Prometo dar-te todos os porquês, minha flor. Permita-me apenas sentir teu sabor primeiro.

Dito isso, Henrique não esperou pela resposta de Malikah. Ele desceu as mãos pelo seu pescoço, depois por seus ombros e resvalou os seios até alcançar a cintura dela.

— Coisa linda... — sussurrou, sem cortar a conexão entre seus olhos. — Tu pareces uma rainha com este vestido. Não, melhor, uma deusa.

Os lábios de Henrique sopravam as palavras sobre a boca de Malikah, cuja força de vontade para lutar tinha desaparecido havia bons minutos.

— Deixa-me ser teu, minha flor. Eu imploro-te.

Com medo de escutar um não bem sonoro, Henrique limitou as opções dela. Sendo assim, calou-a com um beijo urgente, daqueles que consomem a pessoa, impedindo-a de sequer pensar em qualquer outra coisa senão nos lábios unidos e nas sensações provocadas por esse encontro.

Dessa vez ele não testou primeiro, não foi prudente. Henrique beijou-a com a paixão que o consumia havia muito, muito tempo. Quanto a Malikah, não lhe restou qualquer outra atitude a não ser se render totalmente. Ela jogou os braços sobre os ombros dele e permitiu que suas mãos se prendessem em seu pescoço, estreitando ainda mais a distância entre os dois, agora inexistente.

Ambos os corações batiam descompassados, tanto pela emoção quanto pelo prazer da entrega. Parecia até que tinham voltado no tempo, quando os encontros às escondidas faziam daquela relação proibida algo ainda mais sensacional.

Henrique contornou a pele de Malikah com os lábios, descendo lentamente a partir da região localizada atrás da orelha. Parou na clavícula, porque a manga do vestido de repente se tornou uma barreira, mas não um empecilho completo, já que Henrique a venceu em segundos ao afastá-la, desnudando o ombro dela.

— Tua pele é seda pura, minha flor. Uma tentação...

Não eram apenas as palavras dele que estavam impedindo Malikah de racionalizar. O tom de voz, rouco, rascante, cheio de malícia, fazia do cérebro dela uma massa amorfa, inútil, incapaz de reagir por conta própria.

— Henrique...

— Diz para mim o que queres.

— Vosmecê não pode...

O lapso linguístico entregou Malikah de vez. Nesse momento, Henrique soube que não havia mais barreiras.

— Tu compreendes o que representamos um para o outro, não é mesmo? — questionou ele, a boca colada ao ouvido dela. — Conforme tuas crenças antigas, somos predestinados, como a noite e a lua, o mar e suas espumas. É mais que amor, Malikah, muito mais.

Um novo beijo selou aquela declaração poética, tão intensa que fez lágrimas saltarem dos olhos da ex-escrava. Ah, como ela queria acreditar em tudo e esquecer o maldito passado!

Talvez, por ora pudesse aproveitar.

No entanto, o destino tinha outros planos para eles, porque, assim que Malikah assumiu sua posição, um tumulto vindo da festa de casamento quebrou o encantamento. E então um grito desesperado dissolveu de vez o clima:

— Hasan!!!

10.

Inocência! quem dissera
De tua azul primavera
As tuas brisas de amor!
Oh! Quem teus lábios sentira
E que trêmulo te abrira
Dos sonhos a tua flor!

Álvares de Azevedo, "Pálida inocência",
em *Lira dos vinte anos*

Nada como o sofrimento para unir as pessoas.

A morte de Inês e em seguida a de Adana estreitaram ainda mais o vínculo entre Henrique e Malikah. Agora eles tinham um ponto muito forte em comum, o que os levou a se ampararem mutuamente.

E assim foram crescendo, dividindo suas dores, mas, acima de tudo, tornando-se cúmplices. Como crianças, eram os melhores amigos, e essa amizade só conseguia se manter intacta e clandestina com a ajuda de muitos escravos da fazenda, principalmente das mulheres mais velhas, as quais costumavam se sentir maternais em relação aos dois pequenos órfãos.

Numa ocasião, Henrique apareceu com uma "bicheira" que não melhorava. Margarida, a governanta da casa-grande, havia tentado tudo o que estava ao seu alcance. Como não obtivera resultado, as escravas agiram por conta própria.

Então, numa sexta-feira, antes do nascer do sol, o menino foi levado à presença da curandeira mais antiga da senzala. Sá Chica, ou Niara, seu nome africano, executou uma benzeção, que consistia na aspersão de água abençoada no corpo de Henrique, simultânea à seguinte ladainha:

— *Mal que comeis/ a Deus não louvais!/ E nesta bicheira/ Não comerás mais!/ Hás de ir caindo:/ De dez em dez,/ De nove em nove,/ De oito em oito,/ De sete em sete,/ De seis em seis,/ De cinco em cinco,/ De quatro em quatro,/ De três em três,/ De dois em dois,/ De um em um!/ E nessa bicheira/ Não ficará nenhum!/ Há de ficar limpa e sã/ Como limpas e sãs ficaram/ As cinco chagas/ De Nosso Senhor.*

Em seguida, a mulher riscou uma cruz no ar, garantindo que os bichos cairiam até o dia seguinte.

Fato é que a ferida se curou rapidamente depois de ser benzida. Margarida não se chocou, porque estava acostumada com as "feitiçarias" dos escravos. Euclides nem se deu conta. Tinha preocupações maiores na cabeça.

E como parecia não ser filho de ninguém, Henrique, por um bom tempo, foi tomado sob a proteção dos cativos de seu pai. E o menino se sentia muito bem por essa deferência a sua pessoa.

Até que um dia ele se descobriu adolescente. Euclides passou a requisitar mais a presença do filho ao seu lado. Era hora de repassar a ele seus ensinamentos, de modo que, no futuro, pudesse assumir os negócios. O fazendeiro jamais concordaria em fazer de Henrique seu herdeiro se ele não passasse a agir conforme os exemplos do pai.

Chegaram ao fim os tempos de meninice com Malikah. Ele não podia mais sair a ermo pela fazenda, em busca de diversão e da companhia da menina, a não ser em raras ocasiões.

Sendo assim, Henrique aproveitava todas as possibilidades para encontrar a amiga, que também já tinha atingido a idade ideal para ter seus serviços de escrava aumentados. Estava difícil para os dois.

Certa vez, depois de quase seis meses de afastamento causado por uma viagem a Salvador, onde Henrique recebera aulas de filosofia e oratória de um prestigioso padre jesuíta, Malikah voltava da beira do riacho com um cesto de roupas lavadas sobre a cabeça. Ela cantarolava distraída, seguindo o caminho de sempre, sem prestar atenção em coisa alguma ao redor:

— *Ei ê covicará/ iô bambi/ tuara uassage ô atundo mera/ cavicara tuca atunda/* Dona Maria de Ouro Fino,/ crioula bonita num vai na venda/ chora, chora, chora só/ chora, chora, chora só.[11]

Henrique tinha chegado havia pouco tempo e sentia saudade da amiga. Assim que se viu livre do pai, tratou de ir procurá-la para que pudessem fazer as mesmas coisas de sempre: nadar no rio, perambular pelas terras de Euclides, conversar, ouvir os casos dos antigos escravos.

De longe, ele a avistou com a cesta sobre a cabeça. Definitivamente não era mais a mesma menininha de antes. A primeira diferença que Henrique notou, mesmo a distância, era que agora ela tinha seios, um par que se pronunciava atrevidamente sob o vestido largo.

O corpo dele reagiu de imediato com uma fisgada dolorida nas entranhas.

Antes que tivesse condições de planejar uma estratégia para não gaguejar na frente dela, a menina o enxergou. Surpresa com o súbito aparecimento de Henrique, não hesitou em esquecer a cesta no chão e correr para os braços do amigo, agora tão mais alto do que ela.

Ela não tinha ideia da reação que havia causado nele. Se soubesse, certamente não teria se lançado sobre Henrique, dependurando-se em seu pescoço num abraço apertado.

— Vosmecê voltou! — A alegria de Malikah não podia ser mais genuína. — E como cresceu!

A menina ficou na ponta dos pés para falar olhando nos olhos do amigo e o que encontrou dentro deles gelou sua espinha dorsal: desde quando aquele azul era tão cálido e o brilho em torno da cor, tão intenso? Ela concluiu que a saudade tinha o poder de causar emoções esquisitas mesmo.

— Digo o mesmo sobre ti. Tu estás crescida.

Eles continuaram se encarando até que o embaraço obrigou os dois a se afastarem um ou dois passos.

Malikah passou as mãos pela saia, com a intenção de disfarçar a vergonha; Henrique pigarreou, ganhando tempo para assimilar aquela alteração na ordem natural das coisas.

— A viagem foi boa? — ela lançou a pergunta, como se pisasse em cacos de vidro. Estava incomodada com todo aquele melindre, até então inexistente na relação deles.

— Cansativa, embora de bom proveito. Aprendi muito com os padres e tive contato com textos de um tal Gregório de Matos, um sujeito que viveu de modo controverso.

De testa enrugada, Malikah questionou a seus botões o significado de tanta palavra bonita e desconhecida. Pelo jeito Henrique não só voltara maior — e mais belo, tinha que admitir —, mas também cheio de frescuras da capital.

— Ah, sei — murmurou ela, por falta do que dizer.

— E tu? O que andaste a fazer nos últimos meses?

— Valha-me, Deus! E o que vosmecê pensa que fiz além de trabalhar? — A menina jogou as mãos para o alto.

Henrique desviou os olhos para o chão, ciente de que tinha cometido uma gafe enorme.

— Desculpa-me. Sou um tolo.

— É mesmo.

A concordância dela resultou num belo sorriso, que ele exibiu naquele rosto de nobre da realeza.

— Podemos nos encontrar mais tarde, no lugar de sempre, para colocarmos os assuntos em dia? — sugeriu o rapaz, decidido a voltar aos velhos tempos com a amiga.

— Sim. E quero saber tudo sobre esse tal de Greg... Gregó... o quê?

— Gregório de Matos — Henrique gargalhou. Malikah era um sopro de alegria e otimismo na vida dele. — O Boca do Inferno.

— Pela Virgem que está no céu! — Supersticiosa, a menina fez o sinal da cruz no peito, pois não gostava nem mesmo de ouvir aquela palavra. — Se o homem tem parte com o Tinhoso, não quero saber de nada, não. Deus castiga.

Ah, então a africana já havia absorvido os velhos dogmas da Igreja! A catequização fizera efeito, e Henrique começava a desconfiar dos reais objetivos da doutrinação.

— Então fecharei minha boca, Malikah, porque, apesar de estar morto e enterrado faz tempo, o senhor Gregório não só andava lado a lado com o dito-cujo como por vezes assumia o lugar dele.

— Cruz-credo!

E mais uma vez Henrique caiu na risada. Como sentira saudade daquela menina!

Linda menina.

Quinta Dona Regina, 1737.

— Hasan!!!

Malikah se soltou do abraço de Henrique e saiu em disparada na direção do grito. Ele seguiu logo atrás, tão angustiado quanto ela. A correria os levou até Cécile e Fernão, este último já tomando as providências para resolver a questão.

— Onde está meu filho? — quis saber a mãe, dando voltas em torno de si à procura do menino.

— Não sabemos. Ele estava a dançar aqui no meio. E, de repente, desapareceu.

— Ah, esse menino... — Malikah puxou os cabelos, cansada das escapulidas de Hasan. — Ele deve estar por perto. Não pode ter se afastado muito.

— É o que imagino — concordou Cécile, querendo sinceramente acreditar nisso.

— Então é melhor não perdermos tempo — decretou Henrique, desfazendo o nó da gravata que parecia querer estrangulá-lo. — Vou atrás dele.

— Eu também. E já mandei alguns homens fazerem uma busca minuciosa por cada canto destas terras. Haveremos de encontrá-lo logo. — A certeza de Fernão era contagiante, tanto que Malikah sentiu que não deveria entrar em desespero. Ainda.

Henrique, àquela altura no auge da preocupação, apertou o braço dela discretamente e prometeu, sussurrando em seu ouvido:

— Trarei nosso menino de volta para teus braços, minha flor, são e salvo. Eu juro.

Ela apenas assentiu. Em outros tempos teria discutido, proibido, feito cara feia. Porém chamar o filho dela de *nosso*, depois de tantas declarações, contava muitos pontos a favor de Henrique, porque Malikah sentia que não era uma palavra dita da boca para fora. O sentimento de pai existia de verdade, muito além do que um simples termo poderia representar.

— Meu bom Deus! — Inspirou, para em seguida se sentar numa cadeira e enterrar o rosto nas mãos.

— Fica tranquila e confia, *ma chère*.

— Está escuro, Cécile, ele pode se perder. É tão pequeno...

— E esperto — acrescentou Bibiana. — Um menino esperto.

Por tudo o que havia de mais sagrado, Malikah jurava que não era uma pessoa amarga, invejosa, mesquinha, mas aquela menina desgarrada não lhe fazia bem. Muitos chamariam seu incômodo constante de cisma; outros, de ciúme. Mas Malikah dava outro nome à tal sensação: pressentimento.

Contudo, que valor tinha um desafeto qualquer em comparação ao sumiço do próprio — e único — filho?

— Se eu não tivesse me afastado da festa... — lamentou a ex-escrava.

— Ora, não te martirizes, minha amiga. Todos nós conhecemos Hasan. Ele tem o dom de sumir de repente. Num minuto, estava a correr com Bárbara. E então, *voilà*! Desapareceu.

— Penso que sei a quem saiu.

Embora tenha falado entredentes, tanto Cécile quanto Bibiana ouviram o comentário de Malikah, o que arrancou um sorriso cúmplice da francesa e um levantar de sobrancelhas da jovem hóspede.

— Vamos! — Cécile puxou a amiga pelas mãos. — Que tal irmos para a varanda e esperarmos por lá? Faço um chá para ti, enquanto aguardamos os homens retornarem.

Quando a menina Malikah conheceu Inês, pensou ter tido a sorte de se deparar com a melhor alma que habitava aquele mundo cruel. Ao longo da vida, encontrou outras boas pessoas, africanas, portuguesas, brasileiras. Jamais imaginou que voltaria a encontrar alguém tão puro quanto a mãe de Henrique. Até Cécile surgir e provar que ela estava enganada. Ah, como prezava aquela amizade!

— Um chá agora cairá bem.

Então as duas partiram de braços dados, com Bibiana logo atrás, sonhando em ter tudo aquilo que elas já tinham.

***

Onde uma criança de dois anos conseguiria se esconder? Esse foi o primeiro questionamento de Henrique. Logo em seguida, ele se corrigiu: quais perigos uma criança tão pequena, que mal havia deixado de ser um bebê, poderia encontrar ao *tentar* se esconder?

As possibilidades eram muitas:

- Cair em um buraco.
- Escorregar por uma encosta.
- Ser picado por algum animal peçonhento.
- Encontrar uma fera.
- Afogar-se no rio.

Cada uma dessas hipóteses fazia Henrique temer pelo filho. Apesar disso, manteve o otimismo. Afinal, Hasan não tivera tempo de se afastar demais. Sem contar que já havia anoitecido. Sem a luz do dia, o menino não conseguiria ir muito longe.

— Hasan! Hasan!

O nome dele era repetido incessantemente, por um coro diverso de vozes. Uma hora ele acabaria escutando os chamados.

E, enquanto boa parte dos habitantes das terras de Fernão fazia uma varredura completa pelos arredores, o pequeno, sem imaginar o que ocorria, saltitava cantando atrás de um coelho do mato, ou *tapiti* para os índios, fofo e malhado, um chamarisco e tanto para crianças curiosas.

Hasan avistou o pequeno animal quando se esgueirou para fora da roda de danças. Ele observou um movimento entre as folhagens do jardim de Cécile e quis descobrir o que era. Assim que viu o coelho, obviamente desejou segurá-lo com as próprias mãos. Afinal, em sua defesa, quem não sente o coração se encher de ternura diante de uma criaturinha tão meiga? Mas é claro que o animal tinha uma opinião contrária àquela. Portanto saiu saltando em busca de um novo abrigo.

Encantado, Hasan foi atrás. Aquele coelho tinha que ser seu. E sem perceber foi se afastando, se afastando, até não saber mais onde estava. Porém isso não tinha a menor importância, porque o menino não tardaria a alcançar o bichinho — pelo menos era o que ele desejava.

Então, subitamente, perdeu o coelho de vista. As tochas que iluminavam o redor da casa-grande não tinham qualquer utilidade àquela distância. Sem atingir o objetivo de capturar o coelho e na escuridão, a realidade recaiu com tudo sobre o pequeno Hasan: estava sozinho, perdido e no escuro.

Resultado? Ele desatou a chorar, alto e forte, como qualquer criança em desespero.

— Mamãe, "quelo" mamãe!

Uma coruja piou alto, daquele jeito lúgubre; um urutau proferiu seu canto tristonho, *foi, foi, foi*, dando boas-vindas à lua, mas nada ressoava mais pelo breu noturno que o choro do menino.

A verdade é que criança, quando sente que está correndo riscos, não analisa a situação. No aperto, correm, ainda que sem rumo. E Hasan não fez diferente. Chamando pela mãe sem parar, ele disparou numa correria aleatória, como se o caminho fosse se materializar na sua frente.

Pobrezinho, estava apavorado. A cada ruído que ouvia, sentia o pânico aumentar.

— Mamãe! Minha mamãe!

Os olhos turvos de lágrimas cegaram o menino temporariamente. Por isso ele não viu a raiz de uma árvore antiga sobressaindo-se sobre o solo, na forma de um arco. Acabou tropeçando. Com a queda de mau jeito, ainda torceu o pé.

— Ai!!! — berrou a plenos pulmões. — "Quelo" minha mamãe!!!

A alguns metros dali, Henrique ouviu um grito. À primeira impressão, não conseguiu distinguir a origem. Poderia ser uma ave ou...

— Hasan! Hasan! — ele chamou, atraído pelo som. Não tinha certeza, mas e se fosse seu filho?

— Ouviste algo? — Fernão perguntou.

— Penso que sim. Lá. — O irmão mais novo apontou, sem interromper a caminhada na direção do som.

À medida que se aproximavam, a dúvida foi dando lugar a uma certeza inquestionável.

— Mamãe!!!

— É ele, Fernão! É ele!

Henrique exigiu de suas pernas todo o esforço do mundo. Correu como nunca antes havia feito, lançou-se na escuridão da noite para ter logo seu filho nos braços.

— Hasan!

O pequeno escutou seu nome apenas um ou dois segundos antes de ver quem o chamava. *O moço feio!* Bom, talvez ele não fosse mais tão feio assim.

— Ah, Hasan...

Henrique caiu de joelhos e içou o menino, tomando cuidado, pois não sabia em que estado ele se encontrava.

— Estás ferido?

— Siiimmm — choramingou ele, com o rosto completamente molhado, uma mistura de lágrimas e coriza.

— Coitadinho. Papai te ajuda.

No calor do momento, nem Henrique, muito menos Hasan, deram conta do que acabara de ser anunciado com todas as letras. Tudo o que importava era o sujeitinho levado, com uma entorse no pé, sendo carregado de volta para o colo da mãe pelo pai mais aliviado do mundo.

Cécile acreditava piamente que Malikah acabaria abrindo um buraco no chão da varanda de tanto andar de um lado para o outro. O tempo passava e nada de notícias. Por quantos minutos ainda suportariam aquela angústia?

Por fim, a mãe aflita ergueu os braços e declarou:

— Vou atrás deles.

— Não, senhora. Há mais homens espalhados por estas terras que selvagens no Brasil. Tua participação nas buscas não será de grande valia. Acaso desejas te perder também? — Cécile tentou colocar juízo na cabeça da amiga, que soltou um suspiro resignado.

— Não suporto mais esta espera interminável.

Bibiana já tinha uma frase formada na boca para tentar apaziguar os nervos da ex-escrava, quando a atenção das três foi desviada para o grupo de homens que de repente despontou do meio da escuridão. À frente, como um soldado na vanguarda do exército, ia Henrique, segurando Hasan nos braços.

Essa visão foi mais do que suficiente para Malikah disparar até eles, desesperada para ver o filho e constatar que seu pequeno passava bem.

— Oh, meu coração, vem com a mamãe.

Não fosse o reflexo preciso de Henrique, o menino teria sido arrancado dele.

— Espera, Malikah. Ele se machucou. Vou levá-lo para dentro de casa.

— O que houve? — inquiriu ela, sem esperar a resposta. — Querido, como tu estás?

— Meu pé dói, mamãe...

— E o que mais, filhinho?

— Hum... — Hasan olhou para o alto, pensativo. — Esse dedinho aqui.

Um sorriso de alívio encheu o rosto de Malikah de pura alegria. Seu filho estava bem, afinal, apesar da dor no pé, uma torção possivelmente. E, quanto ao dedo apontado com determinação, tudo indicava que era para dar mais impacto à cena.

— Então entremos para avaliar o tal dedinho, amigo — disse Henrique, outro sorridente.

Com cuidado, Hasan foi colocado sobre sua cama, onde passou a ser examinado por Sá Nana, uma curandeira de primeira linha. Ela apalpou o tornozelo do menino, inchado por conta da queda de mau jeito.

— Não quebrou — declarou, convicta do diagnóstico. — Apenas torceu. De todo modo, preciso amarrar uma tala no lugar.

— Vai doer? — Hasan estremeceu, puxando a perna num ato reflexo.

— Não, querido. Agora vai sarar — garantiu Malikah, sem tirar as mãos de cima do filho.

Enquanto o procedimento de imobilização era executado, Cécile desceu à cozinha para preparar um chá de ervas, a fim de acalmar o afilhado. Seu estado emocional estava bem abalado depois do susto por que passou. Bibiana seguiu a francesa tamanho seu desconforto, pois sentia que ali não era seu lugar.

Por fim, só ficaram Sá Nana, o menino e seus pais no quarto.

Malikah e Henrique só tinham olhos para o filho. Optaram, tacitamente, por deixar as explicações sobre o desaparecimento de Hasan para depois. Naquele momento só uma coisa importava aos dois: a recuperação do pequeno, que ainda se lamuriava bastante.

Quando o tornozelo dele ficou devidamente imobilizado e ele caiu no sono, o cansaço venceu Malikah e Henrique. Havia muito o que conversar, não apenas a respeito do tumulto causado pelo menino. Mas isso ficaria para outra hora, afinal seria necessário muita energia e lucidez para aqueles dois resolverem todas as suas questões.

Sendo assim, enquanto a ex-escrava aconchegava-se ao filho para dormir abraçada a ele, Henrique discretamente se esgueirou para fora do quarto, feliz com o desfecho da grande fuga da noite.

11.

para um negro
a cor da pele
é uma sombra
muitas vezes mais forte
que um soco.

para um negro
a cor da pele
é uma faca
que atinge
muito mais em cheio
o coração.

Adão Ventura, "Para um negro"

A lua cheia estava alta no céu. Na senzala, os africanos, embora exaustos da lida do dia, não queriam se recolher ainda. Tinham um tempo para as reuniões embaladas a tambores, cantorias e danças antes que Euclides mandasse seus feitores darem um basta na alegria deles, reduzida a essas poucas horas de confraternização.

Impedidos de manterem sua cultura de origem ao chegarem à colônia, somente durante raras ocasiões podiam resgatar a África, ou voltar à terra-mãe, ainda que em solo brasileiro.

Além dos *vissungos* e batuques, outra prática era muito disseminada entre os negros: a capoeira. Para se defender contra a violência e repressão praticadas pela maioria dos senhores de escravos, os africanos criaram uma espécie de luta, que foi enfaticamente proibida pelos fazendeiros. Dessa forma, os cativos acrescentaram o ritmo e os movimentos de suas coreografias, criando a capoeira, uma arte marcial disfarçada de dança.

Na senzala da Fazenda Real quase todos praticavam, algumas mulheres, inclusive — embora raras. As crianças aprendiam cedo, afinal precisavam saber se defender de homens cruéis, como os capitães do mato. Era um instrumento importante de resistência cultural e física dos escravos. Além disso, ajudava a aliviar a tensão do trabalho e a manter a saúde física.

Naquela linda noite enluarada, com o céu salpicado de estrelas, a roda de capoeira não tardou a ser formada. Entoando cânticos num coro harmonioso, os negros gingavam de um lado para o outro, aplicando golpes normalmente próximos ao solo, com muita malícia, característica forte desse tipo de luta.

Quando viva, dona Inês adorava apoiar-se no parapeito da janela de seu quarto para ouvir a alegria da senzala. Os demais homens brancos da fazenda, com a exceção de alguns empregados mais amistosos, tinham ojeriza a tudo o que dizia respeito aos africanos. Se não os tolhiam sempre que podiam, optavam por ignorá-los.

Henrique, com seu comportamento ainda muito influenciado pelos ensinamentos da mãe, gostava de presenciar aquelas reuniões noturnas. Nem sempre tomava parte delas. Às vezes ficava afastado, observando de longe. Isso porque não era bem recebido por todos os escravos. Muitos o viam como réplica do patrão, o herdeiro sendo preparado para seguir os passos do "demônio".

Seduzido pelo clima malicioso da capoeira, ele se aproximou da roda, numa ousadia que começava a lhe ser típica.

Hasan, um jovem e vigoroso africano que tinha chegado ao Brasil havia pouco mais de um ano, fazia as vezes de mestre. Enquanto executava os golpes com a agilidade de quem pratica há muito tempo, mostrava aos novatos como fazer.

E uma das aprendizes era Malikah.

Claro que ela precisou se vestir como homem para entrar na roda. De saia, perderia a agilidade, além de correr o risco de acabar mostrando o que não queria. Henrique a observou fascinado, pelo conjunto de tudo o que viu: seu gingado sensual, seus lábios cheios acompanhando a letra da música, as roupas inapropriadas para ela, mas surpreendentemente perfeitas, a alegria por estar fazendo algo fora dos padrões.

Por instinto, o jovem colocou as duas mãos sobre o peito, como se quisesse conter as batidas descompassadas do coração, e soltou um gemido embaraçoso.

Por Deus, é Malikah, uma menina, repreendeu-se ele, cometendo um grande equívoco em seu julgamento. O tempo havia passado e nenhum dos dois era mais uma criança. A inocência começava a se perder pelos caminhos entre a infância e a adolescência deles.

— Faz o *aú*[12] agora, moça! — Hasan determinou, e Malikah executou o golpe com destreza. — Muito bom! Agora a ginga.

Então, ela passou a se movimentar, alternando a direção dos braços e das pernas, ora jogando a mão direita para a frente, ora para trás. Seus quadris ditavam o ritmo, formando uma imagem da qual Henrique jamais se esqueceria.

— Vosmecê quer tentar? — perguntou a menina assim que percebeu a presença do amigo. — Não é difícil.

— Eu...

— Ele "num" vai saber — retrucou Hasan, incomodado com o fato de o filho do patrão estar xeretando num mundo ao qual não pertencia.

— Ah, gingar todo mundo consegue! Vem!

Puxando Henrique pelas mãos, Malikah o introduziu na roda. A princípio ele não soube como agir. Olhava de uma pessoa a outra, completamente confuso e cheio de insegurança.

— Faz assim. — Com a menina no comando, aos poucos ele se sentiu mais confiante e passou a executar a ginga, mesmo que bastante fora do compasso, arrancando gargalhadas de todos.

A descoordenação de Henrique fez Hasan se sentir melhor. O jovem africano não só discordava da convivência do filho de Euclides com Malikah como acreditava que um dia ele mostraria seu verdadeiro caráter.

Era apenas um pressentimento, que infelizmente, anos depois, tornou-se realidade.

Fazenda Real, 1737.

Então era oficial. Euclides de Andrade já podia colocar seu plano em ação.

Dois anos atrás, quando seu mundo ruiu, ele não sabia como faria para se reerguer. É certo que jamais voltaria a ser o mesmo homem. Agora, com seus problemas físicos, já não tinha totais condições de agir pelas próprias mãos.

Parte de sua convalescência foi destinada a conjecturas. De que forma atingiria de modo certeiro a todos que o prejudicaram? A resposta chegou no formato de uma carta de seu advogado. Teve, então, a certeza de que suas preces tinham sido ouvidas.

Como um cristão temente a Deus — de maneira tortuosa, vale ressaltar —, Euclides acreditou que a dica de como executar sua vingança fora enviada do céu. Porque, ainda que tivesse gastado meses conjurando uma estratégia infalível, nada lhe parecia bom.

A tal carta liquidava a questão. E, para que o tiro não saísse pela culatra, a execução da vingança precisava ser muito bem orquestrada. Por sorte, o fazendeiro tinha olhos e ouvidos infiltrados pelas bandas de Sant'Ana. As últimas notícias apresentavam o cenário ideal para tudo o que ele tinha em mente:

Arraial de Sant'Ana, 6 de junho de 1737.

Estimado senhor Euclides de Andrade,

Espero que esta te encontre bem, com saúde e fé em Nosso Senhor.

Venho por meio destas linhas apresentar-te o que pude observar ao estar em terras de Fernão Lopes da Costa.

Todos vivem em harmonia. A família reside numa casa confortável, cercada por empregados reconhecidos, a maioria, como amigos. A negra Malikah teve o filho, que já se encontra crescido, com cerca de dois anos de idade. É muito esperto e, a despeito da raça da mãe, lembra muito o pai.

A propósito, teu filho Henrique está a ganhar a confiança de Fernão. Pouco a pouco nota-se que os irmãos derrubam as barreiras que antes os afastavam. Henrique trabalha como um homem acostumado a lidar com a terra e faz muito gosto disso.

Enfim, tudo está às mil maravilhas, diante do que pude constatar.

Se o senhor me permite um conselho, sugiro que esqueças todos eles. Lá não falta boa vontade nem recursos, além de camaradagem, ou seja, não lhes falta coisa alguma.

Chamo tua atenção para uma curiosidade: existem rumores de que a negra Malikah já não guarda mais tanto rancor de Henrique. Trata-se de especulação, ressalto. De todo modo, caso isso venha a ser verdade, o que impedirá teu filho de se casar em breve?

Despeço-me, com votos de saúde e paz.

Euclides leu e releu aquela carta uma dúzia de vezes. Aquilo que mais temia estava para se concretizar. Era óbvio que Malikah encontraria uma forma de fisgar seu filho definitivamente. *E bem que ele merece, o traidorzinho covarde.*

Então ele tirou a outra carta de cima da escrivaninha e concentrou-se nas palavras de seu advogado:

Não há liberdade sem alforria.

Idiota era aquele que pensava o contrário — ou nem ao menos refletia sobre isso. Esse era o consolo de Euclides.

Quinta Dona Regina, 1737.

A novidade do dia pegou todo mundo de surpresa — e tirou um peso de cima dos ombros de Malikah. Logo pela manhã, o fazendeiro Cláudio Alves em pessoa chegou de charrete às terras de Fernão para buscar a filha Bibiana.

O homem, um sujeito de meia-idade, com uma calvície que só não era totalmente revelada por causa dos poucos fios restantes, partidos de modo a cobrir a careca, bateu à porta da casa-grande cheio de elogios a todos e proferindo agradecimentos a quem estivesse por perto.

— Se não fosse a vossa hospitalidade, certamente minha querida filha teria ficado à própria sorte, pobrezinha, a correr risco de todo tipo — disse diante de Fernão e Cécile, que o receberam com alegria. — Nem sei como vos agradecer.

— Não há necessidade, senhor Cláudio. — A francesa tomou para si a função de apaziguar as preocupações daquele pai. — Foi mesmo um prazer ter Bibiana conosco por esses dias. Ela até nos ajudou com os preparativos de um casamento no último sábado.

A moça corou devido ao elogio. Sua timidez raramente conseguia ser disfarçada.

— Fico profundamente agradecido, senhora Cécile. Não fossem as condições da estrada, decerto eu já teria providenciado o retorno de Bibiana para casa. De charrete o deslocamento se fez impossível até ontem.

— Não fale mais isso. Tua filha foi e sempre será bem-vinda aqui, bem como o senhor, não é mesmo, meu marido? — Ela buscou a confirmação, a fim de enfatizar o valor de suas palavras.

— Sim, é claro. Nossas terras são vizinhas. Temos mesmo que estreitar os laços — Fernão concordou.

— Antes de partirdes, convido pai e filha para uma merenda preparada agora há pouco.

Cláudio e Bibiana trocaram um olhar antes de menearem a cabeça, aceitando a oferta. Então seguiram seus anfitriões até a copa, onde um belo lanche acabava de ser posto sobre a mesa de refeições.

Enquanto comiam, Cláudio trocou informações com Fernão a respeito de seus negócios, além de insistir na necessidade do estreitamento das relações entre as duas famílias, convidando a todos para uma estada em sua casa. Mais por educação do que qualquer outra coisa, Cécile disse sim ao convite, bem na hora em que Malikah atravessava a copa esbaforida, à procura de Hasan.

— Alguém viu aquele menino? Não é possível que nem com o pé torcido ele consiga parar quieto — reclamou ela, com as mãos enganchadas na cintura, mal notando as visitas.

— Eu o vi sim, Malikah — afirmou Bibiana, de maneira tímida. Sua voz era pouco mais que um sussurro. Todos pararam para escutar a informação. — Ele saiu com o senhor Henrique, carregado por ele, na verdade.

Cécile e a ex-escrava trocaram um olhar significativo. A situação havia mudado muito nos últimos tempos. Semanas antes, é certo que ela sairia correndo feito uma onça a fim de capturar a presa — no caso, Henrique. Agora só sentia um desconforto, dos grandes, mas pelo menos era um sentimento bem menos agressivo se comparado ao anterior. Além disso, Malikah não admitia, havia uma certa ternura envolvida. Que mulher não amolece diante de alguém que trata bem o seu filho — principalmente um pai tão disposto a fazer parte da vida da criança?

— Para onde foram? — ela quis saber.

— Isso eu não sei. Sinto muito.

Então o remédio era sair para procurá-los. Depois de acenar a cabeça numa despedida seca, Malikah deu as costas a Cécile, Fernão e seus dois convidados. Encontraria Hasan, nem que fosse obrigada a percorrer cada canto daquelas terras. Em seguida trataria de colocar Henrique no lugar dele.

Foi só ceder um tantinho que o homem já se sente o tal. Folgado!

— "Tô" com medo...

Hasan se agarrou nas rédeas, apavorado com a perspectiva de cair do cavalo, que nem era um dos mais bravos da fazenda. Tratava-se de um potro bem manso, ideal para quem recebia sua primeira aula de montaria.

— Tu não cairás. Não vou permitir — garantiu Henrique, de pé ao lado do animal, com os braços em torno do corpo do filho. — Ora essa, tu nunca subiste num destes? — provocou.

— Não... Mamãe "num" deixa.

Henrique estava a par da determinação imposta por Malikah de manter Hasan longe dos cavalos até ter idade suficiente para dominá-los. Mas que mal tinha brincar um pouco com o menino? Ele não seria louco de largar o filho sozinho sobre o bicho.

— Este cavalo é mansinho. Não tens por que temer, certo? — Henrique reforçou a garantia dando tapinhas nos ombros de Hasan. — Ficarei bem aqui, ao teu lado, a puxar a corda.

— E se eu cair?

— Jamais. Podes confiar em mim. — Henrique olhou dentro dos olhos do menino. — Confias?

O pequeno meneou a cabeça, rendendo-se à brincadeira do pai, que tomou as rédeas para si e deu o primeiro passo, puxando o cavalo. Uns dez metros depois, era possível sentir Hasan relaxando.

— Estás a gostar? — A palavra filho quase escapuliu. Henrique desejava tanto ter tal concessão que chegava a arder o peito.

— Mais depressa!

— Calma, rapazinho. Hoje é só o primeiro dia.

Aproveitando o raro momento junto ao filho, somente os dois, Henrique fez de tudo para fazer daquele encontro algo que ficasse registrado na memória de Hasan, uma bela lembrança de um instante de diversão com o pai.

Passearam pela campina, dando inúmeras voltas sem que qualquer um pedisse para parar. Até que o senso de responsabilidade do advogado — e o medo de levar uma nova bronca de Malikah — o alertou para o fim da brincadeira.

— Precisamos voltar, moço. Tua mãe decerto está louca de preocupação.

— Ah, não! “Quelo” mais!

Henrique tinha consciência de que estava sorrindo feito um bobo. A aceitação de Hasan despertava nele seus mais nobres sentimentos. Valia a pena correr o risco de ser esculachado pela mãe do menino.

— Um pouquinho só então — concordou.

Enquanto ambos curtiam a aula de equitação, Malikah os avistou. Estava a uma distância que a impedia de ser vista pela dupla, ideal para pegar Henrique em flagrante e surpreendê-lo de modo que ele não tivesse tempo de se esquivar. Ah, e ela falaria! Preparara um arsenal de impropérios a fim de despejar sobre ele. Como ousava roubar seu filho?!

A ex-escrava marchou campina afora, os punhos cerrados colados às laterais do corpo, pronta para atacar. Dessa vez não haveria beijos, nem carícias, nem palavras doces para distraí-la. Afinal, ela não era uma tola.

Porém, conforme Malikah se aproximava, começou a ouvir o diálogo dos dois. Então ela parou mais uma vez e pôs-se a observar a interação deles. Henrique era só doçura e cuidado com Hasan. Este, por sua vez, gargalhava a cada ação do pai, como se estivesse completamente à vontade.

Como se ele soubesse que é seu filho, refletiu.

De olhos marejados e lutando contra a emoção que fazia força em seu peito, Malikah levou as duas mãos ao pescoço, reflexo para se libertar do aperto que pressionava sua garganta. Eles eram lindos juntos! A afinidade estava lá, nítida feito paisagem à luz do dia. Seria o sangue falando mais alto que os dois anos de afastamento ou havia sentimentos reais envolvidos ali? Ela sabia a resposta.

— Isso tudo.

A felicidade de Hasan trotando sobre o cavalo não estava sendo forjada à base de chantagens e negociações, do tipo toma lá, dá cá. Nenhuma criança consegue demonstrar o que não sente — Malikah sabia disso melhor do que ninguém.

E que brilho era aquele refletindo nos olhos azuis de Henrique? Amor genuíno e abnegado.

Assistir àquela cena de repente transportou a ex-escrava até um momento de seu passado, quando, ainda pequena, conversava com Henrique à beira do riacho, acompanhando a labuta dos mineradores, um bando de homens de variadas etnias. Todos batiam suas bateias nas águas, em busca de ouro, a mando do patrão, e estavam concentrados no que faziam. Então o menino veio com esta:

— As pessoas podem ser de tantas cores! Isso não é engraçado?

— É lindo — Malikah declarou, com o olhar perdido, capturando a essência de tamanha mistura.

Tantos anos depois, lá, diante de seus olhos, a miscigenação se fazia presente, sem que seu pequeno filho precisasse sofrer por ser mestiço. Ele era mais que aceito. Havia muito amor em sua vida.

Malikah expirou o ar devagar ao deter sua visão em Hasan. Em seguida, analisou Henrique para, então, erguer as mãos e olhar para si mesma.

Branco, pardo, negra.

E que importância tal variedade tinha? Exceto como indicadora de pluralidade, mais nenhuma. Eram somente pessoas.

As lágrimas finalmente desceram por sua face, mas ela não se importou em enxugá-las, tampouco cumpriu seu objetivo original de acabar com o passeio de Henrique e Hasan. Malikah recostou-se num tronco, as mãos sobre o peito, e deixou que o destino agisse por si só. Que acontecesse o que havia de ser.

Em paz consigo mesma, lá ela ficou, até que, de longe, como se uma força invisível o tivesse cutucado, Henrique encontrou os olhos dela. Os dois se encararam por longos segundos, conversando em silêncio, dentro de um mundo que eles ergueram quando ainda não passavam de duas crianças.

E assim, do mesmo jeito que chegou, Malikah meneou a cabeça, girou nos calcanhares e fez o caminho de volta à casa-grande, oferecendo mais tempo aos dois homens de sua vida.

12.

Beijo extremo, meu prêmio e meu castigo,
batismo e extrema-unção, naquele instante
por que, feliz, eu não morri contigo?
Sinto-me o ardor, e o crepitar te escuto,
beijo divino! e anseio delirante,
na perpétua saudade de um minuto...

Olavo Bilac, "Um beijo",
em *Poesias*

Henrique deu um salto na cama. Acordou subitamente, encharcado de suor, o coração aos pulos. Estava sonhando.

Com Malikah.

Outra vez.

Desde que voltara da Bahia, não parava de pensar nela. Está certo que sempre foram muito próximos, mas agora sua mente insistia em evocar situações embaraçosas envolvendo os dois, estivesse ele dormindo ou acordado.

Como não tinha com quem conversar — a não ser a própria Malikah, mas, nesse caso, ela estava fora de cogitação —, Henrique chegou a acreditar que seu corpo, em constante transformação, estava apenas reagindo ao crescimento. Portanto, qualquer mulher bonita poderia mexer com ele daquela forma.

Mas não. Só Malikah tinha o poder de transformá-lo num sujeito ofegante e cheio de ideias pecaminosas. Ainda bem que ela nem percebia, senão sua vergonha seria mil vezes maior.

Henrique enxugou o rosto com o lençol, condenando-se pelo sonho — como se ele pudesse ter controle de sua mente durante o sono. Nele, Malikah nadava nua num riacho de águas cristalinas, tão transparentes que revelavam toda a extensão do corpo dela. De costas, ela batia as pernas em direção à outra margem, virando-se vez ou outra para ele, que a observava de pé do lado de fora, e o convidava a entrar, movimentando os dedos para a frente e para trás, um gesto muito sedutor.

Tanto no sonho como àquela hora, sentado em sua cama, Henrique podia sentir a parte de baixo de seu corpo enrijecer tamanha a necessidade que Malikah vinha despertando nele. E essa sensação era infernal.

Descompensado, o rapaz jogou as cobertas para o lado e foi se refrescar com a água do jarro que ficava sobre sua escrivaninha. Molhou o rosto, depois o pescoço, mas nem o frescor minimizou sua angústia.

Das duas, uma: ou ele se afastava de Malikah de vez, quebrando a promessa feita à mãe em seu leito de morte, ou extinguia o fogo que queimava dentro de si por ela — duas tarefas quase impossíveis, mesmo consciente de que poderia estar pecando.

Ao longo de sua vida, especialmente após ter deixado a infância para trás, Henrique ouvia que se relacionar intimamente com os negros era tolerável desde que não ultrapassasse os limites do leito. Isso significava que os brancos — nobres ou aristocratas — até podiam fazer sexo com as escravas, mas jamais deveriam tratá-las como algo mais do que uma boa carne quente e receptiva à cópula — receptividade quase sempre inexistente, na verdade. Na maioria das vezes, elas eram obrigadas a se deitar com seus senhores, com requintes de crueldade e muita violência.

Aliás, boa parcela dos meninos, ao entrar na puberdade, eram estimulados a iniciar a vida sexual com as africanas. Ir para a cama com as mais jovens e belas sugeria virilidade e pegava bem para a masculinidade dos garotos. Os maiores incentivadores eram seus próprios pais.

E quando, dessas relações, surgia uma gravidez, ela era tratada com o desdém típico sempre destinado aos negros. Alguns filhos bastardos simplesmente nasciam na fazenda e por lá cresciam, sem que lhes fosse dada qualquer importância; outros eram mortos depois do parto ou ainda dentro da barriga da mãe, que também acabava assassinada.

Euclides ainda não havia tomado atitude alguma para introduzir Henrique ao mundo dos homens-feitos. Preocupava-se com uma infinidade de assuntos mais importantes. Isso deu ao rapaz a liberdade necessária para não ter que escolher uma das escravas com quem deveria perder sua virgindade. Por outro lado, vivia atormentado pelo desejo secreto que nutria por Malikah, sua amiga desde... sempre.

Assim que amanheceu, Henrique encilhou seu cavalo favorito e saiu em disparada para além dos limites da Fazenda Real. Sua excitação o deixara inquieto e impaciente. Sentir o vento no rosto talvez curasse seus tormentos. Ele cavalgou sem rumo por um bom tempo, esvaziando a mente de ideias proibidas, até seu corpo reclamar e o rapaz precisar de um descanso. Achou que seria bom aproveitar que estava próximo do rio e dar um mergulho. Água gelada também era um excelente antídoto contra ansiedade.

Malikah apoiou a cesta de palha no chão, cheia de roupa suja, para ajeitar a faixa na cabeça. Seus cabelos estavam grandes, crescendo desordenadamente em todas as direções, do jeito que ela gostava. Mas era preciso dominá-los para que os feitores não implicassem, chegando ao ponto de cortá-los até a raiz mais uma vez.

Ela abriu o tecido de algodão, todo florido — um retalho dos muitos lençóis do enxoval dos Andrade —, e enrolou-o em sua cabeça até que ficasse no formato de um turbante. Ao sentir que estava bem preso, retomou seu caminho rumo ao rio, onde passaria algumas horas lavando toda a roupa.

Cantarolando, Malikah se distanciou das demais lavadeiras. Havia dias em que ela simplesmente amava se perder em seus pensamentos enquanto trabalhava. A cantoria e o falatório das mulheres atrapalhavam suas divagações. Já que não lhe era permitido viver, a menina se dava ao luxo de ao menos sonhar.

Se por um lado suas mãos se ocupavam com o esfrega, esfrega das roupas, por outro, a mente dela produzia histórias que Malikah gostaria muito de viver, como ser a chefe guerreira de uma tribo selvagem na África, comandar um navio de corsários e lutar contra monstros marinhos ou, a melhor de todas: protagonizar uma linda história de amor. Ela só não sabia dizer qual das três possibilidades era a mais remota, para não classificá-las como impossíveis.

Com um suspiro, a menina foi voltando à realidade. Dar asas aos sonhos até que era divertido, mas às vezes costumava se tornar algo bem cruel.

— Deste para sonhar acordada agora, é?

Levando as mãos molhadas ao peito, Malikah ficou de pé num salto, tamanho o susto que levou.

— Ai, seu matreiro! Quase que vosmecê me mata — ela esbravejou, cravando seus olhos raivosos em Henrique, que se contorcia de rir.

— Não resisti. Tu estavas em outro mundo.

— Pede desculpa! — ordenou a menina, agora com as duas mãos enganchadas na cintura. — Senão...

— Senão o quê? — o rapaz provocava Malikah de propósito, sem dó nem piedade, com o singelo intuito de irritá-la. Na opinião dele, ela ficava linda nervosa daquele jeito.

— Arranco o pedido daí de dentro. Ah, se arranco.

Henrique não resistiu e soltou uma gargalhada alta e retumbante.

— Tu não terias coragem de me atacar.

— Quem disse?

— És uma menininha medrosa. — Ele sabia que a verdade era justamente o oposto, mas estava disposto a tirar Malikah do sério. Por quê? Pelo simples motivo de que ela vinha lhe roubando a própria razão.

— Não vai pedir?

Ele moveu a cabeça de um lado para o outro, sem abandonar o sorrisinho matreiro.

Se estivesse raciocinando, Malikah jamais teria feito o que fez. Mas movida pela irritação, provavelmente causada pelos hormônios da adolescência, nem pensou ao pular sobre Henrique, na tentativa de aplicar nele um golpe de capoeira. No entanto, a única coisa que conseguiu com isso foi passar vergonha, porque ele adivinhou as intenções da menina e a interceptou, bloqueando seus movimentos ao enlaçá-la entre seus braços.

Ela se debateu feito peixe na rede, entre risos e imprecações, misturados às gargalhadas de um Henrique muito traiçoeiro.

— Sem berimbau não há capoeira — declarou ele, troçando.

— Muito menos com deslealdade — retrucou Malikah, o fôlego entrecortado.

E foi aí que os dois terminaram cara a cara, enxergando dentro dos olhos um do outro, os narizes quase se tocando. O que começou como uma brincadeira infantil de súbito se transformou em algo que nenhum deles sabia nomear, mas que lhes roubava a respiração e acelerava seus batimentos cardíacos.

Henrique estava molhado porque havia acabado de tomar um banho no rio. Por isso uma gota de água se desgarrou de seus cabelos e escorreu do alto da testa até o queixo dele, trajeto esse que Malikah acompanhou, hipnotizada com a beleza daquele rosto tão próximo do seu. Teve vontade de contê-la com o dedo, embora não o tenha feito, pois havia muito tempo conhecia seu lugar.

Em compensação, Henrique deixou que seus recentes sentimentos o guiassem. Apesar de a impressionável da dupla ser a menina, ele acreditou que estar com ela em seus braços, daquela forma, depois de tanto sonhar com isso, só pudesse ser um sinal do céu. Então, com cuidado, o rapaz libertou os cabelos dela do lenço que os oprimia, jogando o pedaço de pano no chão, sem culpa. Em seguida, tomou o rosto de Malikah entre as mãos, estudando suas feições como um cientista prestes a fazer uma descoberta.

Ela era de uma beleza cruel, porque fazia as outras meninas, brancas ou não, parecerem comuns, sem graça. A pele dela não tinha máculas, nenhuma imperfeição sequer, assemelhando-se à casca de uma fruta macia e suculenta, tal qual pêssegos maduros. As maçãs de seu rosto eram parcialmente ressaltadas, mas o que vinha tirando o sono de Henrique, além de todo o resto, eram aqueles lábios cheios, como se tivessem sido desenhados por um artista de talento inquestionável.

Ciente de estar sendo avaliada — embora não da maneira desumana de quando passara pela feira de escravos —, Malikah prendeu o lábio inferior entre os dentes, ato que denotava seu constrangimento — e outra coisa menos nobre. Mais que depressa, o rapaz usou o polegar para massageá-lo, até que estivesse solto.

— Não faças isso. Tua boca é perfeita demais para ficar presa, assim como tu — disse ele, num sopro de voz que se espalhou por todo o rosto da menina. — És toda linda, Malikah, tão bela que me faz sentir coisas... estranhas.

— Como... o quê? — balbuciou ela, totalmente entregue aos encantos do amigo.

— Algo que faz meu peito bater forte e deixa meu corpo tenso — confessou. — Diz-me que também sentes isso.

— É errado. — Era o que um resquício de lucidez a obrigou a dizer.

— Não! Tu sentes, não é?

Ela não respondeu. Sinceramente, nem precisou. Ao baixar o olhar, Malikah entregou a verdade. Então Henrique seguiu seu coração e colou seus lábios aos dela, decidindo o dia e a hora do primeiro beijo da vida dos dois. No começo, ambos ficaram hesitantes, afinal amigos não se beijavam, e eles tampouco tinham experiência naquilo que faziam. Mas logo encontraram o jeito e acabaram se perdendo na exploração da boca um do outro.

E um sentimento, que extrapolava os limites do desejo, consumiu seus sentidos, avisando a eles que nunca mais seriam os mesmos.

De longe, montado em seu cavalo, Euclides de Andrade observava tudo, já conjecturando sobre as medidas necessárias para minimizar os efeitos daquele enlace. Os dois que o aguardassem.

Quinta Dona Regina, 1737.

Fazia dias que Malikah andava meio arredia, fugindo de todos, como se estivesse envergonhada por algo que fez. Levantava-se de manhã antes de todo mundo e fazia suas refeições em horários alternativos só para não ter que lidar com perguntas e olhares especulativos.

Sabia que estava sendo injusta, especialmente com Cécile, que só lhe queria bem. Mas a confusão em sua cabeça era tamanha que não lhe dava brechas para voltar a agir despreocupadamente. Nos últimos tempos, vivia para se questionar. Infelizmente, ainda não tinha chegado a uma resposta para suas angústias.

Por outro lado, Hasan evoluía como toda criança feliz e saudável. Já conseguia pronunciar muitas sílabas e formular frases completas. Era um menino articulado. Também, tendo uma madrinha como a dele, que conseguira, inclusive, alfabetizar Malikah e despertar nela o gosto pelos estudos, não poderia ser diferente.

O pequeno era só alegria, porque recebia atenção de todos os lados: dos empregados, de Akin, dos padrinhos, da mãe e, agora, de Henrique, o pai que ele nem imaginava ter. Quanto a isso, Malikah não se preocupava. Seu filho jamais passaria pela crueldade de ser arrancado de seus entes queridos, jogado no porão de um tumbeiro fedido e escravizado numa terra nova e cheia de perigos, os quais criança alguma merecia enfrentar. Esse era seu maior alento.

Imersa em seus devaneios, a ex-escrava não percebeu que Cécile já estava na biblioteca, postada diante da amiga, com ambas as mãos presas na cintura.

— Então este é o teu mais novo esconderijo. — A francesa deu uma olhada ao redor, como se tivesse entrado naquele cômodo pela primeira vez. — Hum, escolha *intéressant*, embora nem um pouco original.

— Não estou a me esconder. Acaso esqueceste dos ensinamentos de hoje? Temos aulas.

Cécile sorriu com ternura. Malikah foi uma das primeiras amizades que fez em solo brasileiro. Na época, a desolada francesa estava prometida ao odioso Euclides e conheceu a ex-escrava grávida, trabalhando pesado na casa do fazendeiro. Naquele dia, ele atacou a africana simplesmente porque ela tinha derramado um pouco de vinho na toalha de mesa. E Cécile a defendeu. Um laço eterno havia se formado ali.

— Oh, como sou esquecida! Entrei aqui por acaso.

— Que grande mentirosa! — Malikah exclamou, erguendo os cantos da boca em sinal de divertimento com a falsa perda de memória da amiga. — Estás cheia de melindres agora, é? Desembucha o que queres falar.

— Quem sou eu, minha querida amiga, para dizer qualquer coisa? Estamos aqui para ler e aproveitar os estudos, certo? Existem situações que nenhum conselho pode ajudar a resolver. — Cécile fez um afago no ombro de Malikah. — Creio eu que minha opinião sempre esteve às claras para ti. E ela não mudou. Portanto somente tu podes decidir teu futuro. E, diante de qualquer decisão que tomares, terás meu apoio e amizade eternos.

Ao ouvir essa declaração da francesa, a ex-escrava não se segurou mais e caiu em prantos, o rosto enterrado nas mãos.

— Eu não suporto mais, Cécile, não suporto. Amo tanto Henrique, acho que o amei desde sempre, quando nos conhecemos ainda na infância. Entreguei meu coração a ele, mais até, minha alma, e o que recebi? Uma traição tão horrível que, por pouco, não perdi Hasan e minha própria vida. Agora ele está mudado, a jurar-me amor eterno, e eu não sei o que fazer.

— O que teu coração diz?

— Que eu devo perdoá-lo e me esquecer do passado para sempre.

— Ah, pois sim! — A francesa abriu um sorriso vitorioso. Era exatamente isso o que queria escutar.

— Todavia, minha cabeça não permite que eu me entregue de vez.

— Quem, nesta vida, não corre riscos, *chère amie*? Estamos à mercê do destino, dia após dia.

— Estou certa de que não aguentaria uma nova decepção vinda de Henrique, Cécile, especialmente agora, com Hasan todo derretido para o lado dele. Imagina como o menino ficaria se fosse traído pelo pai? Enquanto ele não é colocado nessa posição, oferece-nos menos riscos — Malikah ponderou de maneira bastante racional.

— Estás decidida a abrir mão de teu amor? Chegaste a tal conclusão, portanto? — indagou Cécile, lamentando-se por dentro. *Que lástima!*

— Eu não sei. Talvez eu deva me afastar um pouco, porque, perto de Henrique, eu volto a ser a mulher que o amava cegamente.

Malikah ficou entregue a suas reflexões, enquanto Cécile se dirigiu à estante e retirou de lá um livro. A intenção da francesa era distrair a amiga, tirando-a daquela angústia sem fim.

— Que tal largarmos esse assunto de lado, por ora, e dedicarmo-nos a uma boa leitura? Muitas vezes as palavras podem ser revigorantes e inspiradoras.

— Boa ideia! — A outra fungou e limpou as lágrimas rapidamente. Estava cansada de se lamentar. — Vamos de que hoje?

— Luís Vaz de Camões? Já ouviste falar do poeta português?

— De quem?

Cécile soltou uma risada franca e gostosa.

— Ah, *ma chère*, deleitemo-nos com uma das maiores figuras da literatura lusitana que já existiu. Vamos chorar pelas dores de suas personagens e deixar a vida real suspensa, pelo menos por algumas horas.

— Tu tens meu apoio, Cécile.

Porque Malikah estava muito necessitada de uma bela distração, Cécile deixou a biblioteca discretamente, com o propósito de não atrapalhar a leitura da amiga, que dava mostras de ter se encantado por Camões, mesmo achando difícil interpretar as palavras do poeta.

Naquele instante, ela lia em meia voz um de seus sonetos sobre o amor, que não era retratado de maneira dramática, mas sim como um sentimento jubiloso e tranquilo, o que, de certa forma, serviu para apaziguar os tormentos de Malikah:

— Transforma-se o amador na cousa amada,/ Por virtude do muito imaginar;/ Não tenho logo mais que desejar,/ Pois em mim tenho a parte desejada./ Se nela está minha alma transformada,/ Que mais deseja o corpo alcançar?/ Em si somente pode descansar,/ Pois com ele tal alma está liada./ Mas esta linda e pura semideia,/ Que como o acidente em seu sujeito/ Assim co'a alma minha se conforma,/ Está no pensamento como ideia;/ E o vivo, o puro amor de que sou feito,/ Como a matéria simples busca a forma.

A ex-escrava suspirou de encantamento e não hesitou em repetir os últimos versos:

— O puro amor de que sou feito, como a matéria simples busca a forma.

Ela desejava ter experimentado um amor simples como o do poema, mas desde nova aprendeu que querer e poder são coisas bem distintas.

Como não estava disposta a se deixar afetar pelos problemas que andavam tirando sua paz, pelo menos naquela hora tão tranquila ali na biblioteca, rodeada de livros, Malikah passou a página da obra e dedicou-se à leitura de mais um poema.

E foi assim, sob tais condições, que Henrique a encontrou. Fazia dias que eles pareciam estar brincando de gato e rato. Todas as vezes que ele tentava uma aproximação para forçar uma conversa franca e definitiva, ela se esgueirava, escorregadia feito sabão molhado. Mas se Malikah pensava que sairia vitoriosa de sua infantil estratégia de mantê-lo afastado, ela era muito ingênua. Porque agora ela o ouviria, querendo ou não.

— Mas o que mais me impede inda louvar-te,/ É que quando te vejo perco a língua,/ E quando não te vejo perco o siso.

Estava tão distraída que não reparou quando Henrique se postou atrás dela, dando-lhe apenas o tempo necessário para que terminasse a leitura de outro soneto. Assim que o fez, ela apoiou o livro no colo e deixou o olhar vagar para além da janela, assimilando as palavras lidas.

Lá fora uma brisa suave movimentava as folhas das árvores. Perdida em seu mundo de contemplação, ela não teve como antecipar a investida de Henrique, que escorregou pelo encosto do sofá e terminou com o corpo colado ao dela e um dos braços sobre os ombros de Malikah. O movimento repentino causou um rebuliço dentro da moça. Por um instante, ela achou que estava sendo atacada. Traumas do passado que às vezes davam as caras.

— Pela alma de padre Antônio Cabral, como ousas atrapalhar nossa aula?

Henrique girou a cabeça em todas as direções, simulando uma busca pelo cômodo.

— Onde está tua professora? Não a vejo em parte alguma aqui.

Só então Malikah se deu conta de que Cécile não estava mais na biblioteca.

— Vós armeis esta armadilha para mim — acusou ela, apesar de manter-se calma. Reconhecia que não teria escapatória dessa vez. — Aposto todos os meus dentes que aquela francesa está de conluio contigo. Não haveria de ser a primeira tentativa.

— Pois teus preciosos dentes agora são meus, porque Cécile é inocente. Ela saiu sem saber que eu estava à espera de uma oportunidade para ficarmos a sós.

Tanto melhor.

— Ah, Henrique, sei o que desejas falar. Confesso que tenho pensado muito em nós, em Hasan, e até te dei esperanças. Mas, para mim, apagar nosso passado é difícil demais. Sofri tanto, não apenas pela perda de um amor. Acima de tudo, éramos amigos, confidentes! Apoiamo-nos um ao outro quando nossas mães morreram. Fizemos juras a elas! — Malikah tremia ao expor seus sentimentos de maneira tão clara. — Não que eu fosse tola a ponto de crer que nossa relação tivesse futuro. Quem era eu naquela fazenda? Negra, escrava... Um bem, como uma carroça, um cavalo. Não, animais valem mais que nós, africanos.

— Por favor, não digas isso, minha flor... — implorou Henrique, com os olhos lacrimosos e o peito apertado.

— É a mais pura verdade, Henrique.

— Não para mim.

— Mas para todo o resto, sim. Quem aprovaria a união entre um aristocrata branco e uma escrava? Disso eu sempre soube. No entanto, eu esperava... — Ela ofegou, permitindo que a emoção a dominasse. — Eu sinceramente esperava que tu ao menos tentarias lutar por mim... por nós... por nosso filho.

— Malikah...

Lágrimas desciam copiosamente pelo rosto dela; as dele escorriam devagar. Ainda assim, ambos choravam. Havia muitos motivos para isso.

— Eu me arrependo tanto. Fui um boçal, como meu pai — admitiu Henrique. — Mas eu lhe juro que jamais voltarei a agir daquela forma. Não há nada que me faça voltar a ser aquele homem que eu me tornei. Nada!

Ele ergueu o queixo de Malikah com o dedo e a olhou profundamente.

— Meu amor por ti nunca acabou, nem mesmo quando meu pai me fez questionar tua fidelidade.

— Ele fez isso? Por que não estou surpresa? — ela ironizou. Ao finalizar a frase, mordeu o lábio inferior.

— Dizia que tu te deitavas com qualquer um. — Henrique não suportava ver aquela boca tão lindamente desenhada retida entre os dentes dela, então usou o polegar para soltá-la, um gesto habitual quando estavam enamorados. — Ele queria me confundir. Mas eu nunca deixei de te amar.

Havia tantas emoções envolvidas naquele diálogo que Henrique se sentiu impelido a selar o momento com um beijo apaixonado. Malikah recebeu os lábios dele nos seus, porque aquele homem simbolizava um mundo de significados para ela. Dessa vez, beijaram-se com sofreguidão, como se tivessem a intenção de habitarem o mesmo corpo, dividirem a alma. As bocas abertas representavam um convite para algo mais. Então ele reclinou Malikah, sobrepondo-se sobre ela, enquanto suas mãos redescobriam as formas daquela mulher que Henrique tanto amava.

Parecia que haviam voltado no tempo. Quantas e quantas vezes estiveram naquela situação, de mal conterem seus desejos e deixarem fluir?

Os beijos foram se intensificando, as carícias tornaram-se mais sérias. Estavam prestes a tomar um rumo definitivo — e perigoso. Quando Henrique desfez o laço que prendia a parte da frente do vestido de Malikah e tomou os seios dela entre as mãos, um misto de saudade e anseio consumiu a ambos.

— Minha flor, eu te quero tanto... — declarou ele, sussurrando de encontro à boca da ex-escrava.

— Henrique, oh, meu Deus! Por favor...

— Por favor o quê?

Ah, ela só precisava pedir. Ele faria o que ela quisesse.

— Para.

A pequena palavra, dita com pouca ênfase, produziu seu efeito. Confuso, o advogado ergueu a cabeça, antes perdida entre o pescoço de Malikah, e a encarou.

— Para — repetiu ela, buscando o ar a fim de recuperar o fôlego. — Não podemos cometer os mesmos erros.

A expressão de Henrique congelou.

— Somos um erro?

Ela desviou o olhar, sem saber o que responder.

— Está certo. Talvez seja melhor esperar que tu encontres a resposta a essa pergunta.

Para Henrique, chegara a hora de se afastar. Ele fizera de tudo para convencer Malikah sobre suas reais intenções, mas ela continuava hesitante. Isso era muito frustrante.

Não que estivesse entregando os pontos. Porém, em diversas situações, promover um recuo estratégico representava garantia de vitória no futuro.

Sem esperar nada dela naquele momento, Henrique se apressou em sair da biblioteca. Ao bater a porta, deixou para trás uma Malikah aos prantos e um pouco mais perdida.

13.

Encontrei-te. Depois... depois tudo se some
Desfaz-se o teu olhar em nuvens de ouro e poeira.
Era o dia... Que importa o dia, um simples nome?

Ou sábado sem luz, domingo sem conforto,
Segunda, terça ou quarta, ou quinta ou sexta-feira,
Brilhasse o sol que importa? ou fosse o luar já morto?

Alphonsus de Guimaraens, "Soneto"

Depois do primeiro beijo, Malikah e Henrique transitavam entre o mundo do constrangimento e o da euforia. Sempre arrumavam um pretexto ou outro para se tocarem, e disso a mais e mais beijos era um pulo.

Porém nenhum deles esperava as artimanhas escusas de Euclides. Imaginavam estar protegidos pelos encontros clandestinos, logo não contavam com a esperteza do fazendeiro, que não demorou a tomar uma atitude.

Deixou que o filho adolescente aproveitasse um pouco. Na concepção dos poderosos daquela época, ter casos com as negras era quase crucial para definir o perfil de um homem. Saber que Henrique não fugia à regra o alegrava. Por outro lado, Euclides o via como um fraco, influenciado pela mãe, cheio de sentimentalismos. Haja vista o modo como tratava os escravos. Sua relação com Malikah não era apenas um envolvimento sustentado pela luxúria. Estava na cara que havia algo mais, e isso não era nada bom.

Chegara a hora de dar um basta na diversão daqueles dois.

Henrique foi chamado ao escritório do pai, que estava reunido com um sujeito que praticamente crescera nas terras de Euclides. Era um órfão a quem, anos antes, foi dada a oportunidade de ser educado com Henrique, apesar dos dois, na época, jamais terem se aproximado por serem muito diferentes. Segundo conversas trocadas entredentes, agora, já homem-feito, ele fazia serviços para o fazendeiro, do tipo que deixava a mão suja e os bolsos cheios, um aventureiro.

— Espera um instante, Henrique. Já termino aqui — disse o pai, indicando uma cadeira para o filho se sentar. Dito isso, voltou a dar atenção ao rapaz: — Traz todos sem avarias dessa vez, Fernão. Não posso gastar meu ouro com mercadorias estragadas.

— Farei o que estiver ao meu alcance — declarou o jovem, nem um pouco intimidado.

Euclides franziu a testa para ele e o dispensou com um gesto.

Na saída, Henrique e Fernão trocaram um olhar cheio de animosidade. Então o aventureiro seguiu seu caminho.

— Acabei de definir teu futuro — avisou o aristocrata, sem preâmbulos. — Tu vais te submeter aos estudos jurídicos em Coimbra. Apronta teus pertences que a partida está próxima.

Euclides ergueu as mãos, impedindo o protesto de Henrique.

— E, antes que me venhas com argumentos contrários, aviso-te que não estão abertas discussões sobre este assunto. A decisão foi tomada e tu hás de obedecer-me. Meu único filho será bacharel, um jurídico, e só então olharei para ti como um herdeiro nato, capaz de tocar meus negócios quando o Senhor me chamar para junto de si.

O rapaz desviou o olhar, sem coragem de contradizer o pai. Por dentro uma fúria o consumia, queimando-o dos pés à cabeça. Não queria ir embora. Mas suas vontades nunca foram levadas em conta. Isso não mudaria agora.

Dar a notícia à Malikah foi difícil. Explicar que permaneceria anos fora do país doeu nele como coice de burro bravo — e a comparação era válida pelo simples fato de Henrique já ter vivido tal experiência. Ela não agiu com escândalo, não implorou para que ele não partisse. Apenas fez aquilo em que era perita: abaixou a cabeça e anuiu com resignação. Somente uma lágrima silenciosa e solitária deu provas do que a menina realmente sentia. Henrique a apanhou com a ponta dos dedos antes que a gota se perdesse pelas curvas do pescoço de Malikah.

— Nunca hei de te esquecer — prometeu. Suas bocas estavam separadas por um único sopro de distância. — Tu és a melhor pessoa deste mundo, aquela, entre tantas, que mais amo e admiro.

A menina balançou a cabeça em sinal de concordância, mas não foi capaz de emitir uma só palavra. Temia cair em prantos.

Henrique depositou um beijo singelo em seus lábios, o último, um gesto de adeus com sabor agridoce.

— Por favor, minha flor, mantém tua força, tua coragem. Não sucumbas diante de tanta maldade que vos cerca.

Agora sozinha de verdade, Malikah não fazia ideia de como conseguiria se manter firme.

— E quanto a vosmecê — murmurou ela —, cuidado com o mundo lá fora. Ele é mau.

Andando de costas, cada um numa direção, eles foram se afastando devagar, sem desunir as mãos. E quando a distância não permitia mais o contato, antes de soltá-las, eles olharam para suas palmas unidas, atentos ao contraste entre os tons de pele, algo que nunca fez diferença em suas vidas. Que cores lindas, perfeitas em suas particularidades!

— Adeus, minha doce Malikah.

— Adeus, *ife mi*[13] — repetiu ela, em iorubá, porque não teve peito para fazer a declaração em português.

De algum modo, Henrique entendeu as palavras e o adeus ganhou o status de maior provação pela qual ambos já haviam passado.

Até então.

***

Depois que o jovem partiu, não só a vida dele tomou um rumo inesperado. Malikah, que desde pequena fazia serviços junto a outras escravas durante o dia e pernoitava na senzala, foi transferida para a casa-grande, mudança natural para qualquer africana jovem e de boa aparência. Os senhores adoravam ostentar suas "joias mais raras".

Mas entre ela e as demais meninas que passavam a viver perto de seus proprietários havia uma diferença crucial: Malikah não sofria abusos do patrão. Não que Euclides não gostasse de seduzir mocinhas. Nessas horas, satisfazer os desejos da carne não pesava em sua consciência convenientemente cristã. A sorte dela foi ter se envolvido com Henrique antes. O fazendeiro jamais concordaria em usufruir das "rebarbas" deixadas pelo filho.

Dentro da casa-grande Malikah ficava sob vigilância. Executava os trabalhos necessários — limpar, cozinhar, servir, coser —, um pouco mais leves do que os serviços que costumava fazer antes da mudança, e sempre terminava os dias extenuada. Lidar com a pressão psicológica do patrão era muito pior do que carregar peso sob o sol escaldante.

Sempre que tinha oportunidade, Euclides deixava escapar notícias do filho a fim de que Malikah ouvisse. Elas normalmente eram positivas e giravam em torno das alegrias de Henrique com os estudos, dos passeios dele pela Europa e das lindas mulheres que andava conhecendo.

Isso tudo era pior do que não ter notícia alguma, porque, por mais que a menina não quisesse se deixar afetar, ela saía sempre ferida.

E não é que Henrique realmente estava tocando a vida? De Coimbra, virava e mexia sua cabeça atravessava o Atlântico para reencontrar Malikah em suas lembranças. Mas, ainda assim, já havia admitido que a mudança para Portugal tinha sido uma excelente ideia do pai.

Lá ele passou a ter contato com os mais diversos estilos de vida. A sociedade europeia pulsava, deslumbrando desavisados como ele, que, aos poucos, foi se adaptando e aproveitando as oportunidades.

Fez amizades, frequentou casas noturnas de reputação duvidosa, andou com pensadores, sofisticou-se.

E assim os anos foram passando, fazendo peso para apenas um dos lados da balança, o de Malikah. Já o de Henrique tornava-se cada vez mais leve... e banal.

Quinta Dona Regina, 1737.

Para cometer um desatino é preciso uma dose de coragem ou uma parcela de loucura. A julgar pela forma como Malikah encontrou uma solução para liquidar todas as questões que a atormentavam, é certo afirmar que ela não agiu respaldada pela razão.

Insanidade pura pegar Hasan e deixar a fazenda desavisadamente, com a pretensão de chegar ao Quilombo das Novas Lavras, comandado pelo bondoso chefe Zwanga, um velho escravo fugido que certa vez abrigara Fernão, Cécile, Akin, o falecido Hasan e a própria Malikah em suas terras.

Fugir da Quinta Dona Regina, sozinha com uma criança de dois anos, era o mesmo que assinar seu atestado de óbito. Afinal, que chances ela teria diante de tantos obstáculos, naturais e humanos?

Mas a ex-escrava, que possuía muitas virtudes, tinha um grave defeito: era teimosa como uma mula. Se chegara à conclusão de que não havia remédio para seus problemas, correr deles configurava a melhor alternativa, ainda que essa atitude acabasse deixando várias pessoas de quem gostava preocupadas — além de colocar ela e o filho em franco perigo.

Sendo assim, na madrugada de um dia comum, Malikah saiu sorrateiramente, levando Hasan, que ainda dormia, no colo. Nos ombros pendurou uma bolsa com itens de necessidades básicas, como algumas peças de roupas, alimentos, água, um canivete e um lampião — este aceso, já iluminando seus passos incertos.

Como estava certa de que Fernão se aborreceria de qualquer maneira, não resistiu ao impulso de pegar um cavalo e usá-lo como condução. Também não era tão mentecapta a ponto de sair andando pelas próprias pernas uma distância que ela nem sabia calcular. Fora isso, a montaria faria a fuga ser mais rápida, essencial para que, quando dessem falta deles, os dois já estivessem bem longe.

Como prova de que sua atitude não tinha como objetivo magoar ninguém, Malikah deixou uma carta, destinada à Cécile e encontrada assim que a francesa saiu de seu quarto para as primeiras tarefas do dia. A folha de papel dobrada ao meio fora colocada diante da porta da amiga.

Cécile abaixou-se para pegá-la e imediatamente começou a ler o texto, sentindo a cabeça girar assim que se deu conta da gravidade de seu teor:

Carta de Malikah para Cécile

Quinta Dona Regina, 29 de junho de 1737.

Minha querida amiga Cécile,

Quando encontrares esta carta, certamente Hasan e eu estaremos longe destas terras que tão maravilhosamente nos acolheram. Por favor, imploro que não tomes minha fuga como uma traição. Serei sempre grata por tudo o que tu e Fernão fizestes por mim. Eu vos amo de verdade e sempre vos amarei.

Parto porque preciso. É impossível viver de modo neutro diante de Henrique. Quando ele foi embora para estudar em Portugal, acabei por me acostumar com sua ausência. Conformei-me. Amá-lo sem a opressão da convivência até que é tolerável.

O grande problema, minha amiga, é estar perto dele todos os dias, com o coração a gritar por seu amor, mas a cabeça não permitir aceitá-lo de volta.

Em que grande confusão eu meti a todos nós! E, antes que meu amado e precioso Hasan venha a sofrer em consequência de meus conflitos, achei por bem partir.

Ficaremos bem. Eu prometo. Darei notícias assim que nos estabelecermos.

Reze por nós e, por favor, não me odeie.

Transmite meu afeto e minha gratidão a Fernão. Há sério risco de ele não me perdoar, porque levei um de seus cavalos como forma de tornar o trajeto até nosso destino mais seguro.

Se me permites, farei um último pedido: diz a Henrique que não nos procure. Caso seja necessário, impede-o. Será melhor a todos.

Dá um beijo em minha linda afilhada por mim. Sentirei saudades dela... De todos.

Perdão!

Com todo o amor do meu coração,
Malikah

— Bon Dieu! — Cécile perdeu a rigidez do corpo e caiu de joelhos, com a carta na mão, diante da porta do seu quarto. — Malikah, o que tu fizeste?

O som do choque no piso de madeira chamou a atenção de Fernão, que acabava de se vestir depois de ter um breve, embora quente, momento com a esposa. Ao encontrá-la prostrada no chão, tremendo com um papel entre os dedos, ele soube que algo muito ruim acontecera.

— O que houve, Cécile? — indagou, puxando-a contra si. — Meu Deus, estás gelada.

— Ah, Fernão! Lê isto aqui. — Ela lhe estendeu a carta, que foi lida num piscar de olhos.

— Jesus! Que loucura é esta? — Até o ex-aventureiro ficara atordoado. — Vamos sair em busca dos dois agora mesmo.

— Tu precisas encontrá-los, ainda que este não seja o desejo de Malikah.

— Ela pensa que não quer ser encontrada, *mi iyaafin*. Mas vai se arrepender rapidamente de tamanha loucura, se é que já não o fez. Que merda! — Fernão soltou a imprecação enquanto bagunçava os cabelos com as duas mãos. — Preciso reunir uns homens.

— E avisar Henrique — lembrou Cécile. — Pobrezinho.

— Sim, sim. Farei isso agora mesmo.

— Posso ajudar-te — ela se ofereceu.

— Então vem comigo. Não podemos perder tempo.

Hasan estava exausto. Ficar tanto tempo sobre o cavalo tinha lhe proporcionado dores nas pernas e ele acabou choramingando sem parar.

A essa altura, Malikah já havia se condenado umas mil vezes pela atitude impensada. Arrependera-se. Então decidiu voltar para casa, mesmo conhecendo as consequências que isso lhe traria. Mas ela não estava conseguindo encontrar o caminho de volta.

— Ah, minha mãe, o que fui fazer? — lamentou, embalando Hasan em seus braços.

O céu dava sinais de que a luz do dia se despediria em breve. Na escuridão as coisas ficariam ainda piores.

— "Tô" com fome, mamãe. "Quelo" ir pra casa.

— Filhinho, desculpa, desculpa. Vamos dar um jeito de voltarmos, eu prometo.

Mas Malikah realmente não sabia como isso seria possível. E se algo acontecesse com Hasan, ela jamais se perdoaria.

Assim que as sombras da noite abocanharam tudo ao redor, ruídos estranhos surgiram, aumentando a tensão. A ex-escrava procurou um lugar para se abrigarem, depois de prender as rédeas do cavalo numa árvore próxima. Ela e o filho encolheram-se sob um vão entre duas pedras, com a esperança de que nenhum animal aparecesse para atacá-los — ou, na pior das hipóteses, índios emboscadores.

Hasan estava nervoso, com saudade de casa, confuso, fungando baixinho com o rosto enterrado no peito da mãe. Malikah, para lhe transmitir o mínimo de conforto, começou a cantarolar algumas canções de sua terra, balançando o corpo para a frente e para trás, de modo que o pequeno se sentisse protegido.

— *Iro ye/ Nou ka ye manao/ Iro ye/ Nou ka ye manao/ Nie nou do nou de anao/ Napodenao/ Akbe la mio nao/ So yakbe na yoma*[14].

As palavras da linda canção de ninar não só acalmaram o coração de Hasan como fizeram seu sono chegar. Apesar do medo, a voz de Malikah não poderia ser mais límpida e doce. Ela repetiu a música até que seu filho estivesse totalmente entregue ao sono. E então, quando não precisou mais esconder seu desespero para não deixar o menino ainda mais assustado, ela caiu em prantos.

Evitou os soluços altos, mas chorou forte, compulsivamente, consumida por uma desesperança que havia muito tempo não sentia.

O que tinha feito com sua vida? E, pior: com a vida do seu amado filho?

Perdida em meio ao pranto, Malikah não se deu conta de que um animal rastejava ali por perto. Ele não queria confusão, só intencionava voltar para casa depois de uma boa refeição feita minutos antes. Porém havia um obstáculo — dos grandes — no meio do seu caminho. O remédio era se livrar dele.

De bote armado, a urutu-cruzeiro — um tipo de serpente muito temido — não titubeou em cravar seus dentes pontiagudos no tornozelo de Malikah e lá inserir seu perigoso veneno.

Além da dor provocada pela picada, imediatamente a ex-escrava foi atingida pelos primeiros sintomas. Temendo perder os sentidos e deixar Hasan à mercê da sorte, ela lutou contra a tontura puxando o ar profundamente para dentro de seus pulmões. Mas podia prever que, cedo ou tarde, desmaiaria. E aí seria o fim.

Antes de se entregar à névoa que a puxava para dentro de um sono contra o qual não tinha forças para lutar, ela apertou o filho nos braços, beijou seu rosto com ternura e murmurou:

— Mamãe sempre te amará, meu querido.

Henrique urrou quando recebeu a notícia. O modo mais autêntico de descrever sua reação é dizer que ele se transformou num animal selvagem, desses que atacam as presas não porque precisam satisfazer a fome, mas por puro prazer. Não que ele tivesse chegado às vias de fato, mas fez um bom estrago na cozinha ao lançar longe pratos, copos e talheres usados durante a primeira refeição do dia.

Ninguém tentou contê-lo, entretanto. Afinal, embora não admitissem em alto e bom som, todos gostariam de ter feito a mesma coisa — Cécile e Fernão, pelo menos.

De qualquer forma, o surto em si foi rápido. Não podiam perder tempo. Malikah fugira de madrugada, a cavalo, então já ganhara uma boa distância. Se não fossem ágeis, tudo acabaria se complicando ainda mais.

Liderado por Henrique e Fernão, um grupo de homens, no qual Akin também estava incluído, dividiu-se em equipes para esquadrinhar a redondeza. Tantas pessoas imbuídas na causa haveriam de obter sucesso. Era nisso que todos se fiavam.

Na cabeça de Henrique mil conjecturas passavam, de otimistas a desesperadoras. Mas ele não tinha o direito de acreditar no pior. Encontrar Malikah e Hasan, ambos bem, era questão de horas. Então levaria os dois para casa, aliviado por tudo ter se resolvido, e mais tarde, quando o susto passasse, diria poucas e boas à mulher. Se tudo o que ela desejava era afastá-lo definitivamente, que tivesse dito isso com todas as letras.

Bem, durante os dois últimos anos, Malikah havia sido bastante explícita em relação à posição em que queria Henrique em sua vida: longe, bem longe. No entanto, essa já não era mais a situação, não depois dos beijos trocados, das hesitações. Ela não lançava um não cortante; agora dizia "não sei".

Está certo que o derradeiro encontro entre eles terminara mal. Mas, no íntimo, Henrique tinha certeza de que as coisas se encaminhavam para chegar a um final feliz.

Ledo engano.

Guiando um cavalo jovem e vigoroso, o advogado parecia um guerreiro. Cavalgava, seguido pelos demais homens de seu grupo, pelo trajeto determinado, sem parar para nada. Não sentia fome, sede, desconforto. O vento cortava-lhe o rosto, extraindo lágrimas de seus olhos, as quais ele limpava com o dorso das mãos, sem desacelerar.

Talvez ninguém jamais tenha visto uma expressão tão determinada no rosto de Henrique — e amedrontadora. Muitos que o viram se tornar uma espécie de espelho do pai em seus piores anos encontravam um rapaz pouco autêntico, moldado segundo os critérios de Euclides de Andrade. Transmitia um ar ora blasé, ora desdenhoso; nem cruel, tampouco benevolente. Um fraco.

Portanto sua transformação havia chocado muita gente. A princípio os aliados de Fernão, entre ex-escravos e empregados, desconfiavam de que tudo não passava de uma artimanha para enganá-los e, em seguida, traí-los. Mas o tempo, senhor absoluto de todas as respostas, dera um jeito de mudar tal impressão.

Se Fernão representava a referência de cada uma das pessoas que viviam em suas terras, sendo seu esteio, Henrique tornara-se uma delas, com seu jeitão amistoso, disposto a contribuir nas tarefas, misturando-se com naturalidade. Logo, quando deram por si, ele já estava completamente inserido naquela vida. Seu espaço havia sido conquistado.

Embora reservado, Henrique não se esquivava das conversas puxadas pelos colonos. Falavam sobre todo tipo de assunto, exceto um: a paternidade de Hasan.

A desconfiança pairava no ar. Na surdina, homens e mulheres davam seus palpites. Alguns garantiam que o menino era filho do irmão do patrão. Agora, diante da fúria que o havia dominado, de seu desespero maior do que o de qualquer outra pessoa e do olhar que emitia raios quase palpáveis, a confirmação de todas as dúvidas estava mais do que esclarecida.

Não que isso fosse afetar o dia a dia de ninguém. Na verdade, tal revelação teve o poder de enquadrar Henrique de vez na categoria das pessoas comuns, que cometem erros, padecem e tentam dar a volta por cima.

Naquele momento, procurando pelos seus, ele era o símbolo de um pai de família em desespero, tal qual um animal que perdeu suas crias.

A busca por Malikah e Hasan começava a se tornar ainda mais angustiante, pois ela já adentrava o dia. Quanto mais as horas passavam e nenhuma pista aparecia, mais tensos os homens iam ficando, principalmente Henrique, que estava prestes a ter um colapso nervoso.

E assim que a tarde cedeu espaço à noite, apesar de nenhum deles expor os pensamentos em voz alta, a desesperança foi se instalando sorrateiramente. Ou Malikah tinha chegado ao destino, seja lá qual fosse, ou... Era melhor nem completar.

Exausto, queimado pelo sol escaldante, com o coração apertado, Henrique ergueu a cabeça e urrou voltado para o céu noturno. Gritou até que sua garganta ardesse e depois disso, depois, depois...

Nenhum homem ousou interrompê-lo ou se sentiu constrangido. Pelo contrário. Abaixaram suas cabeças em sinal de respeito, como num funeral.

E quando o momento passou e todos aprumaram-se para dar continuidade à jornada um som parecido com o choro de uma criança ressoou entre eles.

— Aqui! — Um dos membros do grupo apontou. — Estão bem aqui.

Por um instante fugaz, Henrique acreditou que tivesse ouvido errado. Mas a correria na direção indicada o tirou do torpor. Sendo assim, tomou a frente para si até estar diante de um Hasan aos prantos, deitado sobre o corpo inerte de Malikah.

— Deus do céu! — ele ofegou, apressando-se para pegar o filho nos braços, ao mesmo tempo em que conferia o estado dela. — Precisamos removê-la com cuidado e depressa!

— Mamãe, mamãe... — O menino agarrou-se a Henrique, sem tirar os olhinhos de Malikah.

— Não temas, rapazinho. Tudo voltará a ficar bem. Pa... — Ele se interrompeu a tempo. — Eu prometo.

14.

Foi para ti
que desfolhei a chuva
para ti soltei o perfume da terra
toquei no nada
e para ti foi tudo

Para ti criei todas as palavras
e todas me faltaram
no minuto em que talhei
o sabor do sempre

Mia Couto, "Para ti",
em *Raiz de orvalho e outros poemas*

Malikah jogou o corpo sobre um monte de feno e respirou profundamente, tentando se acalmar. Fazia meses que, em suas orações, pedia a Deus que a livrasse das perseguições que vinha sofrendo. Por que não nascera homem? Não podia, pelo menos, ser invisível?

Mas não. Era forçada a conviver diariamente com a cobiça masculina, dentro e fora da casa-grande. Quando não era o próprio Euclides a olhá-la de modo malicioso, os feitores faziam esse papel. E, por mais que ninguém ousasse tocá-la — um mistério que ela não compreendia —, as palavras obscenas e os gestos imorais eram quase tão opressivos quanto abusos físicos de fato.

A pobre Malikah estava cansada. Os anos que passaram desde sua chegada ao Brasil foram cruéis, salvo ao longo dos momentos vividos com Henrique. Esses acabaram virando apenas lembranças boas de um passado morto e enterrado. Já fazia tempo demais que seu amigo — amor — havia partido para a Europa.

As palhas voaram em torno dela e foram caindo devagar, feito plumas, até estarem de volta ao monte. Malikah observou a dança, desejando ser qualquer outra coisa, exceto ela mesma. Um canário estaria de bom tamanho. Ou uma borboleta. Quem sabe um pequeno esquilo? De seu ponto de vista afetado pela dura realidade, até um inseto nojento era mais vantajoso que ser uma mulher, negra, escrava e jovem.

Aos vinte e dois anos, Malikah já não possuía nem mesmo um resquício de esperança em relação à vida. Sabia que conduziria os dias sempre da mesma forma, até morrer.

— O que faz vosmecê aqui, assim tão perdida nas ideias?

A moça ergueu os olhos para encontrar Hasan de braços cruzados e um sorriso torto, encobrindo o sol do fim da tarde. A perda do último raio de calor fez Malikah estremecer. O inverno dava as caras na colônia.

— A lida acabou por hoje. Vim escutar o barulho da natureza.

— Seu cabelo tá cheio de "paia" — denunciou o rapaz, levando a mão aos cachos da escrava para retirar a sujeira.

— Deixa ficar. O que que tem? — Para ela, quanto mais sua aparência denotasse desleixo, menos interesse atrairia para si.

— Ih, vosmecê tá com o ovo virado, é?

— Me deixa, Hasan!

O mau humor dela era sintomático. O rapaz compreendia suas angústias porque tinha conhecimento das situações pelas quais passava. Mas não queria abastecer tais sentimentos nela. Engrossar o coro de lamentações em nada a ajudaria. Então tratou de levantar um assunto leve:

— Daqui a pouco tem roda de capoeira na senzala. A meninada é uma animação só. Vosmecê vai entrar?

Malikah deu de ombros.

— Tô cansada. Melhor só ver.

Hasan suspirou.

— Ei, moça, ânimo. Tá pra existir um mal que o toque dos tambores não cure. — Ele simulou as batidas com a boca enquanto espalmava as mãos no ar. — Vem!

Por fim, ela acabou aceitando a oferta. Melhor do que voltar para a casa-grande, para a energia opressora daquele lugar.

Ainda bem que Hasan insistira com Malikah para que ela se juntasse aos companheiros na senzala. As canções, a capoeira, os tambores, as risadas, tudo contribuiu para melhorar seu astral. Agora, de volta à casa-grande, ela se sentia mais leve.

Seus aposentos, um quartinho minúsculo e praticamente sem ventilação alguma, ficavam nos fundos da cozinha. Era preciso atravessá-la para chegar até lá.

Como era tarde, o casarão estava em silêncio total. O único som, muito sinistro por sinal, vinha do tique-taque do carrilhão, localizado na sala de estar.

Encorajada pelo horário e pela escuridão, Malikah se permitiu fazer uma pequena parada na cozinha para tomar um copo de água. Dançar dava sede, ainda que a temperatura tivesse caído bastante ao longo da noite. As rodas de capoeira da Fazenda Real faziam todo mundo suar, estivesse fazendo calor ou não.

Sua mente havia relaxado. Naquele instante a moça só pensava em sua cama e em cair no sono. Fechou os olhos e inspirou profundamente, enquanto a água fresquinha descia por sua garganta.

Então ela ouviu a primeira badalada. E a segunda. A terceira. Até completarem dez.

São dez horas. Tá tarde, pensou.

Malikah lavou o copo e já rumava em direção ao quarto, quando uma mão a agarrou pelo braço. Em poucos segundo, milhares de conjecturas passaram por sua cabeça, nenhuma delas positiva.

Foi por isso que, ao ouvir a voz do homem que a segurava, duvidou de sua sanidade. Só podia estar delirando.

— Cinco anos se passaram e tu ainda és a linda Malikah que conheci na infância.

Ela levou as mãos à boca, aberta em formato de um "o", tamanho seu espanto.

— Não dirás nada?

Henrique, agora um homem-feito, girou o corpo dela de modo que ficassem frente a frente. Ele estudou as feições da escrava, encantado por encontrá-la tão ou ainda mais bela do que antes.

— Vosmecê... voltou? — ela balbuciou, estupefata.

De olhos arregalados, Malikah notou, mesmo no escuro, as mudanças em Henrique, que agora nada tinha de menino. Seu olhar estava mais duro; os cabelos, maiores, caindo-lhe na testa. Uma barba, inexistente até cinco anos atrás, emoldurava a parte de baixo do rosto dele. E o nariz, que sempre fora afilado, ostentava uma ligeira elevação na base. Talvez tenha recebido um soco ou algo assim.

Para ela, ele nunca estivera tão... lindo. E tão inalcançável.

— Há algumas horas. Estou exausto.

Não era somente sua aparência. A voz dele também estava diferente, mais forte, grave. Os batimentos cardíacos de Malikah foram bem afetados por tal detalhe. Ela não sabia como proceder. O que falar para aquele homem, agora tão distinto do Henrique que conhecera?

— Tu estás a tremer — ele observou. — Acaso te assustei?

— Sim — admitiu ela, mas não foi sincera o suficiente. — Vosmecê apareceu do nada. Eu não esperava...

— Meu pai não revelou que eu estava a caminho? — Henrique questionou, mas logo notou o absurdo da pergunta e soltou uma risada cética. — É óbvio que não. Eu me formei, Malikah. Agora sou um bacharel, um advogado. Não precisarei retornar a Portugal.

A escrava não tinha certeza de que havia entendido alguma parte da explicação dele. O choque paralisara seus sentidos.

— Então está certo. — Malikah disse isso por dizer. Pega de surpresa daquela forma, ainda por cima pelo homem que roubara seu coração e jamais devolvera, o que lhe restava era ser sucinta. — Bem-vindo de volta. E... agora vou pro quarto. Estou cansada também.

Henrique arregalou os expressivos olhos azuis.

— Tu estás a morar aqui na casa-grande?

— Só durmo e é lá nos fundos, no quartinho.

— Alguém ou meu pai... quero dizer... — Ele engasgou. O que queria saber era duro de ser dito em voz alta. Ainda assim, o rapaz o fez, pelas metades. — Alguém obrigou-te a... fazer algo... que não desejavas?

Malikah passara por tantas coisas. Tantas que ela nem sabia como responder ao questionamento.

— Moço, sou escrava, esqueceu? Quase tudo o que faço é forçado.

Antes que Henrique pudesse exigir uma explicação mais clara, ela completou:

— Mas ninguém nunca me tocou, se é isso que encafifou vosmecê.

O alívio que ele sentiu foi grande. Quantas vezes ao longo de sua estada na Europa não se preocupara com essa possibilidade? Machucava-o imaginar o sofrimento que Malikah poderia estar enfrentando. Pelo menos disso, entre tantas outras provações, ela ficara livre.

Sem se despedir, a moça virou as costas e correu para seu quarto. Não se sentia pronta para nenhum tipo de interação com Henrique naquele momento, especialmente um cheio de indagações — e sentimentos ressuscitados.

Quinta Dona Regina, 1737.

Malikah e Hasan chegaram em casa no meio da madrugada. A volta acabou sendo mais rápida, porque o grupo seguiu por um atalho. Não podiam perder tempo de forma alguma. A vida da mulher estava por um fio.

O menino viajou agarrado a Akin. Henrique aceitara a oferta do rapaz — não sem alguma relutância — por dois motivos: Hasan adorava Akin e confiava nele para protegê-lo; e não permitiria que qualquer outro homem recebesse a incumbência de transportar Malikah. Tal decisão não foi tomada por ciúme ou sentimento de posse. Longe disso. Tudo o que Henrique queria era transmitir seu calor a ela, mostrar-lhe que era ele ali, ser o amparo da ex-escrava, mesmo que Malikah estivesse inconsciente e não desse fé de coisa alguma.

Ainda assim, os cavalos dos dois, Henrique e Akin, seguiram lado a lado, para que o advogado pudesse estar perto do filho também.

Quando entraram na fazenda, foram recebidos por Cécile, que não cabia em si de angústia. Ela logo tomou Hasan nos braços e tratou de acalentar o afilhado, que estava muito assustado por tudo o que acontecera. Porém, ao se deparar com o estado de Malikah, voltou a ficar aflita.

— Picada de cobra — informou Fernão. — Já retiramos a maldade[15] antes de trazê-la, mas ela continua fraca. Vou chamar o curandeiro dos puris. Enquanto não volto com ele, deixa Sá Nana cuidar dela, *mi iyaafin*.

A mulher era conhecida e respeitada por seus tratamentos alternativos. Durante toda a vida já tinha sido responsável pela cura de muitos males. No entanto Fernão achou prudente ter um segundo "especialista" envolvido na recuperação de Malikah. Para picadas de cobra, toda atenção ainda era pouca.

Henrique levou a ex-escrava até o quarto dele e a colocou sobre sua cama. Embora estivesse bravo com ela pela fuga, não aceitava a ideia de que o risco que corria era perigosamente alto. Se Malikah não resistisse, como prosseguiria sua vida sabendo que ela partira para sempre?

Minutos desgastantes se passaram enquanto esperavam a chegada do pajé. Sá Nana tentava aplacar a febre com compressas de infusão, o que ajudou um pouco, não deixando que a temperatura corporal de Malikah subisse mais — mas tampouco recuou.

Segurando uma das mãos dela, Henrique via o tempo escapar entre os dedos, como as areias de uma ampulheta. Seu amor não lhe fora suficiente. Pelo contrário! Tinha sido a causa de uma atitude desesperada. Malikah achou melhor fugir dele do que encarar os sentimentos.

Ele finalmente reconheceu que a mágoa pela traição do passado sempre estaria no meio dos dois, impedindo-os de serem felizes juntos. Mas nem mesmo a certeza da derrota afastou Henrique do quarto. Sua intenção era ficar ao lado dela, velando seu sono, até que estivesse boa — sim, ele tinha fé — para voltar a ser a Malikah de sempre.

— Minha flor — sussurrou para que mais ninguém, além dela, tivesse condições de ouvir suas palavras —, não esmoreças. Hasan precisa de ti.

Eu também. Mas isso Henrique não falou.

Suas reflexões foram interrompidas pela chegada do curandeiro. Por sorte, os puris que faziam parte da antiga comitiva de Fernão estabeleceram um aldeamento próximo às terras do ex-aventureiro. Logo, não foi difícil buscar o pajé, de modo que ele chegou rapidamente à casa-grande. Num embornal preso à sua cintura, o velho índio carregava algumas plantas e ervas, fundamentais para o tratamento de diversas enfermidades, inclusive a terrível maleita.

E ele era perito em curar picadas de cobra. Isso porque os gentios possuíam a qualidade de serem excelentes observadores. Acompanhando uma briga entre um lagarto e uma jararaca, em cem por cento dos casos a cobra se sagra vitoriosa. A picada dela deixa o réptil frágil, abobado, próximo da morte. Mas os índios sabem que o bicho é esperto: em vez de se conformar com a derrota, ele foge da briga e vai em busca de remédio. Mastiga algumas plantas e poucos dias depois volta a ficar forte.

Sempre espreitando a natureza, os selvagens observam a evolução daquele processo. Então deduzem o óbvio: se um ser humano for picado pelo mesmo tipo de cobra, o índio corre a fim de encontrar a tal planta mastigada pelo lagarto.

Mas ele é prudente. Primeiro, testa o medicamento. E só se der certo com seres humanos a planta é considerada um remédio para os membros da aldeia.

Foi assim que o pajé soube exatamente o que fazer quando encontrou Malikah desfalecida e febril por causa do veneno de uma cobra. Rapidamente ele preparou um chá com a raiz em formato de serpente de uma planta conhecida como parreira-brava e fez a mulher engolir até o fim.

Em seguida, o curandeiro passou a executar um ritual típico de sua tribo. Para os índios, doença era algo diferente. Não se curava somente com medicamentos extraídos da natureza. Em todas as aldeias existiam rituais com rezas e cantos. Os problemas de saúde, na tradição indígena, corriqueiramente envolviam corpo, mente e alma. Então o pajé, sendo observado de maneira respeitosa por todos, finalizou o atendimento com uma pajelança.

De repente, uma calmaria se espalhou pelo quarto. Os mais influenciáveis diriam que o mal havia acabado de ser literalmente expulso do ambiente.

Malikah suspirou, de forma leve, tranquila; um suspiro de alívio, de paz.

O pajé, antes de sair, garantiu que logo, logo ela acordaria, recuperada e pronta para a próxima.

Cécile passou todo o tempo tentando acalmar Hasan. Ela levou o menino para seu quarto e deitou-se com ele, que não conseguia dormir de forma alguma. Então a madrinha achou que contar uma bela história resolveria a questão.

Porque o menino sempre gostava de ouvir as aventuras de piratas e exploradores dos mares, a francesa inventou um enredo cheio de aventuras e muitas conquistas, exagerando nos adjetivos para entreter o pequeno. Distrair-se era tudo do que ele precisava para esquecer o dia traumático.

Mas, de repente, como se estivesse ouvindo uma voz sobrenatural, Hasan se lembrou da mãe, o que foi suficiente para fazer o menino voltar a choramingar e a chamar por Malikah:

— "Quelo" mamãe...

— Oh, meu bem, tua mãezinha está a descansar. Em breve tu poderás te aconchegar a ela — prometeu Cécile, porque ela própria confiava nisso.

— Ela "tá" doente?

— Um pouquinho. Mas tu não viste? O pajé veio ver tua mamãe. Ele é poderoso e faz toda a gente ficar boa.

— Ele é mágico? — Os olhos de Hasan abriram-se de espanto.

— Hum... — A francesa bateu o dedo na testa, fingindo estar pensando na resposta. — Creio eu que sim, querido.

A boca do menino se transformou num círculo perfeito, tamanho seu encantamento.

— Que tal fechar teus olhinhos agora e tentar dormir? — Cécile sugeriu, deslizando os dedos pelos cachos do lindo afilhado. — Garanto que quando tu acordares pela manhã, tudo parecerá melhor.

— Hum, hum. — Ele balançou a cabeça, concordando em atender ao pedido da madrinha.

Em poucos minutos, finalmente o sono o vencera e Cécile conseguiu respirar aliviada. Ver Hasan sofrendo era de cortar seu coração. Ela cogitou carregá-lo até o quarto de Bárbara para que ele acordasse e logo visse a prima, com quem gostava de brincar. Mas desistiu ao se lembrar de que em breve amanheceria e a filha despertaria com a cantoria do galo, atrapalhando o descanso do menino.

Cécile ajeitava as cobertas sobre o corpinho de Hasan quando escutou baterem na porta. Sem que esperasse pela resposta da francesa, Henrique entrou, louco por notícias do filho.

— Acabou de dormir. Mas custou, viu? — relatou ela, afastando-se da cama para dar espaço ao cunhado.

Ele sentou-se ao lado de Hasan e ficou um bom tempo apenas contemplando-o. Como amava aquela criança! E pensar que quase abrira mão de ver o filho crescer. Quase.

— E quanto à Malikah? — Cécile estava ansiosa para saber.

— O curandeiro garantiu que ela ficará bem. Agora dorme, mas amanhã acordará sã e salva.

— Graças à Virgem, que também é mãe. Logo cedo irei à capela para acender uma vela à Nossa Senhora.

— Por que ela fez isso, Cécile? Por quê? — Henrique afundou o rosto entre as mãos, escondendo da cunhada as lágrimas que voltavam a saltar de seus olhos.

— Tu leste a carta. Malikah te ama, quer perdoar-te, mas não consegue. A vida machucou-a em demasia, Henrique. Mas acredito que o desatino que ela cometeu ao fugir daquela forma possa fazê-la refletir melhor agora. Ela repensará.

O advogado não respondeu. Não confiava nisso tanto assim.

— Não a pressionarei mais. Se Malikah acredita que eu não mereço seu perdão, vou me resignar. Só não me afastarei de Hasan. — Ele apoiou os cotovelos nas pernas, juntando uma mão na outra. — A essa altura, todos por aqui já descobriram, ou confirmaram, que o pai do menino sou eu. Não admitirei exercer qualquer outro papel na vida dele, senão esse.

— Ah, Henrique. Dá tempo ao tempo. Tenho fé na união e na felicidade dos três, juntos, em vossa família.

— Não contarei muito com isso, Cécile. Agora estou prevenido.

Assim que o céu se abriu em aurora e a bicharada da fazenda, bem como os animais soltos na natureza, deram boas-vindas ao dia, Malikah abriu os olhos e o que viu a deixou confusa: não estava em seu quarto.

Devagar, ela ergueu a cabeça, ajeitando-se melhor nos travesseiros, e buscou na memória os últimos acontecimentos. Aos poucos as recordações do que havia feito a atingiram tal qual uma flecha acertada no centro exato do alvo. Ela cobriu o rosto, envergonhada por tudo. Como encararia as pessoas, especialmente aquelas que sempre lhe quiseram bem?

Não havia escapatória. Malikah jamais se esquivaria da obrigação de tentar se desculpar com todos e não os culparia caso não conseguissem perdoá-la. Então, quanto antes cumprisse essa missão, melhor.

Devagar, ela afastou as cobertas. Viu que estava limpa e de camisola. Alguém decerto havia lhe concedido esse favor. Já o local onde a cobra havia picado tinha sido coberto por uma atadura. Em meio aos devaneios causados pelo veneno, Malikah fora cuidada com muito esmero.

Mais um motivo para se sentir acabrunhada. Não se sentia merecedora de tamanha deferência.

Foi só quando ficou de pé que ela descobriu não estar sozinha no quarto desconhecido. Jogado sobre uma cadeira posicionada num canto próximo à janela, Henrique dormia profundamente. A imagem já seria comovente por si só, mas havia um elemento adicional, responsável por derreter de vez seu coração: Hasan aninhado no colo do pai, tão entregue ao sono quanto Henrique.

Malikah ofegou ao ser consumida por uma mistura de sentimentos: ternura, emoção, vergonha, amor e... medo. Ela ficou parada olhando para os dois, perguntando-se como pai e filho chegaram àquele ponto de intimidade, sendo que a própria fizera de tudo para mantê-los afastados. Ainda assim, ali estavam eles, unidos como se tivessem passado a vida inteira assim.

De uma coisa Malikah estava certa: mesmo que Henrique não aceitasse seu pedido de desculpas, ela nunca mais usaria recurso algum para separá-lo de Hasan. Admitiria que ele convivesse com o filho.

Não é possível explicar o que aconteceu em seguida sem cair no âmbito da transcendentalidade. Sem que barulho algum tivesse sido feito ou qualquer movimento além dos acelerados batimentos cardíacos de Malikah, Henrique despertou, abrindo os olhos e cravando-os diretamente nos dela, que até estremeceu diante de tamanha intensidade.

A ex-escrava abriu a boca, cheia de vontade de se justificar, apesar de não saber nem por onde começar as explicações. Mas Henrique fez o sinal universal de silêncio, posicionando o indicador sobre os lábios. Em seguida, apontou para o filho.

Malikah sentiu o rosto arder. Muito constrangida, ameaçou deixar o quarto.

— Fica aqui. — Henrique a impediu de sair, falando num tom baixo para não acordar Hasan, mas imperativo o suficiente a fim de não ser contrariado. — Levarei o menino para a cama dele e volto logo.

Ela assentiu, os nervos em frangalhos.

— E então conversaremos, Malikah.

— Sim. — Foi só o que a mulher conseguiu dizer.

— Honesta e definitivamente — ele completou, saindo pela porta sem olhar para trás.

E tudo o que a ex-escrava fez foi esperar, tremendo dos pés à cabeça. Como seu corpo ainda estava fragilizado, precisou voltar para a cama e se sentar, pois temia ir ao chão a qualquer momento, tanto pela fraqueza quanto pela pressão exercida pelas palavras de Henrique.

Sobre o criado-mudo havia um jarro com água. Ela então se serviu de um copo e bebeu tudo de uma só vez.

E foi assim que Henrique a encontrou ao retornar: devolvendo o copo à mesa de cabeceira e o olhar perdido, enevoado pelas lágrimas retidas.

— Como estás? — perguntou ele, preocupado com a saúde dela. — Sentes algo?

— Apenas moleza. Deve ser um resto da peçonha — respondeu Malikah, sem olhar para o advogado, que estava de braços cruzados, encostado na janela.

— Precisas comer. Pedirei a Cécile que...

— Não. Deixa para depois. Eu gostaria de conversar primeiro.

Henrique fez que sim com a cabeça e esperou que ela começasse. Em todas as outras vezes, a palavra sempre partira dele. Agora estava ali para ouvir.

Sem saber ao certo como começar, Malikah levantou-se e deu uma volta completa no quarto.

— Na primeira vez que nós conversamos, tinham cortado meus cabelos — disse ela, de costas. Embora estivesse com os olhos fechados, conseguia enxergar nitidamente a cena se desenrolar, porque via com a mente e o coração. — Eu estava arrasada. Era apenas uma criança horrorizada com aquela violência gratuita. Sem meus cabelos, eu me senti desnuda, horrível, asquerosa. Então, tu apareceste, tão pequeno, e consolaste-me ao afirmar que eu ainda estava bonita. E eu acreditei.

— Pois era verdade — Henrique ressaltou, também transportado ao tempo daquela recordação.

— Comecei a te amar a partir daquele dia. Claro que se tratava de um amor fraterno. Éramos crianças. E enquanto eu crescia a padecer pelas mãos de teu pai, a testemunhar e sentir na própria pele crueldades sem fim, meu alento estava nos instantes em que passávamos juntos.

Além da voz hesitante de Malikah, nenhum outro som podia ser ouvido de dentro daquele quarto. Não que o mundo houvesse se calado para dar àqueles dois a privacidade necessária. É que ambos estavam totalmente concentrados um no outro.

— Fomos apenas amigos por um longo tempo, mas eu me descobri enamorada por ti assim que voltaste da estada na capital. Penso que muitos sofrimentos teriam sido evitados se tivéssemos conservado somente a amizade. Porém, como é difícil mandar no coração!

Lentamente, Malikah virou-se para ficar de frente para Henrique, que permanecia no mesmo lugar, recostado à janela, mas os braços, antes em posição de defesa, agora estavam retos junto a seu corpo.

— De resto, tu sabes: nós nos envolvemos, duas vezes! E fomos separados duas vezes também. Na primeira, doeu menos. Tu partiste sem me machucar. Longos anos mantiveram-nos separados, mas, de alguma forma, consegui ser forte. Mas depois... — Ela desviou o olhar para o teto, sentindo-se sufocada pelas lembranças. — Deus meu, fui feita em frangalhos por ti. Em pouco tempo estávamos juntos de novo, mas não com a mesma inocência de antes. Tudo foi mais intenso, dos beijos trocados às declarações. Eu te entreguei meu corpo! — Malikah se exaltou, para, em seguida, voltar a declarar com serenidade: — Eu te entreguei a minha alma. E terminei com um filho teu no ventre, abandonada, quase jurada de morte por aquele monstro que, por azar, é teu pai.

— Malikah, Deus é testemunha do quanto me martirizo por tudo isso — afirmou Henrique.

— Espera! Agora deixa-me ir até o fim. Não me preveniras ainda há pouco que esta pode ser a conversa derradeira?

Como resposta, ele apenas suspirou.

— Eu sei que o verme me fez parecer uma prostituta aos teus olhos, principalmente quando ele percebeu que era amor o que havia entre nós. O que me mata, Henrique, é que tu confiaste nas palavras dele.

— Não completamente — admitiu ele, caminhando em direção a ela. — Mas o suficiente para ser convencido. Por um bom tempo, sentimentos mesquinhos sobrepuseram-se sobre os nobres, aqueles que aprendi com minha mãe e contigo, Malikah. Eu andei com raiva do mundo por nunca ser o suficiente para o meu pai. Tinha inveja da relação dele com Fernão e com a maioria de seus capatazes. Fui exposto a uma esfera de vaidades, dentro de casa e durante as várias viagens que fiz para o Rio de Janeiro. Tornei-me um bosta, com perdão da palavra.

— Não peça, porque é realmente a melhor forma de caracterizá-lo.

Chocado com a declaração, Henrique deu um passo para trás. Não esperava isso.

— Durante aquele período — completou Malikah, que teria se divertido com a reação dele, caso não estivesse tão preocupada com o desfecho daquela conversa. Então ela concluiu que a hora de abrir seu coração definitivamente havia chegado. — Acontece, Henrique, que tua mudança é fato. Não mudaste de personalidade. Ela voltou ao estado normal desde que saíste em defesa de Fernão, ou, antes disso, quando soubeste da verdade sobre teus pais. Estes dois últimos anos foram a prova de que voltaste a ser a pessoa de antes, o mesmo menino que amei desde o dia em que me arrancaram os cabelos, o mesmo homem que até hoje amo.

15.

Dize-me, amor, como te sou querida,
Conta-me a glória do teu sonho eleito,
Aninha-me a sorrir junto ao teu peito,
Arranca-me dos pântanos da vida.

Florbela Espanca, "Dize-me, amor, como te sou querida",
em *A mensageira das violetas*

Desde o momento em que Malikah soube que Henrique estava de volta à Fazenda Real, fazia de tudo para se manter longe dele, inclusive fora de seu campo de visão, porque não vê-lo nem ser vista evitava sustos indesejáveis.

Nem por isso estava sendo uma tarefa fácil, afinal seus trabalhos se concentravam dentro do casarão, que, apesar de possuir inúmeros cômodos, não tornava impossível trombar com algum dos moradores — Euclides, Henrique e Margarida, a governanta, além das escravas da casa.

Vez ou outra eles se esbarravam pelos corredores, gerando um constrangimento mútuo. Malikah não tinha a intenção de se reaproximar de Henrique. Conseguira levar os últimos cinco anos, ainda que aos trancos e barrancos, sem a presença dele. Um novo estreitamento de laços certamente reabriria velhas feridas. Melhor ser precavida mesmo.

Já o jovem advogado, apesar de querer muito voltar a ter o mesmo tipo de relação que tiveram no passado, receava que seu comportamento na Europa viesse à tona e pusesse tudo a perder.

Antes de mais nada, ele fazia questão de enfatizar que nunca esquecera Malikah. A cada nova manhã em Coimbra, seus pensamentos viajavam até a Fazenda Real e por lá passeavam até que estivesse de pé para as aulas do dia. No entanto, Henrique não se manteve preso à saudade. Ele era muito jovem, afinal, e vivia cercado por rapazes como ele, cheios de hormônios e sedentos por novidades.

Fato é que Henrique não se enclausurara. Por mais que seus sentimentos pela escrava se mantivessem vivos dentro de si, ele soube aproveitar a juventude — com uma bela dose de remorso de tempos em tempos. Viajou para muitos países e amou o tipo de civilização que encontrou, principalmente na França. Levou uma vida boêmia em diversos aspectos, bebendo em tabernas, apreciando noitadas regadas a uísque, charuto e carteados e saindo com mulheres da noite — ele inclusive perdeu a virgindade com uma bela cortesã italiana.

E era à luz do dia que o arrependimento batia, quando seu cérebro estava limpo. Seu coração ainda pulsava por Malikah, porém a distância. E as incertezas a respeito do futuro de ambos contribuíam para que Henrique continuasse vivendo daquela maneira.

Agora, em casa, a realidade era mais incômoda do que ele teria conseguido imaginar. A linda escrava encontrava-se ainda mais bela, solteira e imaculada, quase uma Penélope à espera de Ulisses — exceto pelo fato de que Malikah não estivera se guardando para a volta dele.

De vez em quando, Euclides insinuava que Henrique precisava pegar uma ou outra escrava para se divertir. Entre a maioria dos homens da estirpe do pai, levar uma negra para a cama significava ser um homem de verdade. Mas não era o que o jovem advogado queria. Por mais que tenha se esbaldado na Europa, nunca se imaginou forçando uma mulher a se deitar com ele, especialmente escravas, que não precisavam de mais um motivo para considerarem a vida uma provação diária.

Então Henrique e Malikah passaram a jogar uma espécie de esconde-esconde esquisito. Fugiam um do outro. No entanto, sempre que se sentiam protegidos por uma porta, uma parede, uma cortina, não resistiam a roubar uma espiada. E poucos minutos de contemplação eram mais que suficientes para satisfazê-los.

Na opinião de Malikah, Henrique havia se transformado no homem mais bonito e másculo de todo o seu mundo. Nem mesmo o aventureiro Fernão conseguia superá-lo — e olha que toda mulher suspirava quando ele estava por perto.

Para Henrique, Malikah era sinônimo de tudo o que é raro na Terra: ouro, diamante, bondade, amor. E que beleza de mulher! Tudo nela era incrível e perfeito, desde a pele aveludada cor de ébano ao modo como ela andava, sempre altivo, a despeito dos percalços da vida.

Um dia, como era costume, ela foi levar flores ao túmulo de dona Inês. Malikah se sentia bem todas as vezes que corria até os fundos da capela para embelezar a última morada da mulher que sempre a tratou com muita dignidade e carinho. Infelizmente não podia prestar homenagem igual à própria mãe, cujo corpo fora enterrado numa vala comum, para onde iam todos os escravos que morriam nas terras de Euclides.

Ela depositou uma braçada de flores silvestres em todos os tons do arco-íris sobre a pedra de mármore que revestia o jazigo. As últimas que levara já estavam secas. Então Malikah catou-as, colocando as novas no lugar.

— Já é inverno por estas bandas, dona Inês. Tá um friiiiio...

Para os escravos, essa era a pior estação, porque suas roupas nunca davam conta de protegê-los das baixas temperaturas.

— Sou abençoada, pois durmo dentro da casa. Mas os outros... A senzala é gelada.

Uma revoada de maritacas escandalosas passou por entre as árvores. Malikah esperou que elas voassem para longe antes de voltar a falar.

— O filho de vosmecê voltou um homem-feito, muito diferente de quando foi embora.

O ventou mexeu na posição das flores sobre a lápide, e a escrava não tardou em ajeitá-las novamente.

— Não, dona Inês, não sou amiga dele de novo.

— Mas poderíamos voltar a ser.

Henrique e sua capacidade de pregar sustos em Malikah. Ela, que já estava sensível pela situação, quase desmaiou de espanto.

— Pela mãe do céu, vosmecê quer me matar?

— Desculpa — disse ele, rindo. — Não foi minha intenção. O que fazes aqui?

Ela encarou as pontas dos pés, que apareciam por sob a saia.

— Venho sempre para trocar as flores.

— E conversar com minha mãe?

— Isso também.

— Por quê? — Henrique pôs o indicador sob o queixo de Malikah e a fez olhar para ele.

— Porque ninguém mais vem. E ela sempre foi boa pra mim. — Ela deu de ombros, como se não se importasse, embora sentisse justamente o oposto. — Por isso.

— Minha mãe realmente gostava muito de ti.

Malikah pôde sentir o constrangimento na face.

— Assim como eu — Henrique completou, com seus olhos azuis perfurando o negro dos olhos dela. — E tu? Ainda gostas de mim?

Se ele acreditou que Malikah responderia a tal questão, acabou desapontado. Como um bichinho acuado, ela correu para longe do rapaz, rezando para que não fosse seguida.

Henrique a deixou ir. Mas a falta de resposta não o frustrara de forma alguma. A fuga da moça dizia mais que uma boa frase bem articulada.

Quinta Dona Regina, 1737.

Henrique piscou, saindo de súbito do transe provocado pelo discurso de Malikah, porque não sabia se tinha entendido direito suas últimas palavras. Declarar que ainda o amava seria uma maneira indireta de dizer o que ela costumava afirmar? *Não confio em ti.*

Ciente da confusão dele, a ex-escrava procurou ser mais clara:

— Eu julguei mal meus sentimentos, Henrique, e acabei por prejudicar aqueles que mais amo. Fugi de ti por medo, por insegurança, mas não por falta de amor.

— Disso eu sei, Malikah. Teus temores estavam à mostra para qualquer um que estivesse minimamente atento.

— Mas agora eles se foram.

Eles se encararam, buscando entendimento nas expressões um do outro.

— Estás a dizer que não temes mais? Que de repente os medos foram-se embora? — Henrique era só precaução. Receava alimentar falsas esperanças.

— Não de repente, mas sim após a besteira que fiz, ao fugir sem proteção alguma, a expor Hasan a todo tipo de perigo. — Malikah esfregou os olhos com os punhos, pesados de fraqueza. — Antes de me descobrir perdida, o arrependimento já havia caído sobre mim feito um raio.

— Eu quis aniquilar tudo a minha frente quando li aquela maldita carta. — Os dentes de Henrique rangiam, tamanho o esforço que ele fazia para controlar a fúria despertada pela lembrança daquele momento horrível. — Tu, por teimosia, expuseste Hasan, Malikah, além de ti mesma. Vós poderíeis ter morrido. Fico a me questionar se essa não era sua real intenção, o pior castigo de todos.

— Não! Nunca! Estás louco se pensas assim.

— Não sei o que pensar, honestamente.

A mágoa de Henrique tinha conseguido cegá-lo para tudo o que Malikah tentava fazê-lo ver.

— Sinto muito, por tudo. — Ela recuou alguns passos, até recostar o corpo na parede mais próxima. — Sinto pela preocupação que provoquei, por ter te impedido de conviver com Hasan ao longo destes anos e, principalmente, por não ter sido capaz de perdoar-te quando insistisses nisso.

Ele meneou a cabeça, aceitando os pedidos de desculpas.

— Mas o que me faz sentir uma dor profunda aqui dentro — ela apontou para o peito — é saber que estraguei tudo e... já não sou mais merecedora de ser amada por ti.

Só levou alguns míseros segundos para que Henrique processasse as palavras de Malikah. E, assim que ele compreendeu, a distância entre os dois foi encurtada num átimo. Emocionado, tomou o rosto dela entre as mãos, de guarda baixa, totalmente entregue ao sentimento que o consumia.

— Não me digas que entendi errado, minha flor, mas estás a confessar que...

— Sim, que já não tenho mais medos, a não ser o de te perder para sempre.

Dessa vez, o beijo trocado teve um sabor diferente de todos os outros. Quando jovens, havia a clandestinidade, o receio de serem descobertos; depois a desconfiança de Malikah impediu a entrega sem reservas. Mas agora, ambos desarmados, dispostos a darem uma nova chance a eles, o gosto era de felicidade, alívio e amor.

Os lábios famintos devoravam-se, com a certeza de que aquele encontro ocorreria sempre, quando os dois bem entendessem. Afinal não tinham mais do que fugir.

Henrique agarrou os cabelos de Malikah, permitindo que seus dedos se emaranhassem naqueles cachos que ele amava. Ela, por sua vez, percorreu o peito dele com as mãos, sentindo, por meio do tato, as pancadas agitadas de seu coração.

Os beijos, desesperados no princípio, foram tornando-se doces. Henrique, lentamente, experimentou um lábio, usando a língua para contorná-lo, provocando-o com os dentes. Depois repetiu tudo com o outro, sem pressa, sem se conter. Ao mesmo tempo, sussurrava palavras que Malikah nem notava, na surdina, mas que, ainda assim, cumpriam a função de intensificar os sentidos, provocando arrepios em sua pele.

Com o dorso das mãos, Henrique acariciou as faces dela, ternamente, sem quebrar a conexão entre seus olhos, que se viam sem reservas pela primeira vez depois de um longo tempo.

Devagar, a intensidade dos beijos diminuía, mas só para Henrique usar seus lábios em outras partes do corpo de Malikah, como pescoço e ombros. Era tanto estímulo que ela ofegou. Onde estava o ar quando mais precisava dele?

O advogado contornou a cintura dela e usou as mãos para afastá-la com delicadeza.

— Oh, perdão, minha flor. Mal saíste de um envenenamento e cá estou eu a exigir tal esforço de ti. — Ele ergueu Malikah no colo, depois de um último e leve beijo em sua boca volumosa, e em seguida a colocou de volta sobre a cama. — Tu precisas comer algo. Estás fraca.

— Sim — ela não negou. Realmente seu estômago parecia oco pela falta de alimentos.

— Providenciarei um banquete então.

— Pão e um copo de leite já me bastam.

Eles sorriram um para o outro.

— Vou buscar na cozinha — Henrique prometeu.

— Volta logo.

— Sempre.

Malikah e Henrique passaram parte da manhã juntos, abraçados um ao outro, atualizando anos de separação com conversas longas e muita troca de carinho. Ele cuidou para que ela se alimentasse direito e recuperasse as forças, o que não foi muito fácil, já que Malikah estava doida para sair do quarto e encontrar Cécile e Fernão. Devia um pedido de desculpas a eles também.

Sendo assim, na hora do almoço, a intenção dela se concretizou. Por insistência — o que Henrique costumava chamar de teimosia mesmo —, a ex-escrava passou em seus aposentos, trocou a camisola por um vestido bonito e leve e foi ter com seus amigos na sala de refeições.

O casal já estava à mesa, acompanhado por Bárbara e Hasan. Os quatro, assim que viram Malikah, alegraram-se, embora tanto Cécile quanto Fernão ansiassem por uma boa explicação. Mas ela foi adiada por uns instantes, porque o menino correu para os braços da mãe tão logo a viu.

— Mamãe! Acordaste! — exclamou ele, não se contendo em se atirar sobre ela.

— Oh, meu pequeno amor, *omo mi ayanfe*[16]! — Malikah intercalava beijos no rosto de Hasan a cada palavra dita.

Ao lado dela, Henrique via aquela cena com os olhos de um homem que acabara de alcançar uma felicidade plena. Ali, diante dele, estavam seu filho e, futuramente, sua mulher. Ele pretendia pedir Malikah em casamento o mais rápido possível, a fim de que a união deles se tornasse oficial e abençoada por Deus.

— Dinda, dinda! — Bárbara batia palmas em cima do colo da mãe, eufórica com a alegria que dominava o ambiente.

— Ora, ora, eis que surge nossa fujona — Cécile falou num tom semelhante ao de um mestre de cerimônias, sendo forçosamente pomposa para que a amiga entrevisse o peso de suas palavras, intenção rapidamente alcançada haja vista a expressão assustada no rosto de Malikah. — Estou aqui a pensar se te abraço ou torço esse pescoço esbelto. O que achas?

Fernão e Henrique não se deram ao trabalho de esconder o riso. Foi engraçado ver Cécile, aquela criatura franzina e apequenada, colocando a amiga contra a parede, embora nada surpreendente. A francesa era capaz de atitudes bem mais enérgicas.

Malikah enganchou Hasan na cintura antes de se sentar bem de frente a Cécile.

— Eu gosto mais da primeira alternativa, mas entenderei se preferires executar a segunda.

— Ah, *ma chère*! — A francesa estendeu o braço sobre a mesa e alcançou as mãos de Malikah, apertando-as com carinho. Os olhos das duas marejaram. — Tu és a irmã que não tive. Como pensas que eu viveria sem ti?

Não foram poucas as ocasiões em que a africana fora desprezada pelos brancos. Isso aconteceu durante sua vida inteira, na verdade. Mas houve exceções, e elas, sem dúvida, superavam os dissabores, os ataques de ódio e racismo comumente lançados sobre ela. Inês, Fernão, Henrique e Cécile, quatro privilegiados na cor que nunca a trataram com distinção. E quanto à francesa, que crescera no mais alto grau de luxo e riqueza, insistira em criar um laço fraternal com Malikah, raro até mesmo entre irmãos de sangue. Sendo assim, sua fuga representou um desapontamento sem tamanho para Cécile, fosse um desejo de Malikah atingi-la dessa forma ou não.

— Desculpa, minha amiga. Eu não quis te ferir. Estou certa de que tampouco seria capaz de viver longe de ti, de minha amada afilhada, de todos daqui. Vós fazeis parte do que sou.

— Para onde pretendias ir? — perguntou Fernão, tentando não se comover com o momento. Ele era durão e preferia baixar a guarda apenas para a sua Cécile e a pequena Bárbara.

— Só pensei no chefe Zwanga e em seu quilombo.

Os três adultos encararam Malikah com incredulidade.

— Imaginaste mesmo que chegaria tão longe sozinha com Hasan, a percorrer uma estrada cheia de perigos? Que loucura, mulher! — Fernão não podia acreditar. — O ajuntamento de Novas Lavras fica a léguas daqui. Tu levarias dias!

— Eu sei. E vou me culpar por tal desatino pelo resto da vida.

Henrique permanecia mudo. Era difícil demais assimilar os riscos aos quais Malikah se submetera.

— Basta! — Cécile cortou o clima tenso. — Devemos nos alegrar que, enfim, tudo tenha acabado maravilhosamente bem. — Ela passeou os olhos da amiga para o cunhado, levantando as sobrancelhas com malícia. — Presumo que bem nem seja a palavra adequada, estou certa? Talvez... perfeito? Incrível? Fantástico?

Fernão chegou a pensar que a esposa tivesse batido a cabeça. Mas acabou compreendendo seus códigos malucos ao notar o constrangimento de Malikah e a expressão realizada de Henrique.

— Resolvestes as questões amorosas entre vós? — Ele não foi nada sutil, o que seria esperar demais do antigo aventureiro.

— Psiu! As crianças! — Malikah apontou para Hasan e Bárbara, embora sua única preocupação fosse o filho. Ela ainda precisava estudar a melhor maneira de revelar ao menino quem era seu pai.

— Resolvemos tudo, Fernão. Só espero que tu não cries caso com isso — disse Henrique, provocando.

— Ele não ousaria — retrucou Cécile, encantada com os novos rumos da história daqueles dois.

— Ousaria sim, caso Malikah não estivesse de acordo.

— Ela está mais do que de acordo, não é, minha flor?

Henrique segurou uma mecha dos cabelos dela, antes de levá-la ao nariz e sentir seu aroma.

Malikah assentiu timidamente, apesar de não caber em si de tanta felicidade.

Mais tarde, quando todos de casa já dormiam e as estrelam estavam altas no céu, parecendo pequenos diamantes salpicados numa colcha de um negro profundo, Malikah aceitou o convite de passar um tempo com Henrique na varanda. Ele se ajeitou sobre a larga cadeira de balanço e depois deu tapas em seus joelhos, convocando-a a se sentar ali.

— Não acredites que me seduzirás tão facilmente — alertou ela, depois de se aconchegar no colo dele. Deixou que a ponta dos dedos percorresse por entre a barba cerrada de Henrique.

— Se continuares a fazer isto, não responderei por meus atos — revidou ele, em tom gutural.

Malikah pensou em retirar a mão, mas o advogado agiu com mais rapidez, mantendo-a presa ao rosto.

— Não. Não para. Está muito bom. Prometo comportar-me.

Ela concordou.

Henrique salpicou beijinhos em seu pescoço, quando o que realmente queria era levá-la para o quarto e despir Malikah devagar, apreciando a visão pela qual ansiara por anos.

— Sabes que te amo — ele disse, entre um beijo e outro. — Mas também te quero.

Tanto quanto ela o queria. Já estivera nos braços dele antes. Malikah sabia como podia ser maravilhoso.

Henrique apoiou uma das mãos bem no ponto onde os batimentos cardíacos se sobressaem no pescoço. Sentiu a intensidade das pulsações dela, o que só lhe provou que havia reciprocidade em seus desejos. Devagar, ele traçou com o indicador o caminho que ia até o fim do decote do vestido de Malikah, parando exatamente no alto dos seios dela, cuja respiração ficou travada na garganta.

— Eu te quero muito, minha flor, mas farei tudo do jeito correto desta vez.

De testa franzida e olhos anuviados, ela não estava certa se havia compreendido. Tentou, na medida do possível, demonstrar sua confusão, mas as carícias deliberadamente despretensiosas a distraíam.

— Casa comigo? — propôs Henrique, num sussurro a centímetros do ouvido de Malikah. — Por favor. Então poderemos nos render ao prazer, além de sermos um do outro para sempre.

— Oh!

— Isso é um sim? — ele riu, apesar da insegurança espetando-lhe as costelas.

— Tu pensaste nisso direito? Estás a pedir uma negra em casamento, Henrique?

— Não. — Seus olhos encontraram os dela. — Estou a implorar à mulher mais especial entre todas que me dê a honra de ser seu marido.

Malikah soube que, daquele dia em diante, seus complexos jamais voltariam a atormentá-la. Nunca mais!

— Eu me caso com vosmecê. — O nervosismo a fez tropeçar na linguagem, mas ela nem se importou.

— "Vosmecê" me faz, assim, o homem mais feliz do mundo.

Depois da brincadeira, Henrique encerrou a conversa com um longo e apaixonado beijo, uma promessa de que eles seriam constantes na vida conjugal dos dois.

— Para sempre, minha flor.

16.

Diz tua boca: "Vem!"
Inda mais! diz a minha, a soluçar... Exclama
Todo o meu corpo que o teu corpo chama:
"Morde também!"
Ai! morde! que doce é a dor
Que me entra as carnes, e as tortura!
Beija mais! morde mais!
que eu morra de ventura,
Morto por teu amor!

Castro Alves, "Beijo eterno"

Malikah sentou-se na ponta de sua cama com a respiração entrecortada. Pousou as mãos trêmulas no colo, a fim de tentar acalmá-las. As coisas talvez estivessem saindo de seu controle, e ela não tinha certeza de se aprovava isso ou não.

Na correria, esquecera-se de levar a lamparina. Portanto encontrava-se em total escuridão, mais assustada com seus pensamentos do que com a falta de claridade. De olhos arregalados, ela não enxergava um único palmo à frente, mas isso não a impedia de ver, com a visão da mente, a confusão em que estava se metendo.

Se não tomasse uma atitude assertiva, em breve poderia estar definitivamente perdida.

Os últimos meses haviam sido um turbilhão de emoções. Cinco anos não foram suficientes para apagar a boa vontade de Henrique com Malikah. Não, descrever nesses termos era uma grande injustiça, porque boa vontade era superficial demais, ínfimo perto dos reais sentimentos em jogo.

Então o jovem, que antes, por ser muito novo, era cheio de melindres para abordar a moça, roubando-lhe uns beijos sempre que havia uma chance, agora já não se policiava tanto. Henrique queria Malikah para si, não só porque o pai andava pressionando-o para provar que era um homem de verdade, mas sim porque a amava.

Após semanas se esquivando dele, com o único objetivo de proteger seu coração, aos poucos a reaproximação foi acontecendo, o que ambos sabiam que seria inevitável. Primeiro uns encontros "imprevistos", depois conversas ao pé do ouvido, em seguida toques e beijos inocentes, até... O que ocorreu mais cedo.

Os dois tinham se afastado dos limites da fazenda, caminhando à margem do riacho com o intuito de alcançar a cachoeira. Realmente era uma das vistas mais belas daquelas redondezas, que possuíam inúmeras, vale ressaltar.

Vez ou outra, deixavam suas mãos se tocarem, simplesmente porque não resistiam. Aos desavisados, pareciam gestos fortuitos, mas só os dois sabiam quão deliberados eram aqueles contatos.

Entardecia e, com o sol, as aves partiam em busca do conforto de seus ninhos. O céu fora tingido de cor-de-rosa, um prenúncio da noite gelada que cairia em breve.

Malikah e Henrique usaram a bela cascata como subterfúgio para esconder o que sentiam naquele momento. Contemplaram a queda-d'água cristalina em silêncio, como observadores arrebatados pela paisagem. No entanto, a mente de cada um estava presa a algo que seus olhos não viam, mas que era sentido por todo o corpo.

O rapaz sabia classificar aquela sensação muito bem: desejo. Queria Malikah inteira para si, de modo que pudesse enfim reivindicá-la como sua. Por outro lado, a escrava, embora também o sentisse, tinha dificuldade em denominar tal percepção e tampouco fazia ideia de como lidar com ela.

Diante disso, encontravam-se naquela situação: fingindo estarem absortos na paisagem, traindo a verdadeira vontade deles. Portanto até respirar estava difícil.

Aguentaram manter a falsa postura até que Malikah acabou soltando um suspiro profundo, o que imediatamente despertou Henrique de sua letargia. Sem se refrear mais, ele segurou os ombros da moça e a puxou, deixando seus corpos a um sopro de distância. Inclinou-se para fixar os olhos nos dela.

— Estou a enlouquecer, Malikah — disse, ofegante. — Se fecho os olhos, penso em ti, se os abro, também. Quando me deito, é tua boca que vem à minha mente; ao dormir, tenho sonhos contigo, sonhos esses que me causariam censura acaso revelados. Diz-me que tu sentes isso tudo, que não estou só com meus desejos.

Malikah nunca fora uma mulher misteriosa. Bastava a qualquer um que tivesse a intenção de entendê-la focar a atenção em seu olhar. Ele sempre revelava quem ela era, no que pensava, o que queria. Sendo assim, por mais que não fosse capaz de verbalizar a resposta, Henrique a recebeu.

Consumido de paixão, ele tomou os lábios dela nos seus, faminto, como se apreciasse um farto banquete depois de passar dias sem se alimentar. E não foi gentil. O tempo de espera, o período de contenção, havia feito dele um homem impaciente, desesperado de desejo. Henrique beijou a boca de Malikah com sofreguidão, misturando lábios, respirações, suspiros.

Em alguns momentos, seus dentes chegavam a se chocar, consequência da fúria. Tamanha ousadia jamais havia sido experimentada nos encontros dos dois, mas nenhum deles demonstrava intenção de recuar.

Experiente que se tornara, Henrique sabia como sentir e dar prazer a uma mulher. Para aquela em especial, ele desejava uma experiência mágica, bela, de modo que conseguisse captar todo o seu amor por ela.

Henrique não titubeou em desfazer o laço que prendia a frente do vestido de Malikah. Como escravas não usavam espartilho, o tecido da roupa, ao ser afrouxado, logo revelou parte dos seios dela. A moça talvez culpasse a brisa fria pelo arrepio súbito que os enrijeceu — queria acreditar nisso. Mas no fundo sabia que foi o olhar abrasador de Henrique o responsável por tal reação.

O rapaz se definiu como enfeitiçado. Nem as maiores beldades europeias venciam Malikah em beleza. Aquela sim, diante dele, era a mais bela de todas.

— Linda — sussurrou ele enquanto descia as mãos pelo decote aberto.

Incapacitada de falar, a moça só conseguiu gemer, um estímulo e tanto para Henrique, que a ergueu nos braços, carregando-a até uma pequena relva sob a proteção de uma castanheira frondosa.

Eles se aconchegaram naquele pequeno mundo particular, sem interromper nem por um instante o que tinham começado. Então, entendendo que seus destinos seriam selados debaixo daquela árvore, Henrique infiltrou suas mãos por dentro da saia de Malikah, movendo-as vagarosamente, sem deixar de beijar os lábios dela por um segundo sequer.

E foi a ousadia desse toque, iniciado nos tornozelos da escrava e só interrompido ao atingir o alto de suas coxas, que a chocou. De repente Malikah endureceu o corpo, empurrando Henrique para o lado.

Desajeitadamente tentou arrumar a roupa, enquanto ficava de pé, buscando o ar como se ele tivesse sido sugado da face da Terra. A perplexidade era tanta que a moça nem dava conta de amarrar o laço do vestido.

— Acaso eu te machuquei? — Henrique ficara preocupado.

— Não, eu... — Tudo tremia em Malikah. Tudo. — Melhor eu ir.

Ela saiu em disparada, tropeçando nas próprias pernas, sem olhar para trás. Quando desapareceu do campo de visão de Henrique, ele deixou o corpo cair para trás e cobriu os olhos com os braços, respirando fundo para normalizar as batidas do coração.

Malikah só parou de correr quando chegou ao quarto. Agora estava ali, largada sobre a cama, com a cabeça a mil.

Sim, seu corpo era inocente. Foram muitos beijos trocados com Henrique desde o primeiro, algumas mãos escorregando aqui e acolá. Mas nunca nada chegara tão longe.

E ela tinha noção de onde as coisas teriam ido caso não tivesse fugido. Apesar de ser imaculada, ouvia muitas histórias da boca dos escravos, algumas por descuido, outras por prevenção. Toda escrava jovem, cedo ou tarde, precisava saber o que as esperava entre quatro paredes.

Portanto não foi a ousadia em si que assustara a escrava, mas sim seu próprio prazer e o desejo de ser tomada por Henrique, mesmo que sua consciência não aprovasse suas vontades. E por dar ouvidos à sensatez, Malikah estava daquele jeito, totalmente descompensada, olhando para a escuridão e enxergando o belo rosto de Henrique.

O carrilhão da sala deve ter tocado várias vezes sem que ela tivesse prestado a menor atenção. Se não ouviu o som retumbante de um poderoso relógio importado da Alemanha para atender o esnobismo de Euclides, quem dirá os passos sorrateiros de um jovem bacharel receoso em ser flagrado a caminho do quarto da escrava?

Malikah só voltou a ter noção da realidade ao redor quando escutou o ranger da porta ao ser aberta. Ela não reconheceu a figura da pessoa que entrava, mas nem precisava ver para saber quem era. De certa forma, antecipara aquela "visita".

Henrique trocou passos no escuro, até que sentiu a lateral da cama. Guiado pela respiração entrecortada de Malikah, ele se sentou atrás dela, encaixando o tronco às costas da moça. Jogou as pernas para fora do leito, contornando-a por inteiro.

— Não estou aqui para terminar o que começamos agora há pouco — declarou, soprando as palavras no pescoço dela. — Vim porque tive a sensação de que tu não estavas a lidar bem com tudo e porque não quero que fiques com a impressão errada.

Malikah não se moveu.

— Não vou te dominar, minha flor, nem negar que te quero.

O corpo da escrava foi abraçado com ternura.

— Tenho medo — ela confessou. — Vosmecê e eu somos tão errados!

— Tu me disseste isso uma vez e eu tenho que discordar de novo. Para o verdadeiro amor, não há erros.

— Quanta tolice, Henrique! O que menos existe neste mundo largado é amor. — A moça tentava se defender como podia. Levantara um muro de proteção em torno de si.

— Provavelmente. Logo, quando acontece, o sentimento é forte, como o meu por ti.

— Nós não temos chance.

— Como sabes? A vida é surpreendente, minha flor.

Fazenda Real, 1737.

— **Jamais assinei uma única** carta de alforria em minha vida e não intencionava fazê-lo. Assim morreria em paz.

Visto em sua imponente cadeira, parcialmente oculto pela mesa de madeira nobre, Euclides aparentava nunca ter sofrido um atentado. Era esperado, depois de um trauma como o dele — ser traído pelo filho, ter perdido quase todos os escravos, claudicar com a ajuda de uma maldita bengala —, que o aristocrata, com a idade um tanto avançada, permitisse que seu coração amolecesse um pouco.

Que nada! Naquele corpo residia uma alma verdadeiramente ruim, inabalável, que só descansaria após ter se vingado daqueles que mereciam.

— Escuta, senhor, caso estejas certo de que pretendes levar os planos adiante, será de suma importância voltar atrás em relação às alforrias — alertou o advogado, ajeitando a gravata de seda com ambas as mãos.

— Entendo, porém não me conformo. — Euclides estalou a língua, contrariado. Para ele, os negros só possuíam um destino: serem escravos até a morte.

— Sem as provas em mãos, nenhum deles haverá de dar ouvidos ao senhor. — Venâncio Cabral, o advogado, estendeu um papel para o fazendeiro. — Tomei a liberdade de trazer-te um modelo de carta. Sugiro que as redijas de próprio punho, ou, se preferires, posso providenciar a escrita e, depois de prontas, basta assiná-las.

Euclides relanceou o olhar para as mãos trêmulas.

— Faço eu mesmo. — Como era orgulhoso! Nem mesmo a quase invalidez amenizava aquele temperamento. — Quanto a ti, agiliza o envio da correspondência a Sant'Ana. Não quero perder mais tempo.

— Como o senhor quiser.

Dispensado por um gesto vago de Euclides, o advogado desapareceu pela porta, deixando o fazendeiro concentrado na leitura da carta modelo:

Declaro eu, abaixo assinado, que sendo senhor e possuidor de um escravo de nome José, de cor preta, matriculado sob número novecentos e quarenta e sete, da Matrícula Geral, e número cinquenta e três da relacão por mim apresentada, que nesta data, a usar da faculdade que me confere, concedo-lhe liberdade.

Em firmeza do que mandei passar a presente Carta de Alforria que assino e será registrada pelo tabelião do termo.

Vila Rica, primeiro de setembro de mil setecentos e trinta e seis.

Manoel de Magalhães

Tudo o que Euclides tinha que fazer era alterar o nome e os dados do escravo, a data e a assinatura do documento.

Que assim fosse!

Quinta Dona Regina, 1737.

Malikah trocou as manhãs de trabalho para ficar com as crianças, algo que ela amava fazer, embora a escolha não tenha partido dela. Henrique e Cécile colocaram na cabeça que a ex-escrava precisava recuperar-se completamente da picada de cobra antes de voltar às tarefas corriqueiras. Ela achou melhor fazer a vontade deles.

Estar na companhia dos pequenos era prazeroso, embora não muito tranquilo. Aos dois não faltavam energia e disposição, algo difícil de ser acompanhado por um adulto.

Na terceira manhã depois do incidente — duas após o apaixonante pedido de casamento de Henrique —, Malikah deu as mãos às crianças e levou-as para brincar na campina de trevos, um lugar lindo, agradável e plano, característica essencial para evitar quedas de pessoas que aprenderam a andar havia pouco tempo — no caso, Bárbara.

Malikah estendeu uma toalha colorida no chão, espalhou alguns brinquedos em cima e se sentou para participar das brincadeiras. Porém seu filho e sua afilhada tinham planos próprios: eles preferiram aproveitar o espaço para correr.

— Esses pequenos — murmurou ela, sorrindo ao observá-los tomar uma certa distância.

Hasan estava contente. Sua felicidade transparecia com nitidez, natural da personalidade dele. Mas desde que Henrique forçara a entrada em sua vida o menino demonstrava um nível de alegria nunca antes alcançado. Agora faltava revelar a ele o nome de seu pai, ainda que nunca tivesse levantado essa questão. Malikah e Henrique planejavam fazer isso logo.

— Não vão longe, crianças! — alertou ela, quando os dois, de mãos dadas, avançaram além do que era considerado seguro. E eles obedeceram sem teimosia.

Enquanto saltitavam de volta, Malikah se derreteu com tanta fofura. Bárbara e Hasan eram adoráveis. Ela parecia uma boneca, com sua pele de porcelana, cachos loiros e sedosos emoldurando o rosto rechonchudo e olhos de um azul profundo como os do pai. Ele podia ser classificado como exótico, afinal era raridade encontrar pessoas com tantas características diferentes e ressaltadas: a cor parda, os cabelos encaracolados num tom de areia, o verde do olhar, os lábios fartos. Como era belo aquele menino!

Juntos, os dois formavam uma dupla que excedia em beleza. Mas, acima disso, estavam as maiores qualidades de Hasan e Bárbara: eram crianças carismáticas, educadas, amorosas e felizes.

Uma lágrima atrevida desceu pelo rosto de Malikah, que andava emotiva demais ultimamente.

— Que seja um choro de felicidade. — Cécile flagrou a amiga e não resistiu em dizer uma gracinha.

— Sua matreira, não se assusta as pessoas dessa forma! Intentas me matar?

— Não agora que estás noiva.

As duas deixaram a alegria dominar e caíram na risada. A francesa sentou-se ao lado de Malikah para poder lhe dar o abraço de parabéns pelo pedido de casamento.

— Ninguém mais do que tu merece ser feliz, *ma chère*. E felicidade ao lado do teu amado é o que te desejo.

— Obrigada, minha amiga. Agora, responde-me: existe alguma coisa nesta vida que passe despercebida aos teus olhos? Henrique e eu ainda não espalhamos que iremos nos casar.

— E precisava por acaso? Está na cara dos dois. Aliás, nunca vi aquele meu cunhado tão feliz. Que bênção!

Malikah sentiu o peito crescer de orgulho.

— Sim, somos todos abençoados. Pensava nisso agora mesmo ao olhar para a dupla ali. — Ela apontou para as crianças, que brincavam de gira-gira. — É maravilhoso acompanhar o desenvolvimento delas, sem medo de que algum mal possa prejudicá-las. Imagina, Cécile, se ainda vivêssemos na Fazenda Real! Uma menina e um mestiço... Teriam uma vida difícil.

A francesa segurou a mão da amiga.

— Não te aborreças com tal conjectura. Bárbara e Hasan estão a léguas de distância daquela maldade. Nunca saberão o que é sofrer pelo poder daquele diabo em forma de gente — Cécile assegurou, confiante em suas palavras.

— Confesso que, vez ou outra, a preocupação recai sobre mim. — Malikah franziu a testa, pensativa. — Não passa por tua cabeça que Euclides anda sossegado demais? Acreditas mesmo, minha amiga, que o homem, conhecido por suas maldades, haveria de se aquietar para sempre?

— Aquilo é a encarnação do mal. O que faz com as pessoas, por se achar superior ou por puro prazer, é inominável. Admito que alguém como ele não seja do tipo que suporte uma derrota facilmente. Mas dois anos já se foram e nada até agora. Então quero crer que o verme desistiu de nós.

— Rezo para que estejas certa.

— Eu *preciso* estar certa, *ma chère*.

A ênfase dada ao verbo causou o efeito esperado por Cécile, chamando a atenção de Malikah.

— O que queres dizer?

Um sorrisinho tímido e as faces tingidas de rosa praticamente entregaram a resposta para a ex-escrava, que esperou pela confirmação de sua desconfiança:

— Acho que estou grávida outra vez — Cécile declarou, pousando a mão sobre a barriga.

— Ah, minha Nossa Senhora! Que notícia incrível! — O coração de Malikah era só alegria. — Fernão sabe?

— Ainda não, porque quero estar certa antes de lhe revelar. Mas aqui, bem no fundo, eu sei que estou.

— Sim, nós, mães, sempre sabemos.

Elas deixaram o assunto pairar, confortando-as, como um casaco quentinho numa noite de inverno. Não precisavam preencher o silêncio com assuntos banais. Eram, antes de tudo, grandes amigas, curtindo a alegria de compartilhar suas felicidades uma com a outra.

***

Malikah voltou para casa com a promessa de não revelar o segredo de Cécile. Quando chegasse a hora, a própria francesa contaria ao marido sobre a gravidez. A africana tinha certeza de que ele se derreteria com a notícia, pois amava a esposa, era devotado à filha, logo cairia de amores pelo novo herdeiro também.

Assim que despachou as crianças para o sono da tarde, com um sorriso que teimava em não sair de seus lábios, Malikah decidiu ser útil na cozinha, já que não podia exagerar na carga de trabalho. Provavelmente Sá Nana teria algum serviço para compartilhar.

— Em que posso te ajudar? — perguntou ela, que não sabia ficar à toa.

— Vosmecê se sente bem? Porque não deve fazer esforço em vão. Desnecessário.

Sá Nana era uma mulher muito imponente, que não media as palavras, estivesse ela conversando com quem fosse.

— Estou ótima, inteirinha, mas uns e outros aí insistem em propagar o contrário. Como não quero criar caso, deixo passar — Malikah explicou. Também não costumava adocicar o verbo.

— Então quem sou eu para enjeitar ajuda? Toma. — Sá Nana colocou uma gamela de legumes nas mãos de Malikah. — Descasca tudo. Vou fazer um caldo mais tarde.

Antes que ela tivesse a chance de usar a faca na primeira mandioca, Henrique apareceu, tomando-lhe o utensílio.

— Vem comigo — disse ele, puxando-a para si.

— Não! — retrucou Malikah, rindo. — Prometi ajudar Sá Nana.

— Vai, vai! — A cozinheira a dispensou sem cerimônia.

Henrique só queria ficar a sós com a noiva. Tinham muito o que planejar — e tempo a ser recuperado.

Eles foram para o quarto dele, onde se deitaram abraçados na cama.

— Quero marcar a data do casamento. Pensas em algum dia em especial?

— Não. Só precisamos fazer Hasan entender a situação. Ele é tão pequeno ainda... Como abordaremos o assunto? — Malikah mostrou-se preocupada.

— Falaremos com jeito, de um modo que nosso menino compreenda, minha flor. Ele gosta de mim. Acredito que ficará contente.

— Henrique, Hasan te adora. Parece que a alma dele te reconhece como seu pai.

Ele aceitou a afirmação de Malikah dando um beijo nos lábios dela.

— Nossas mães o amariam, não é?

— Ah, sim! A minha ensinaria tudo da cultura africana para ele, nossos costumes... Descreveria o lugar onde morávamos... — A ex-escrava foi conduzida pelas lembranças. — Já a tua, decerto enxergaria Hasan como um príncipe.

— É verdade. Tudo em nosso filho seria perfeito para elas.

O uso do pronome *nosso* ficou retido nos ouvidos de Malikah. Soava como música boa, além de ser emocionante que os dois pudessem se referir ao menino dessa forma agora.

— Eu tenho vontade de fazer uma visita ao túmulo da minha mãe — Henrique confessou. — Imagino que esteja abandonado naquelas terras, sem teus cuidados.

— Oh, não vejo como isso seria possível agora. Teu pai jamais concordaria em receber-te. E ir de modo clandestino não é prudente, amor — ponderou ela, sentindo os pelos se arrepiarem pela coincidência de tocar no nome de Euclides duas vezes no mesmo dia.

— O que disseste? — perguntou Henrique, erguendo-se sobre o cotovelo para enxergar a noiva melhor. Estava surpreso com o que acabara de ouvir.

— Ora, sobre teu pai não...

— Não isso. O final. Do que me chamaste?

Malikah sorriu, o rosto queimando.

— Amor — repetiu, baixinho.

— Nunca antes referiu-se assim a mim. Repete.

— Agora me deu vergonha.

— Por favor...

Henrique pressionou o queixo dela para cima, de modo que se olhassem nos olhos. Então ela fez o que ele pediu, não sem embaraço, embora totalmente confiante em seus sentimentos:

— Amor.

E acabou ganhando um beijo magnífico como recompensa.

17.

Feras matam velhos, mulheres e crianças
e não são feras, são homens
e os velhos, as mulheres e as crianças
são os nossos pais
nossas irmãs e nossos filhos, Maria!

José Craveirinha, "Reza, Maria"

Malikah e Henrique fizeram amor pela primeira vez naquela noite mesmo, depois do passeio na cachoeira que terminara de forma abrupta. O jovem garantiu que não a forçaria. E não o fez. Acabou acontecendo naturalmente, pela soma dos sentimentos e desejos represados dentro dos dois havia muito tempo.

Foi um momento terno, difícil precisar como começou. Talvez tenha sido depois de Henrique ter confortado Malikah em relação a suas angústias, ou quando um lado do vestido dela escorregou pelo ombro e o rapaz massageou o lugar, o que logo se transformou numa carícia.

De fato, eles consumaram o amor que sentiam, o que estava fadado a acontecer cedo ou tarde.

Henrique demonstrou ser a pessoa que Malikah sempre conhecera ao tratá-la com respeito, levando em conta os medos dela e sua inexperiência. Foi mais generoso com a moça do que se preocupou com o próprio prazer.

Na escuridão não conseguiram se ver com clareza, mas tiveram consciência da beleza um do outro pelos toques. Estavam encantados.

No fim, assim que a paixão arrefeceu, Henrique abraçou Malikah e a manteve em seu peito até que caíram no sono. Dormiram enroscados, tomados de perplexidade e euforia. Mas antes que a madrugada se transformasse em dia ele se esgueirou para o próprio quarto, temendo que fossem flagrados pelas mulheres da cozinha.

E noites como essa passaram a ser frequentes entre os dois. Quando a casa-grande caía em silêncio total, Henrique se apressava em encontrar Malikah, sempre à sua espera.

— Ei, o que houve contigo? — questionou tão logo entrou no quarto em uma dessas noites. — Estavas a chorar?

Rapidamente, Malikah limpou as lágrimas, forçando um sorriso sem alegria alguma.

— Não. Tá tudo bem.

Henrique nem por um segundo acreditou naquela resposta. Ajoelhou-se na frente dela, segurando o rosto da moça com ambas as mãos.

— Claro que nada está bem. Acaso acreditas que não te conheço a esta altura, minha flor? Diz-me o que te aflige.

Momentos do dia voltaram à mente dela, reabrindo as feridas que ainda lhe doíam.

— Me chamam de amante do patrãozinho por aí, ou só de prostituta. — Malikah fechou os olhos, envergonhada.

Por mais que tomassem cuidado, a notícia de que se deitava com Henrique se espalhara bem rápido.

O rosto dele queimou de raiva.

— Quem anda a te dizer isso? Conta-me!

Ela balançou os ombros.

— Os feitores, alguns escravos... O que importa! Falam a verdade.

— Nunca! Tu não és uma prostituta. Por Deus, mulher! — Henrique estava indignado e queria que Malikah o escutasse.

— Não sou? — ela suspirou desanimada. — Lembra de padre Antônio Cabral, aquele que dava aula pra negrada? Ele dizia que se deitar com alguém sem casar primeiro é pecado. Não é isso que vosmecê e eu fazemos?

— Malikah, tu és preciosa para mim. Sabes que não se trata apenas de desejo.

Dessa vez, ela não contestou. Preferiu o silêncio a ter que fazer a pergunta entalada em sua garganta. *Vai casar comigo um dia então?* Não faria papel de boba colocando tal questão para fora.

— Vem aqui. — Henrique ajeitou-se sobre a cama e puxou Malikah para seu colo.

— Hoje eu quero dormir cedo, se vosmecê não te importas — ela disse, dando seu recado.

O rapaz entendeu.

— Como quiseres, minha flor. Dorme e eu prometo ficar aqui, bem quietinho.

— Acho que... — Malikah hesitou. Mas logo respirou fundo e disse o que queria. — Acho que vosmecê devia ir pro teu quarto.

Surpreso, Henrique se empertigou, analisando as feições da escrava.

— Caso estejas a imaginar que fui eu quem espalhou por aí sobre nós, garanto que estás equivocada.

— Não é isso. Será que é pedir demais desejar ficar um pouco sozinha?

De cara amarrada, ele jogou as pernas para o lado, saltando da cama com pressa. Se Malikah queria assim, que fosse feita sua vontade.

Quem cometia o erro de achar que Euclides de Andrade não tinha conhecimento de todos os fatos que rondavam suas terras — ou de tudo o que dizia respeito ao seu nome — sempre quebrava a cara. Mas muito pior do que simplesmente saber era que ele também agia apenas em benefício próprio. Em suma: nada passava batido e impune para o fazendeiro.

Quando, cinco anos antes, Henrique envolvera-se com a escrava Malikah, o homem soube que não era a hora de permitir uma relação entre os dois. Primeiro seu filho precisava descobrir o mundo e ampliar seus conceitos sobre a vida. E o que poderia ser melhor do que morar na Europa, conviver com pessoas de seu nível, deslumbrar-se com as coisas que só muito dinheiro poderia proporcionar? Se ficasse na fazenda ou, no máximo, fosse transferido para Salvador ou Rio de Janeiro, permaneceria sendo o mesmo Henrique, quase um matuto — a não ser pela educação que tivera.

Euclides de bobo nada tinha. Mandar o filho para Coimbra havia sido o primeiro passo para fazer dele um homem de verdade, deixando de vez aquela personalidade imbecilizada, herança de uma mãe *fraca das ideias*. Óbvio que ele seria influenciado. Ninguém passa uma temporada na Europa e volta de lá do mesmo jeito que foi.

Então, como o fazendeiro planejara, Henrique não jogou fora a chance que recebera. E voltou diferente, ainda que lhe faltasse uma lapidação para que se tornasse mais duro e deixasse de lado a mania de ser empático com todo mundo. Euclides só não previra que o filho correria de volta para Malikah. Nesse ponto o aristocrata se enganou. O rapaz não tinha esquecido a *negrinha* e, pelo jeito, estava longe disso.

No entanto, tolerou que Henrique se divertisse. O idiota podia até pensar que enganava o pai, mas o homem sabia de todas as coisas, sempre. Euclides suportaria aquilo até quando fosse necessário. Depois descartaria a escrava como quem espanta uma mosca que sobrevoa o prato de comida.

E que pessoa alguma o chamasse de intolerante, porque esse "depois" até que demorou demais para acontecer. Mas a hora enfim chegara. Era tempo de agir.

Sendo assim, mandou chamar o filho para uma conversa em seu escritório. Dessa vez, usaria armas aparentemente menos letais, embora o resultado delas pudesse ser até mais eficiente que um único tiro certeiro.

Henrique sempre atendia aos chamados do pai ciente de que por bons motivos não eram. Esperou a vida inteira por algo como um elogio ou reconhecimento, mas nunca os recebeu, a não ser palavras duras e repreensões.

Naquele dia adivinhou o teor da conversa e se dirigiu ao escritório já se preparando para o sermão — ou coisa pior.

— Com a tua licença, meu pai — disse ele, ao entrar. — Estou aqui.

— Senta, Henrique. Precisamos ter uma conversa de homem para homem.

Um mau começo, como previra o rapaz, ainda que nada surpreendente.

— Escuta com atenção o que vou te dizer, pois é para teu próprio bem. Aprovo sem pestanejar que tu andes a visitar a cama daquela escrava. Como todo homem que se preze, satisfazer os desejos da carne é natural e necessário. Nem Jesus desaprova, afinal nós, machos, somos seres superiores. Somos o esteio da família e devemos garantir que o pão chegue a nossa mesa. Desde que não traiamos tais deveres, não há mal nenhum em arranjar umas concubinas aqui e ali.

Henrique ia comentar, mas foi impedido pelo pai com um gesto brusco.

— Não terminei ainda. É bom que ouças.

— Sim, senhor.

— Pois bem, como eu dizia, deitar-se com mulheres da vida é algo comum, sem consequências. São usadas e descartadas quando bem nos aprouver. O erro de alguns homens, Henrique, é deixarem-se apaixonar por elas.

O rapaz sentiu uma fincada no peito. O pai usava exemplos aleatórios, mas querendo — e conseguindo — atingir Henrique.

— Nenhuma dessas mulheres é como as nossas, ou seja, recatadas, introvertidas, discretas. Elas também apreciam os prazeres da carne, um pecado capital, e não se limitam a um homem só. Geralmente deitam-se com vários, em especial as negras, que já nascem maculadas, aquelas pretas assanhadas.

Euclides usava uma tática interessante para chegar ao ponto que queria. Foi introduzindo o assunto, como quem conta uma história qualquer, até entrar na questão verdadeiramente:

— Peguemos como exemplo a tua Malikah. Concordo que ela seja uma beleza de criatura. Isso é inquestionável. Algumas africanas tiveram a bênção divina de nascerem com certa formosura. Deveriam agradecer a Deus, portanto. Porém elas se envaidecem e saem a aceitar cortesias de todos. Repara só como aquela lá esfrega-se com gente da mesma espécie durante as danças malditas na senzala.

— Fazem parte da cultura dos africanos, meu pai.

Euclides gargalhou, fazendo o bigode estremecer sobre a boca.

— Exatamente! Só eles se portam de tal forma, além de uns desgarrados alheios. Logo, meu filho, nenhum deles é digno de nossa confiança. Da mesma forma que Malikah vai para a cama contigo, não duvido que se meta no meio do mato com outros.

Todo o corpo de Henrique estremeceu ao imaginar a cena citada pelo pai. Claro que ele não acreditava em nenhuma daquelas palavras. Ora, conhecia Malikah desde criança. Ela não seria capaz.

— Contudo, como ela é apenas um passatempo para ti, deixa estar. Tu não serias louco de cair de amores por uma negra. E enquanto não encontras uma boa moça para desposar continua a te divertires. É saudável.

Euclides ficou de pé, um aviso de que a conversa havia acabado.

Observando Henrique deixar o escritório um tanto atordoado, soube que plantara a semente. Se, apesar de todo o seu discurso, o filho não se distanciasse de Malikah, ele tomaria providências mais definitivas. Mas algo lhe dizia que estava no caminho certo.

Quinta Dona Regina, 1737.

Era inverno na colônia. A brisa soprava fresquinha do crepúsculo ao amanhecer, amenizando os efeitos da umidade do ar, às vezes tão densa que dava a impressão de poder ser fatiada com um bom facão de caça.

Apesar das temperaturas mais amenas, durante o dia o sol escaldava a todos que trabalhavam sob ele. Não era raro encontrar os colonos da fazenda criando artifícios para evitar ardências na pele, principalmente no alto da cabeça. Muitos a cobriam com um lenço quadrado e davam um nó em cada uma das pontas, improvisando uma cobertura quando não conseguiam um chapéu.

Também havia aqueles que, mesmo no maior calor, cobriam-se dos pés à cabeça. Assim não se queimavam de forma alguma.

Já os ex-escravos preferiam manter o costume de se tamparem pouco. Estavam acostumados a usar calças finas e nada para jogar sobre o dorso. Quando na presença de mulheres, por questão de respeito, agora vestiam camisas folgadas, deixadas de lado na hora da labuta.

Henrique jamais trabalhou duro na vida, não antes de se mudar para a Quinta Dona Regina. De pele muito clara, passou maus bocados até se acostumar com a exposição ao sol. Nos últimos dois anos, acabou criando uma espécie de camada de proteção, ganhando, com isso, um bronzeado dourado, que fazia dele um homem ainda mais belo.

Isso porque ele não admitia não ser uma mão de obra produtiva. Acordava cedo todos os dias e então seguia para a lida, fosse arando o campo, cuidando dos animais, fazendo algum reparo, enfim, contribuindo para que as terras do irmão prosperassem.

No começo era recebido com desconfiança pelos empregados. Chegavam a soltar piadas entredentes, quase todas pejorativas, além de desdenhosas. Alguns homens apostavam que Henrique não aguentaria o batente por muito tempo e não tardaria a pedir arrego ao pai.

Todos estavam enganados. O advogado, que exercera bem pouco a profissão em que se formara, logo se adaptou ao estilo dos trabalhadores braçais, transformando-se em alguém com quem todo mundo podia contar.

Debaixo do sol daquela tarde, ele calculava, ao lado de Akin, quantos metros de cerca já tinham reparado. A manutenção entrara na categoria de urgente, por isso Henrique tomou a frente do serviço, destacando um grupo de homens para ajudá-lo a consertar o cercamento da fazenda.

Os dois discutiam também se a estrutura da cerca estava adequada para aguentar intempéries e animais.

— Pra mim tá boa — opinou Akin. — Essa aqui prende bem pra fora e pra dentro. Quero ver boi escapulir.

— Também acho.

Estando de acordo, continuaram o trabalho. Um dos homens acabou se lembrando de uma história que ouvira na noite anterior em Sant'Ana e decidiu passá-la adiante:

— O povo lá no arraial "tava" a comentar que o tal Cláudio Alves, o pai da moça que passou uns tempos aqui, seguiu viagem ontem pra Vila Rica. Vai andar um bocado o velho.

— E o que fará por lá? — perguntou Henrique, mais interessado em fincar a estaca de madeira no lugar certo do que saber do caso. Mas não queria ser rude.

— Dizem que ele tem negócios por aquelas bandas. Vosmecê, sinhozinho, sabe que o homem tem escravos. Vai ver foi comprar mais.

— Deve ser isso. Mas tomara que não. — Henrique enxugou o suor que escorria pelas têmporas com o dorso das mãos. — Ninguém deveria adquirir escravos mais. Essa prática precisa acabar.

— Pelo jeito, nem tão cedo — falou Akin. — Nós aqui temos é muita sorte. Não fosse aquele rebuliço todo na Fazenda Real, a gente toda "tava" é lá até hoje. Uma pena Hasan não ter aproveitado a liberdade dele.

Todos resmungaram algumas palavras e balançaram a cabeça, concordando. Só Henrique não reagiu ao comentário, porque pensar naquele escravo morto o fazia lembrar que por pouco não perdera Malikah para ele. E teria perdido, caso ele ainda estivesse vivo.

— Perdoa, patrãozinho. — Akin se encolheu de vergonha por pensar que havia cometido uma indelicadeza. — Não devia ter tocado no nome de Hasan.

— Não me incomoda, Akin. — Henrique sorriu para tranquilizar o rapaz. — Toco no nome dele a todo instante. Acaso esqueceste que meu filho foi batizado em homenagem a ele?

— Às vezes esqueço sim. O Hasan de vosmecê nem de longe parece com o outro. O nome grudou naquele menino e ficou sendo só dele.

Henrique soltou uma gargalhada, gostando de ouvir aquilo. Sim, seu menino era único.

— Mas sinto a falta do meu amigo. Era um bom homem.

— Eu sei. Pouco falei com ele ao longo da vida, mas reconheço seu caráter. — Henrique ergueu os olhos para o céu. Imediatamente a claridade o incomodou. — Hasan morreu diante de mim. Foi... trágico. O tiro acertou-o certeiramente. Sua vida apagou em instantes, Akin, e ele só teve tempo de me pedir para salvar Fernão.

Henrique nunca havia contado isso a ninguém, mas as imagens daqueles últimos momentos do escravo estavam gravadas em sua mente.

— E as palavras derradeiras foram mais ou menos assim: "salvar seu irmão vai afastar as sombras do seu pai de cima de ti".

Akin sabia do amor de Hasan por Malikah, o qual o africano cultivara em silêncio durante muito tempo, sofrendo calado por não ser correspondido e, pior, acompanhando a paixão dela por Henrique. Dar esse voto de confiança ao filho do patrão no instante de seu último suspiro reforçava o caráter daquele guerreiro, que merecia ter sido feliz.

— Sei bem quão foi difícil para Hasan me confiar tal papel — admitiu o advogado. — Ainda assim ele o fez, provavelmente por falta de opção. Se fosse possível, muito me alegraria se ele soubesse que consegui atender o desejo dele.

— Ele sabe, patrãozinho. Vosmecê duvida de que os espíritos veem tudo por aqui?

Henrique deu um meio sorriso. Não acreditava nem deixava de acreditar. Ouvira muitas lendas ao longo da vida, embora uma boa dose de ceticismo o impedisse de levá-las a sério.

— Ora, vosmecê que não faça essa cara. Se tivesse visto o que já vi ou ao menos desse ouvido às histórias do meu povo...

— Garanto que não passam de mitos, Akin — provocou ele, consciente de que isso não ficaria barato.

Inconformado, o rapaz largou as ferramentas no chão e cruzou os braços.

— Aposto que nunca escutou sobre Orun e Aiyê — o jovem desafiou Henrique, que apenas levantou a sobrancelha, incentivando-o a continuar. A história amenizaria o clima, meio pesado pelas lembranças sobre Hasan. — Depois quero ver vosmecê manter suas dúvidas. Desaforo!

Então Akin, de repente com todas as atenções atraídas para si, narrou a lenda da única verdade que existia no início dos tempos:

— Sempre existiu um espelho grande entre o Orun, o mundo que ninguém vê, dos espíritos, e o Aiyê, que é o mundo de verdade. Só assim o que acontecia no Orun tornava real no Aiyê. Sabe o que isso significa? Que tudo o que vivia na dimensão dos espíritos era refletido igual aqui, pelo espelho.

Os africanos que acompanhavam a narrativa já conheciam a história, mas não se intrometeram. Akin estava se saindo bem. Henrique estreitou o olhar, curioso. Na infância ouvira muitos casos pela boca de Malikah.

— Toda a gente daquele tempo tomava esses acontecimentos como verdadeiros. E ninguém queria que o Espelho da Verdade, que ficava bem perto do Orun e do Aiyê, quebrasse.

— Tomavam conta dele, suponho — opinou Henrique, apoiado no cabo da enxada.

— Claro! Senão o que seria do nosso mundo? — Akin tomou fôlego para continuar. — Havia no Aiyê uma moça. O nome dela era Mahura. Trabalhava muito de modo a ajudar sua mãe. Ela passava dias inteiros a pilar inhame, o alimento preferido de Oxáguian, um guerreiro iorubá que inventou o pilão só para preparar sua comida predileta.

— Inventou o pilão? Isso é sério?

— Ora, sinhozinho, eu "tô" a dizer, uai. Vai me deixar continuar? — Akin estalou a língua.

— Prossegue, menino.

— Pois então, um dia, sem querer, Mahura perdeu o ritmo dos movimentos que repetia até não poder mais. A mão que segurava o pilão escapuliu e bateu forte no espelho, que estilhaçou todo, voando partes pelo mundo afora. A moça, coitada, correu desesperada. Só queria pedir desculpas para Olorum, o Deus Supremo. Mahura não sabia o que a aguardava, mas temia. Então teve uma surpresa!

— Qual? O tal Olorum matou a pobre menina? — indagou Henrique, já completamente imerso na história.

Akin trocou olhares com os companheiros africanos, desdenhando do advogado, a quem ele estava considerando um tonto.

— Que nada! Quando encontrou Olorum, ele descansava tranquilamente à sombra de um *iroko*[17]. O Deus Supremo deu ouvidos às explicações de Mahura, sem interromper. Depois decretou que, já que o espelho tinha quebrado, daquele dia em diante não existiria só uma verdade. Olorum concluiu assim — Akin estreitou o cenho, obrigando a memória a não falhar —: "De hoje em diante, quem encontrar um pedaço de espelho em qualquer parte do mundo, já pode saber que está encontrando apenas uma parte da verdade, porque o espelho espelha sempre a imagem do lugar onde ele se encontra".

Todos ouviram a citação solenemente, muitos com imagens de sua África povoando a mente. Até mesmo Henrique ficou meio mexido.

— O sinhozinho pode não acreditar, mas, se tiver prestado atenção, viu que não existe só uma verdade no mundo.

— Tem toda razão, amigo Akin. Quem somos nós para contestarmos os mistérios desta vida, não é?

Dito isso, voltaram ao trabalho e teriam terminado o dia de modo satisfatório. Entretanto, ao longe, na estrada de acesso à casa-grande, uma charrete pedia passagem, e ela, apesar de bonita, não levava boas-novas.

***

Henrique entrou em casa depois de bater o solado das botas na entrada para retirar o excesso de sujeira. O corpo estava exausto, mas que problema tinha isso? Sentia-se ótimo. O trabalho havia sido concluído satisfatoriamente, os colonos sentiam-se cada vez mais à vontade com ele, Malikah tinha aceitado sua proposta de casamento, Hasan o amava. Que mais Henrique poderia querer? Como pregava um provérbio africano, às vezes propagado pelos cantos da fazenda, *ser feliz é melhor do que ser rei*.

Passou pela sala, louco para encontrar Malikah e o filho. Ele garantiu que, naquela noite, ela não se esquivaria de marcar a data do casamento.

Mas primeiro iria se limpar e ficar apresentável de novo.

— Henrique — Fernão o chamou, interrompendo seus objetivos. — Quero que vejas algo.

Pela expressão fechada do irmão, o advogado pressentiu que não ouviria boas notícias. E não era sempre assim? Quando tudo andava bem, acontecia algo para atrapalhar.

Os dois entraram no escritório, onde um homenzinho atarracado, de olhar astuto e nada simpático, esperava sentado com um envelope sobre as pernas. Ao ver Henrique, ele se empertigou. Finalmente estava cara a cara com o objetivo de sua visita.

— Boa tarde. É bom ver-te, meu jovem — saudou o estranho, ficando de pé para recebê-lo, como se saúda amigos e pessoas importantes. — Trago notícias de Vila Rica.

— Da parte de quem? — questionou Henrique, estreitando o olhar.

— Da parte do senhor teu pai.

Fernão deu passos largos em direção ao homem, pronto para atacar. Só de saber que a presença dele se devia a um arranjo de Euclides, teve vontade de usar os punhos contra o emissário, como se, assim, pudesse acertar o próprio fazendeiro.

— Tu podes dar meia-volta e tomar teu rumo. Não me interessa coisa alguma que venha daquele homem — declarou Henrique, também louco para acertar a cara do sujeito.

Lado a lado, ele e Fernão se avolumaram sobre o homem, mostrando quem ali se sobressaía mais. Formavam uma dupla que jamais passaria despercebida em qualquer lugar, por bem ou negativamente.

De sua posição desfavorável, o mensageiro compreendeu que deveria guardar as provocações para si, caso tivesse a intenção de voltar para casa. Logo, resolveu ir direto ao ponto:

— Vim transmitir um recado do senhor Euclides de Andrade e devo esperar a resposta. Previno aos dois que ouçam com atenção, porque o assunto é sério. — Ele se ergueu, a fim de se colocar mais ou menos à altura dos dois irmãos. — Meu nome é Venâncio Cabral. Tudo o que eu disser está registrado nesta carta, que entregarei a ti, Henrique, tão logo termine minha explanação. Se preferires, podemos ficar a sós.

— Desembucha, homem, se não quiseres ser escorraçado a pontapés — ameaçou o advogado, com a paciência esgotada. — E Fernão ouvirá cada palavra que sair dessa boca. Sendo assim, basta!

Venâncio previra que seria do jeito deles. Euclides em pessoa o tinha alertado.

— Todos os negros que se encontram nestas terras, sem exceção, ainda são propriedade de teu pai. Nenhum deles é forro, o que significa, aos olhos da lei, que têm dono e somente o senhor Euclides pode definir o destino deles, como tu deves saber, já que és advogado.

Henrique reconhecia a veracidade da informação. Mas acreditava que, depois do ocorrido na Fazenda Real, dois anos atrás, o pai não se arriscaria a requerer seus escravos de volta. Acabara praticamente sozinho, inválido. Que grande descuido ter minimizado sua força de vontade!

— E ele quer cada um desses negros de volta.

— Que o verme tente vir buscá-los. Levará um tiro que, dessa vez, será mortal — ameaçou Fernão.

— Só se fordes apontar as armas para o imperador em pessoa, sabe por que, meu jovem? A Coroa está ao lado da lei e a lei favorece o senhor Euclides de Andrade, que tomou todas as providências para fazer valer seus direitos, inclusive contatando o governador-geral, que prontamente se colocou à sua disposição. Os negros que aqui vivem são considerados fugitivos, nada mais. — Venâncio fez uma pausa porque tinha ciência do efeito que a próxima informação causaria. — Todos deverão retornar ao destino deles, inclusive a negrinha que vive em pecado com o senhor, Ana aos olhos de Deus, Malikah para vós.

Henrique avançou sobre o homem, agarrando-o pelo colarinho.

— Experimenta sequer pensar em colocar teus dedos sobre ela, seu Cão! Eu te mato sem que tenha tempo de falar oi para o diabo!

Venâncio engasgou, pois o aperto em torno de sua garganta estava forte.

— Nenhum homem sairá daqui, nem se o próprio Dom João V aparecer por estas bandas, o que duvido muito, visto que não tira aquela bunda gorda de seu trono em Portugal — anunciou Fernão, contendo Henrique antes que ele liquidasse com o mensageiro.

— Estais enganados. Tereis de dar adeus à negrada, por bem ou por mal.

Os irmãos não queriam dar o braço a torcer, mas estavam transtornados. Reconheciam que, com a intervenção da Coroa, a balança penderia para o lado de Euclides, sem sombra de dúvida.

— A menos, senhor Henrique, que me acompanhes até a Fazenda Real. Só há uma forma de evitar tal... desfecho.

18.

Meu Deus, Senhor meu Deus, o que há no mundo
Que não seja sofrer?
O homem nasce, e vive um só instante,
E sofre até morrer!

A flor ao menos, nesse breve espaço
Do seu doce viver,
Encanta os ares com celeste aroma,
Querida até morrer.

Gonçalves Dias, "Sofrimento"

Fazia alguns dias desde a última vez em que Henrique procurara Malikah, fosse para conversar com ela como quando eram mais novos, ou com o intuito de dividirem a cama. O jovem advogado andava confuso.

Vez ou outra, ouvia alguma conversa relacionada ao caráter da escrava. Mais tarde, assim que enxergasse de vez o tipo de pessoa que Euclides era, entenderia que o próprio pai planejara a propagação de tais comentários, de modo que Henrique vivesse se questionando a respeito de Malikah.

Sendo inseguro e sugestionável, a tarefa de perturbar sua cabeça nem dava tanto trabalho assim. Ainda no futuro — não muito distante —, o rapaz encontraria sérios obstáculos para se perdoar por tamanha fraqueza.

Enquanto isso, a moça, já bastante abalada com o distanciamento de Henrique, começava a perceber que seu organismo não estava funcionando de modo natural. Às vezes uma tonteira a pegava de surpresa e ia embora com a mesma rapidez em que aparecia. Ela também encontrava dificuldades para se alimentar. Embora suas refeições não fossem nem nutritivas, tampouco apetitosas, acostumara-se a comer apenas os restos a que tinha direito. Portanto, os revertérios no estômago não podiam ser considerados normais.

Havia alguma coisa acontecendo, algo que preocupava Malikah e vinha chamando a atenção das escravas mais próximas a ela. As antigas garantiam que sabiam do que se tratava, mas a jovem estava resistente a acreditar em suas teorias.

Não queria — nem podia — estar grávida! Não que tivesse aversão a crianças. Absolutamente. Malikah apenas não se imaginava trazendo ao mundo uma alma inocente, condenada a ser tratada com preconceito e crueldade. Além disso, tinha certeza de que Euclides jamais permitiria que um neto bastardo nascesse e crescesse tranquilamente naquela casa.

Ela preferiu não mencionar a desconfiança para Henrique. Antes disso, era preciso estar certa antes de deixá-lo a par. E que Deus tivesse piedade de Malikah — e da pobre criança — caso os palpites das velhas escravas viessem a se confirmar.

Então, um dia, uma delas apareceu diante da moça com um canequinho nas mãos. Naquela época muitos testes de gravidez resumiam-se a simpatias e crendices. Entre os índios e os africanos elas eram tão comuns que mais pareciam uma ciência.

A mulher ordenou que Malikah usasse o recipiente como uma espécie de penico na próxima vez que tivesse vontade de fazer xixi.

— Para quê? — indagou a jovem, de testa franzida. Não ouvira falar em tamanho absurdo.

— Pois faz isso e logo vosmecê já tira a limpo essa "encafifação" — retrucou a mulher, enfiando o caneco nas mãos de Malikah, que acabou obedecendo para não entrar em discussão desnecessária. Além do mais, ela precisava de uma resposta, independentemente da maneira como surgiria.

Nos fundos da casa-grande, em um fogareiro improvisado, assim que o céu escureceu, de olhos arregalados e o coração em estado de alerta, a moça acompanhou um grupo de escravas levar o teste adiante. Sobre as chamas, o caneco cheio de urina era observado por todas.

— Se ferver que nem leite, significa que vosmecê está prenha, menina — explicou uma delas, com toda a sabedoria acumulada ao longo da vida. — Tem que dar nata.

Malikah foi atingida por uma repentina ânsia de vômito. Já era constrangedor demais estar passando por aquela situação. Ser obrigada a lidar com uma informação tão repulsiva eliminava por completo seu autocontrole.

— Aguenta firme, menina! Tá quase!

No íntimo, ela já sabia, não só porque suas regras estavam atrasadas e os enjoos matinais agora eram mais constantes. Dentro de si, Malikah sentia que uma vida se desenvolvia. Quisera ela poder apresentar um mundo melhor ao filho — se é que o inocente chegaria a nascer, levando em conta de quem era neto.

— Aqui ó! Confirmado.

Segundo as escravas anciãs, o resultado da fervura não deixava margem para dúvidas. Malikah estava grávida e não havia nada que pudesse fazer.

— Só se vosmecê enjeitar o neném...

A frase pairou no ar, sem necessidade de ser mais bem explicada. Num período em que vidas eram usurpadas e estraçalhadas ao bel-prazer dos senhores de escravos, uma forma de as mulheres negras elevarem a voz contra tantos atos de violência era o aborto, que tinha dois objetivos bem definidos: livrar os filhos do cativeiro e da maldade e negar a reposição da mão de obra escravizada. Embora chocante, representava um forte ato de resistência ao sistema, um escudo de proteção que as escravas, tão cerceadas, criavam para si.

Muitos jesuítas, tentando evitar essa prática considerada pecaminosa pela Igreja, tentavam convencer os fazendeiros a tratarem bem as negras grávidas, para que elas se sentissem bem e tivessem vontade de colocar no mundo novos escravos e escravas. Visto por esse ângulo, os donos dos negros vislumbravam um futuro em que os crioulinhos, nascidos em suas terras, pudessem ser criados desde a tenra idade sob os moldes violentos da servidão, poupando-lhes da árdua tarefa de domesticação.

Porém, para Malikah, essa possibilidade era inimaginável. Apesar de ciente de todos os riscos que correria por carregar o filho do único herdeiro de Euclides de Andrade, ela não admitia outro destino para si e sua criança senão este: sustentá-lo em seu ventre até o fim, nem que tudo culminasse na morte de ambos. Mas que fosse pelas mãos de terceiros, não as suas.

O amor costuma se vestir com diferentes trajes e ter comportamentos distintos, apresentando-se em diversos aspectos que raramente são compreendidos à primeira vista. Digamos que um ser — um anjo, um espírito ou até uma pessoa excessivamente discreta — tenha acompanhado cada fase da relação que se estabeleceu entre Malikah e Henrique, desde o começo de tudo, quando os dois foram abençoados com uma amizade improvável — e reprovável. Decerto vislumbrou uma gama de situações gerada por sentimentos ora tranquilos, ora inquietantes, ora avassaladores: amor amigo, amor ingênuo, amor saudoso, amor arrebatador...

Agora teria a chance de presenciar uma nova faceta desse amor: o amor ressentido. É fácil acreditar que tal modalidade do amor seja fatal e é ela a responsável pelo fim daquilo que antes parecia indissolúvel. O amor ressentido deixa entrever essa ótica fatalista; é comumente confundido com a extinção definitiva do sentimento. Muitas vezes chega a receber outro nome: traição.

Em algum momento do futuro, tudo pode mudar. Há indícios e provas suficientes no mundo que depõem a favor do amor ressentido. O problema é que eles custam a ser levados em conta, especialmente quando a ferida ainda está em carne viva, como a de Malikah, ao ver as costas de Henrique viradas para ela no momento em que mais precisou da presença dele, de suas palavras garantindo que tudo acabaria bem.

O expectador invisível assistiria estarrecido à cena que mais tarde ele classificaria como o desfecho trágico de um amor impossível. Mal sabia ele, bem como os protagonistas desse conturbado relacionamento, que o mundo daria algumas voltas antes que novos ramos de amor voltassem a brotar.

Porém, como dito antes, isso ainda era futuro.

No presente deles só havia espaço para uma desilusão dolorosa, dessas que Camões cantou e um dia encantaria uma Malikah instruída e novamente apaixonada.

É ferida que dói e não se sente.

Ela só chorou quando estava sozinha, no escuro de seu cubículo chamado erroneamente de quarto, assim que Henrique a deixou. Foi ele quem procurou conversa. Mas, contrariando a personalidade bem construída que sempre demonstrou ter, dessa vez o jovem advogado levava consigo um discurso pronto, seco e destoante do homem amoroso e sensível que cativara Malikah naquele dia fatídico para ela, quando o feitor ceifou seus cabelos, e orgulhara Inês de Andrade.

Disse que não poderiam continuar se encontrando, mas garantiu à escrava que sempre teria um carinho especial por ela.

Isso aconteceu antes de Malikah revelar a gravidez e fazer Henrique titubear quanto à decisão de abandoná-la. Mas sua mente já estava envenenada. Seu pai era perito em argumentar e persuadir.

Quando Euclides descobriu que "um neto mestiço estava dentro da barriga da negrinha", conseguiu adiantar a execução daquele enlace, que já passara da data de validade havia muito tempo. Encheu a cabeça de Henrique de minhocas, fez o filho crer que a criança poderia ser de qualquer um e ainda o despachou para o Rio de Janeiro, de modo que não fraquejasse e tentasse reatar com Malikah.

E depois planejou dar um fim à vida da escrava, o que somente não se concretizou porque Fernão apareceu na história.

Quinta Dona Regina, 1737.

Henrique e Fernão não queriam, mas foram obrigados a dar ouvidos ao mensageiro de Euclides de Andrade. Os irmãos tinham total consciência de que as opções eram ínfimas, uma vez que o fazendeiro velhaco havia articulado uma estratégia quase infalível para dissolver a alegria de todos.

— O senhor Euclides espera o filho o mais rápido possível, de modo que assim se evite uma atitude pela qual ninguém aqui desejaria passar, não é mesmo? — assinalou Venâncio, deleitando-se com a reação que provocou nos dois homens.

— Quais são as condições dele? — interrogou Henrique, pondo-se a imaginar uma infinidade de conjecturas.

— Isso tu somente saberás quando estiveres diante de teu pai.

Fernão era capaz de sentir a angústia que dominava seu irmão e se compadeceu dele. Por mais que já tivesse permitido que suas prevenções contra Henrique fossem se dissipando uma a uma ao longo dos últimos meses, ainda não chegara ao ponto de se condoer por ele, como agora. Justo quando tudo começava a se encaixar, quando ruíram as barreiras que o impediam de ser feliz junto a Malikah e ao filho, Euclides ressurgia para aniquilar com tudo.

Como foram tolos por não se precaverem contra o aristocrata!

— Já deste teu recado, capacho — bradou Fernão, mostrando a saída com o indicador apontado para a porta do escritório. — Daqui para a frente é comigo e com meu irmão.

Henrique foi dominado por uma emoção até então nunca sentida ao ouvir Fernão usar o pronome possessivo de maneira tão enfática para se referir a ele.

— Acaso negas abrigo a um viajante que veio de longe e não tem onde ficar? — A perplexidade estava estampada no rosto de Venâncio.

— Tu não és um visitante bem-vindo — pontuou o dono da casa. — Portanto põe-te daqui para fora e não voltes mais!

— E o que direi ao senhor Euclides? Vós pretendeis ignorar a condição dada por ele?

— Diz que estamos a caminho e que é prudente se preparar, porque não será de modo algum uma visita amistosa.

As palavras de Fernão soaram com a agressividade necessária para expulsar o mensageiro de vez, que se esgueirou porta afora como um rato assustado. Assim que se viram sozinhos, Henrique arriou-se na poltrona, com uma sensação de derrota que parecia querer explodir seu peito.

— Não há remédio, terei de cumprir o que aquele homem quer — sentenciou. O que mais haveria de fazer, afinal?

— Sim. É inútil resistir, porque sabemos do que teu pai é capaz. — Fernão andou de um lado para o outro, coçando a barba não aparada havia alguns dias. — Mas irei contigo. Não deixarei que apareças naquele lugar com uma mão na frente e a outra atrás, a ignorar as reais intenções de Euclides.

Henrique ergueu depressa a cabeça, encarando o irmão com espanto.

— Não! Tu és essencial aqui — retrucou o mais novo, recusando-se a aceitar ajuda. — O pai é meu, por mais que eu não o reconheça mais como tal, e é comigo que aquele velho quer acertar as contas. Seja lá como for, tenho que ir sozinho. E ainda é necessário pensar nas mulheres, nas crianças... — A voz dele embargou ao mencionar Malikah e Hasan. — Seria muito imprudente de nossa parte largá-los à mercê da sorte.

Fernão cruzou os braços, o universal gesto de contrariedade. Seus músculos, mantidos firmes pelo trabalho pesado realizado dia após dia, ressaltaram-se sob a camisa. A recusa de Henrique até que era louvável. Seu irmão tinha um caráter reto; agora estava mais que provado.

— Minha decisão está tomada.

O mais novo ameaçou um protesto, mas foi cortado sem cerimônia:

— Deixaremos os homens de prontidão, a montar guarda em torno da casa e espalhados por cada pedaço destas terras. Se ainda assim forem insuficientes, o que ouso afirmar que não, pedirei apoio a Bartolomeu Bueno da Silva, como minha própria e destemida esposa fez quando moveu o mundo para ir atrás de mim e livrar-me da morte certa, engendrada por aquele verme.

— E se for uma emboscada? — especulou Henrique, atormentado pelos rumos que aquela história poderia acabar tomando. — E se nós não sairmos de lá com vida?

— Não iremos de mãos vazias. Levaremos alguns homens para mostrar que não estamos desprevenidos e uma ou duas armas como precaução.

Fernão se dirigiu a Henrique. Então, surpreendendo a ambos, pousou a mãos no ombro dele e fitou seus olhos ao falar:

— Tu salvaste-me uma vez. Sei perfeitamente que Cécile teria me encontrado sem vida caso tu não tivesses agido a meu favor. Além de grato, embora eu talvez nunca tenha exposto isso, sou o tipo de homem que não esquece um gesto como aquele. Eu estaria morto; Cécile, viúva. Os rumos de nossas vidas seriam outros, meu irmão.

— Tudo porque ouvi cada palavra que meu pai te revelou naquele dia. — Henrique soltou um suspiro, recordando-se. — Fui muito influenciado por ele logo que me tornei um adulto. Mas devo o que sou a minha mãe. *Nossa* mãe — ele se corrigiu, observando a reação de Fernão, que não foi rápido o suficiente para esconder a emoção que aquela verdade lhe causava. — Acredito que foi ela quem providenciou tudo.

— O que estás a afirmar?

— Os africanos são tão crédulos, tão confiantes no lado obscuro da vida, que hoje eu realmente penso que dona Inês articulou, de onde está, para que eu flagrasse aquela conversa e tirasse dos olhos a venda que me impedia de enxergar Euclides como o monstro odioso que sempre foi. — Os olhos de Henrique brilhavam, focados no passado. — Ela foi uma mulher incrível, quase santa, a responsável por eu não ter me perdido ainda novo, o que teria determinado de vez o meu destino.

— Eu gostaria de tê-la conhecido — confessou Fernão.

— Ora, como não a conheceste, se saíste do ventre dela? Vós só não tivestes a chance de conviver, mas a marca de nossa mãe também deixou cicatrizes profundas em ti, *meu irmão.*

Henrique ficou de pé, e os dois se abraçaram com emoção.

Lá fora o vento se agitou, levantando folhas e poeira. Pela janela, uma flor solitária entrou, vagando pelo escritório lentamente, até pousar sobre a mesa. Os irmãos não se deram conta disso. Estavam, além de muito preocupados com o futuro, envolvidos num abraço fraternal.

Pessoas de espiritualidade aflorada, como os índios e os africanos, diriam que a flor era um sinal, uma espécie de mensagem enviada por Inês de Andrade, que mesmo em outro plano alegrava-se com a amizade finalmente estabelecida entre seus dois filhos. Ela também poderia estar, de longe, garantindo que tudo acabaria bem, a despeito dos percalços vindouros.

Assim que saíram do escritório, os dois irmãos se encheram de coragem para dar a notícia a suas mulheres. Ambos sabiam que encontrariam resistência e que as coisas só piorariam assim que Malikah e Cécile ficassem a par da situação.

Fernão encontrou a esposa no quarto deles, cantarolando uma canção em francês, enquanto untava as pernas com um óleo aromatizado. Ela dizia que servia para deixar a pele macia, regalo adorado pelo marido.

Recostou-se no batente da porta, deixando que a cena se fixasse bastante em sua mente, pois não calculava quanto tempo ficaria longe de sua preciosa Cécile. Partia seu coração saber que aquela alegria singela evaporaria num instante assim que contasse a ela o que ele e Henrique estavam prestes a fazer.

Mal sabia Fernão que ela também guardava um segredo, o qual não via a hora de revelar.

Com a saia erguida até o meio das coxas, Cécile era a mulher mais sensual que o ex-aventureiro já tivera a oportunidade de conhecer. Acima de tudo, ele a amava e rogava a Deus, de sua maneira tortuosa, que tivessem saúde para viver juntos até a velhice.

— *Chéri*[18]! Que susto! — Ela levou as mãos oleosas ao peito. — Vê o que fizeste. Manchei a camisola.

— E que mal há nisso? Essa veste não é nada, *mi iyaafin*, perto de tua beleza.

Fernão trancou a porta e foi se sentar ao lado de Cécile. Em seguida, tomou o frasco das mãos dela, encarregando-se da função de hidratar as pernas pálidas e esbeltas da esposa.

— Hum, isso é tão bom... — regozijou-se ela, ao mesmo tempo em que o marido aproximou a boca de seu pescoço e distribuiu ali uma dúzia de beijos molhados. — E agora ficou ainda melhor.

Cécile estremeceu em resposta às carícias, prevendo que logo ambos acabariam sem as roupas e suados sobre os lençóis. Então resolveu contribuir para o desenrolar dos acontecimentos, puxando a camisa de Fernão para fora da calça. Ele a encarou com o olhar cheio de malícia.

— Estás disposta? — Quis saber, antes de continuar.

— Sempre, *mon amour*[19].

Diante de uma resposta tão animadora, não restou a ele mais que atender aos desejos dela. Num instante a camisola voou pelo quarto e o frasco de óleo acabou esquecido num canto qualquer.

Os beijos ficaram ainda mais profundos; os carinhos, mais intensos. E por vários minutos Fernão afastou as preocupações para se dedicar integralmente ao ato de fazer amor com sua mulher.

Quando os dois alcançaram o êxtase, caíram sobre os travesseiros agarrados um ao outro. Suas respirações custaram a normalizar. Com eles era sempre assim. O fogo nunca se extinguia.

— Sabes que te amo, não é? — Fernão declarou assim que as batidas de seu coração se acalmaram.

— Não tenho a menor dúvida, *mon cher*.

— Nem modéstia — completou ele, soltando uma risada. — Como tu és convencida!

Cécile apoiou o queixo no peito dele para conseguir ver seu rosto.

— Acaso devo me preocupar? Desejas que a desconfiança se instale em mim? Tu me amas menos que eu imagino?

— Mais, muito mais, *okan mi*, além do que é possível mensurar — ele disse isso de modo solene, sério, o que acabou por preocupar a francesa.

— O que houve, Fernão? Que ruga é esta aqui? — Cécile deslizou os dedos pela testa do marido.

Antes de tocar no assunto, ele suspirou e mudou de posição na cama, preferindo estar sentado ao dar a fatídica notícia à esposa. Depois a puxou para cima, de modo que ficasse na frente dele.

Em seguida, expôs todo o ocorrido, desde a chegada de Venâncio Cabral, o advogado de Euclides de Andrade.

O clima, antes carregado de amor e desejo, foi contaminado pelo terror causado pelo relato de Fernão. Cécile estava inconsolável.

— Custa-me crer que aquele ser odioso ressurgiu para assombrar nossas vidas! — Lágrimas grossas encharcaram o rosto dela, as quais a francesa nem se deu ao trabalho de secar. — Não pode ser! Não agora!

Em prantos, Cécile agarrou-se ao marido, chorando compulsivamente. Havia ali uma carga imensa de sentimentos, como medo do que acabaria por acontecer com ele e com Henrique, desamparo pelo afastamento repentino de Fernão, além dos hormônios em polvorosa devido ao seu estado.

— Menosprezamos o ódio de Euclides, meu amor, e agora precisamos de lucidez e uma boa estratégia para não nos afetarmos. Daremos um jeito, tu verás. Em algumas semanas estaremos de volta.

— Algumas semanas? Com que garantia tu podes prometer-me isso? Morrerei de preocupação a cada minuto, Fernão. Ainda assim, meu egoísmo não é tão soberano a ponto de não reconhecer que agiste acertadamente ao decidir acompanhar Henrique. Minha Virgem Maria, que provação!

Num gesto instintivo, Cécile levou as mãos ao abdômen. Será que teria forças, como Malikah, para suportar o afastamento do pai de seu filho quando ainda o carregava no ventre?

— Oh, Deus! — gemeu, indecisa se era o momento adequado para dar essa notícia ao marido.

Mas ele merecia saber. E talvez a nova vida que crescia dentro dela desse a ele um motivo a mais para voltar ainda mais depressa para Cécile.

— É sim uma provação, embora eu tenha fé, *mi iyaafin*, de que sairemos vitoriosos.

— Tu precisas voltar são e salvo, Fernão. Estás a entender? Precisas! — Ela enxugou as lágrimas do rosto com o dorso das mãos. — Por mim, por Bárbara e... pelo nosso novo bebê.

Malikah lutava para tirar Hasan da banheira quando Henrique entrou no quarto. O menino fazia um escândalo, porque se recusava a sair. Queria porque queria ficar enfiado na água, já fria e suja, brincando de ser um peixe.

— Ah, ainda bem que apareceste por aqui — comemorou ela, com a parte da frente do vestido toda molhada por causa da pirraça do filho. — Quem sabe tu consegues dar um jeito neste menino? Olha a bagunça que já fez!

O peito de Henrique ficou apertado. Horas antes, teria escondido o sorriso para não incentivar a teimosia de Hasan e usado algum recurso eficiente, como a promessa de passearem a cavalo no outro dia, a fim de convencê-lo a sair do banho. Mas agora era apenas deprimente presenciar aquela cena doméstica, uma vez que o medo de nunca mais ter essa oportunidade estava sufocando-o.

Henrique andou até a borda da banheira, até ficar do lado oposto ao de Malikah, e estendeu a mão para o filho.

— É hora de sair, amigo. Tu não ouviste a mamãe mandar? — disse, procurando parecer despreocupado.

— Tá gostoso aqui — objetou Hasan, batendo as mãozinhas na água turva.

— Eu imagino, mas duvido que tu queres ficar igual a um maracujá ressecado.

O menino estreitou seus impressionantes olhos esverdeados. Não tinha compreendido a comparação.

— Quando alguém fica por muito tempo dentro da água, a pele enruga toda — explicou o pai.

Malikah só observava. O embate com o filho havia esgotado suas forças. Mas um sorriso estampava seu rosto por reconhecer, mais uma vez, que Henrique tinha jeito mesmo com crianças.

— Vê! — O advogado puxou as mãos de Hasan e fez com que ele olhasse para os dedos. — Estão a parecer aquelas lagartas verdes que comem folhas.

O menino se assustou com o comentário. Mais que depressa, esticou os braços, pedindo colo ao primeiro que estivesse disposto a pegá-lo. Henrique relanceou o olhar para Malikah, de modo interrogativo, e recebeu uma ligeira confirmação com a cabeça.

— Vem aqui, pequeno.

Hasan não fez caso da oferta de Henrique, aceitando seu colo de bom grado. A mãe passou uma toalha pelo corpo do filho, com o intuito de evitar que ele sentisse frio.

— Agora fica quietinho que vou vestir tuas roupas — ordenou ela, quando ele foi colocado sobre a cama.

Enquanto Malikah preparava o menino para a noite, Henrique se ajeitou na única cadeira do quarto. Imagens da mulher sendo tratada como escrava novamente e do filho tendo que se submeter à vida de servidão na Fazenda Real não deixavam sua cabeça em paz. Ele tinha certeza de que seria capaz de aceitar qualquer imposição do pai, desde que Malikah e Hasan nunca mais voltassem a ser atormentados. Por outro lado, precisava acreditar que, com Fernão, conseguiria dar um jeito em tudo. Depois voltaria para finalmente se casar com a mulher que amava e dar seu sobrenome ao filho.

— Pronto. Agora tu estás cheiroso e quentinho. Vamos à biblioteca?

Henrique segurou o braço de Malikah.

— Por favor, fica. Preciso conversar contigo.

O coração dela na mesma hora alertou-a de que algo não estava bem.

— É melhor que Hasan não esteja aqui. Posso deixá-lo com alguém lá embaixo?

A mulher apenas meneou a cabeça, concordando.

A espera pela volta de Henrique foi angustiante. Nem o vestido molhado a incomodava mais, não depois de ter sido consumida por uma apreensão que não tinha tamanho.

Assim que ele voltou, sua primeira atitude foi envolver Malikah nos braços, apertando-a tão forte que ela por pouco não perdeu o fôlego.

— Assim tu me assustas, Henrique. Pelo amor de Deus, o que está a suceder?

— Ah, minha flor, não existe absolutamente nada neste mundo que eu não faria por ti e por Hasan. Se me mandarem ir às Índias a nado, eu vou. Se tiver que enfrentar selvagens canibais sem armas e escudo, enfrento. Nem mesmo minha vida importa mais que o bem-estar das duas pessoas mais importantes para mim — declarou ele, com o queixo apoiado no alto da cabeça de Malikah. — Eu vos amo, a ti e a nosso filho.

— Henrique, não entendo por que estás a me dizer o que já sei. Não tens que me convencer sobre nada mais. Confio em ti. Confio inclusive a vida de nosso filho em tuas mãos.

Ele a beijou nos lábios, com reverência. Não suportaria perder sua mulher de novo.

— Meu amor, eu preciso que tu sejas forte.

O coração de Malikah parecia ter parado de bater devido ao impacto que esse pedido causou.

— Passaremos por uma nova provação, mas agora estamos mais fortes do que nunca, por isso creio eu que conseguiremos vencê-la, juntos.

— Fala, Henrique, conta logo. Caso contrário, acabarei estirada neste chão tamanho meu nervosismo. Estou apavorada.

Ele entrelaçou os dedos nos dela. Com as mãos unidas, ergueu-as até encostá-las no rosto de Malikah, onde depositou um carinho.

— Meu pai exige que eu vá encontrá-lo em Minas — declarou, ciente de que suas palavras eram punhais cravados no peito de sua noiva.

— O quê? — Um nó se formou na garganta dela, fazendo com que a pergunta saísse estrangulada.

Então a Henrique coube explicar a situação, sendo completamente honesto com Malikah, com a intenção de fazê-la acreditar que, se coubesse a ele, jamais arredaria o pé da Quinta Dona Regina, não para atender a uma requisição de Euclides.

— Não — protestou ela, assim que ficou a par de tudo. — Eu não aceito que tu vás. Deixemos que aquele homem venha atrás de nós. E então o enfrentaremos.

— Não te iludas, minha flor, meu pai tem o apoio da Coroa para agir conforme lhe aprouver. Se está decidido a reaver os escravos, não sossegará enquanto não conseguir. Portanto irei até ele para negociar. Sob nenhuma circunstância deixarei que coloque as mãos em qualquer um que hoje aqui vive, especialmente em ti e em Hasan. Entendes?

— Estou com medo, Henrique. Algo em meu peito diz que aquele verme conseguirá nos separar mais uma vez, definitivamente. — Malikah chorava de indignação e impotência. — Como pensas que vou sobreviver se alguma coisa te acontecer? — Ela usou os punhos para socar o tórax de Henrique, descontando sua raiva, seu temor, sua frustração naquele gesto. — Como pensas que sobreviverei a um novo abandono? — Socou de novo, e de novo, e de novo.

Henrique não se moveu nem a impediu de extravasar tudo o que oprimia seu coração. Por fim, exausta, Malikah se jogou sobre ele, enlaçando o pescoço do noivo, desejando jamais ter que soltá-lo. E acabou aos prantos, chorando convulsivamente.

— Não sobreviverei de modo algum — soluçou.

— Amor da minha vida, olha para mim.

Como ela não fez o que Henrique pediu, ele usou o indicador para levantar o rosto de Malikah.

— Preciso que confies em mim. Também preciso que tu sejas forte, por nosso filho e por ti. Minha missão agora é garantir o vosso bem-

-estar. Seja como for, nunca mais voltarás a ser escravizada, tratada como inferior, vista de maneira tortuosa por pessoas como meu pai. Não te abandonarei, nem mesmo se eu estiver a léguas e mais léguas de distância. Meu coração é teu, minha flor, bem como minha alma. Tu és minha vida. Tu e Hasan. Não te esqueças disso.

— Ah, Henrique!

— Permita que eu te beije agora.

Malikah considerou o pedido bobo, porque era desnecessário. Tudo nela era dele, agora e sempre. Então ela levantou o rosto e ofereceu seus lábios àquele que eternamente seria o homem de sua vida.

— Volta para mim, meu amor — sussurrou a ex-escrava. — Temos um casamento a realizar e um filho para criar. Não me deixes sozinha.

Henrique apertou-a nos braços, implorando a Deus que tivesse condições de atender à súplica dela. Malikah merecia uma vida boa. Ele confiava que o céu estava a par disso também.

19.

Sou negra na pele, na alma,
Na voz e na luta.
Sou negra e a esperança em mim reluz como estrelas no breu.

(...)
Meu sangue é preto e vermelho
Pelo luto que guardo dos meus ancestrais,
Que foram abatidos covardemente.

Larissa Dias, "Empodere sua cor",
em *Um mundo de poesias*

Fernão estava cansado da vida que levava desde muito novo. Errante e ambicioso, passou anos trabalhando para fazendeiros e aristocratas da colônia, executando tarefas que os donos do dinheiro não queriam fazer a fim de não sujarem as próprias mãos.

Agora tinha outros planos para si. A ideia era aceitar o trabalho proposto por Euclides, que seria o último, e depois se assentar em suas terras a oeste, na região de Sant'Ana. Acumulara bens de sobra para se dar esse luxo.

O proprietário da Fazenda Real havia solicitado uma reunião com o aventureiro para planejar a travessia de uma jovem francesa, a futura noiva de Euclides, do Rio de Janeiro a Vila Rica. Fernão, intimamente, estava grato, afinal seria uma tarefa simples, honesta. Os tempos de tráfico de africanos e negociatas escusas já tinham ficado para trás.

O fazendeiro explicou de forma sucinta o que esperava desse serviço. Exigia que a moça fosse tratada como a rica herdeira que era, sem intimidades por parte de homem algum. E contava com Fernão para garantir isso. Ela também deveria chegar inteira, sem um arranhão sequer.

No fundo o aventureiro reconhecia as verdadeiras intenções atrás de tantas exigências. O que Euclides queria era exibir uma mulher que estivesse a sua altura, sem máculas ou um passado que a condenasse perante o círculo de relações do aristocrata. Preocupação real com o bem-estar da moça? Fernão duvidava que fosse esse o caso.

Logo depois de passar os detalhes da viagem, marcada para um ou dois meses, no máximo, quando a jovem já estivesse instalada na residência do tio no Rio de Janeiro, Euclides abordou outro assunto com Fernão, esperando sua ajuda também:

— É urgente que eu resolva um problema repentino, meu rapaz, causado pelo inconsequente do meu filho — anunciou o velho, alisando o bigode, gesto que era sua marca registrada.

Fernão estreitou o cenho. Nada que vinha da parte de Henrique prestava. No entanto, dessa vez, não teve tanta certeza disso.

— Ele emprenhou uma negrinha qualquer. Logo, fui obrigado a enviá-lo para São Sebastião do Rio de Janeiro, de modo a evitar que por aqui o povo desconfie de que seja ele o pai do crioulo.

Escravos africanos estavam espalhados por diversos cantos do Brasil naquela época. Eles chegavam aos montes, trazidos pelos fétidos tumbeiros, comprados por senhores abastados como Euclides. Raramente eram tratados com certa dignidade. Porém um proprietário como aquele velho estava para existir. Ele tinha a fama de ser o pior de todos, o mais cruel e impiedoso. Sendo assim, Fernão já conseguia adivinhar os rumos daquela conversa.

— Entretanto somente afastar Henrique não me evitará problemas futuros — continuou Euclides, calmamente. Nenhum problema parecia grande demais para ele, pois sempre os resolvia, de um jeito ou de outro. — Quando o bastardo vier a este mundo, seus traços físicos podem apontar para o verdadeiro pai.

— Ou a criança pode puxar as características da mãe. — Fernão tentou amenizar a questão, buscando uma saída para a escrava e o filho dela.

— E eu lá desejo pagar para ver? Não! O mal tem que ser extirpado agora. Quero a negra morta, bem como o diabo que ela carrega.

Embora já previsse que a solução de Euclides seria essa, Fernão não foi capaz de evitar a repulsa ao ouvir tais palavras. Se dependesse dele, a escrava continuaria viva para, em nove meses, trazer o filho ao mundo, sendo este justo ou não.

— Trata-se de Malikah, certo? — arriscou o palpite, pois escutara comentários sobre ela e Henrique.

— A própria, aquela negra sedutora, que não poupou esforços para fisgar o burro do meu filho.

— Eu, no lugar do senhor, não cometeria tamanho desatino.

O fazendeiro se encheu de fúria. Ninguém ousava falar daquele jeito com ele, exceto o próprio Fernão, sempre destemido.

— Malikah é uma escrava bem quista por todos. Se desaparecer, mesmo que não saibam o motivo, haverá de ter consequências para o senhor. É mais prudente não se arriscar.

Euclides não queria, mas sentiu que titubeava. Levantes de escravos deveriam ser evitados a qualquer custo.

— E o que tu sugeres? Que eu aceite essa criança como a um neto legítimo?

— Não é necessário. Basta espalhar que o bebê é de algum dos feitores. O senhor tem inclusive o pretexto armado, já que um deles foi embora daqui há pouco tempo. Assim não manchas tuas mãos nem condenas a alma. — Fernão era bom em argumentar. Por mais apavorado que estivesse com aquela situação, soube conduzir o discurso com tranquilidade, como se sugerisse algo banal.

— Não deixa de ser uma boa saída. Se todos pensarem que a criança é de um qualquer, mas branco como nós, nem desconfiarão de Henrique. Contanto que aquela negrinha estúpida confirme a história, claro.

— Ela há de confirmar, senhor. Quanto a isso, assumo eu mesmo a função de convencê-la.

— Ora, é muito simples, basta dar à escrava duas opções: morrer ou se fazer passar por depravada. Entre essas duas alternativas, o que ela escolher estará de bom tamanho para mim.

Dito isso, Euclides dispensou Fernão, que seguiu do escritório diretamente para a cozinha, à procura de Malikah.

— Tá no terreiro — avisou uma das cozinheiras.

E foi justamente lá que o aventureiro a encontrou, com uma vassoura nas mãos, juntando em montes pequenos as folhas secas espalhadas. Depois, com uma pá, enfiaria todas num saco e as usaria como atiçador de fogo, no fogão a lenha. Eram uma beleza para isso.

— Bom dia, moça! — ele a cumprimentou, fazendo uma leve reverência com a cabeça. — Posso conversar contigo por um instante?

Malikah olhou ao redor, aflita com a possibilidade de estarem sendo observados. Não queria sofrer algum castigo do patrão por ficar de papo durante o serviço.

— Será rápido — assegurou Fernão. — Tudo bem se formos a um local mais reservado?

A desconfiança aguçou o instinto de segurança da escrava. Homem algum, exceto seus companheiros de senzala, procurava por ela sem segundas intenções.

— Tranquiliza-te. Não te farei mal algum — ele garantiu, preocupado em manter uma distância que fosse confortável para Malikah. Não queria assustá-la.

Tão logo encontraram um lugar longe das vistas de curiosos, Fernão abriu o jogo com a moça, que ouviu tudo com o coração apertado de tanto terror.

— Ele vai matar meu neném?! — choramingou, incapaz de se controlar.

— Não se tu fizeres o que te orientei, Malikah. Caso o nome de Henrique fique fora deste assunto, estarás em segurança. Eu prometo.

A escrava nem viu a hora em que caiu em prantos, tanto por desespero, como também por alívio. Gerava um ser humano dentro de si, alguém que ela já amava acima de todas as criaturas da Terra, mas se condenava por ter se envolvido com Henrique. Fora ingênua, embora ao longo da vida uma voz em sua cabeça insistisse em alertá-la a respeito dos riscos de se apaixonar pelo filho do patrão.

— Nunca mais hei de pôr meus olhos sobre aquele homem, Fernão. Pra mim, ele morreu — jurou ela, enxugando suas lágrimas com raiva.

— Ele... Bom, ele foi violento contigo? Foste forçada a deitar-te com ele?

Envergonhada, os ombros de Malikah caíram para a frente. Como explicar a verdade sem parecer uma imbecil?

— Não. Henrique dizia me amar.

Fernão suspirou. Pelo menos não tinha sido estupro, ainda que expressar um sentimento insincero fosse de uma maldade sem tamanho também.

— Apazigua teu coração, moça. A partir de hoje, tu podes contar com minha proteção.

— A troco de quê, "sinhô"?

— De nada, a não ser da minha consciência tranquila.

Ela não entendeu aquela resposta. Provavelmente porque estava afogada nas próprias angústias.

Mais tarde, ao encontrar outros escravos confraternizando perto da senzala, foi a vez de Hasan oferecer-lhe seu ombro amigo. O jovem africano não se conformava com a rasteira que o destino dera em Malikah. Se tivesse a chance, cuidaria daquele "doutorzinho de merda" com suas calejadas mãos.

Ninguém estava a par da verdade por trás da gravidez da moça, a não ser ele, por terem se aproximado muito nos últimos tempos. No íntimo, desejava que aquele filho fosse dele.

Quem sabe não acabasse sendo, de uma forma não natural, mas bem-vinda do mesmo jeito?

— Fico satisfeito de saber que Fernão está do lado de vosmecê. Aquele homem é bravo, ninguém pode com ele — declarou Hasan, um tanto constrangido pelo embaraço de Malikah ao tocar na conversa que teve com o aventureiro. — Eu também tô, viu? Sou seu... amigo.

Ela exalou o ar devagar, o olhar perdido no horizonte escurecido pela noite.

— Eu sei e fico agradecida.

— Vosmecê num merece sofrer, Malikah.

Para todos ao redor era tão fácil reconhecer o amor de Hasan pela escrava. Só ela não via, porque estava concentrada em seu coração quebrado por um amor não correspondido.

— Merecer é uma coisa, penar é outra, moço. — A escrava se virou para partir. Desejava ficar sozinha com seus pensamentos.

— Tô aqui pro que precisar — murmurou o escravo, quando a silhueta de Malikah já se dissolvia na névoa da noite.

Fazenda Real, 1737.

Foi nos primeiros raios de sol de uma manhã aparentemente comum que Henrique e Fernão despediram-se de suas chorosas mulheres e partiram rumo ao leste, seguidos por uma pequena comitiva formada por alguns colonos da Quinta Dona Regina e índios puris.

Levavam consigo o suficiente para a travessia, entre utensílios, armas e alimentos — além de coragem para enfrentar o trecho traiçoeiro, que os entregaria direto a Euclides.

Foram longos e penosos dias, uma união de incômodos e insegurança, gerada pela dor por deixarem as famílias para trás, o medo de não conseguirem voltar, o desgaste da viagem e o desgosto do reencontro com Euclides. Tantas incertezas, naquele momento, eram as grandes inimigas daquela dupla de irmãos, imbuídos na causa de defender os negros e, acima de tudo, livrar Malikah e Hasan de um destino cruel.

A cada parada na estrada, pausas fundamentais para descanso e recuperação das forças, enfraquecidas devido à dureza do caminho e pelas intempéries, Henrique aproveitava para escrever num pequeno bloco que carregava no bolso da calça desde que se embrenhara naquela missão. Seu objetivo era enviar mensagens para a mulher e o filho, uma ideia que lhe ocorreu assim que vislumbrou um futuro trágico para si. Se ele não tivesse condições de voltar para casa, que suas palavras confortassem o coração das duas pessoas que amava incondicionalmente.

Isolado do restante da comitiva, Henrique transferia seus sentimentos para o papel, procurando não se conter de forma alguma. Nem mesmo os olhares curiosos dos outros homens, inclusive o de Fernão, o inibiam.

Carta de Henrique para Malikah e Hasan

Primeiro dia de viagem

Meus amados,

Faz menos de vinte e quatro horas que nos separamos, e a saudade arde em meu peito tal qual brasa sobre a pele. Por enquanto, estamos bem. O trajeto é duro, mas nós também o somos. Portanto não é isso que nos deterá. Prosseguiremos.

Há uma espécie de acordo tácito entre todos: ninguém menciona o objetivo desta empreitada. Deixaremos para lidar com ele quando chegarmos ao destino. Demora um pouco ainda.

Minha flor, desejo que estejas a tocar a vida da melhor forma possível. Por favor, não te entregues à tristeza. É em situações como estas que estamos a viver que temos a chance de mostrar nossa força. Tu és a fortaleza em pessoa, meu amor. Confio em ti.

Diz ao nosso pequeno Hasan que o pai dele o ama muito. Gostaria de poder dizer isso pessoalmente, mas, por enquanto, contentar-me-ei com teu auxílio.

Fiquem bem.

Com amor,
Henrique

Carta de Henrique para Malikah e Hasan

Sexto dia de viagem

Minha querida Malikah, meu amado Hasan,

Hoje fomos surpreendidos por um bando de macacos. Eles estavam sobre as árvores e resolveram nos atacar assim que passamos. Agora acho gra-

ça, porque nunca vi homens-feitos e bravos desesperarem-se tanto numa batalha contra primatas. Ora, somos maiores do que eles!

Acontece que os bichos têm uma força danada e chegaram a jogar muitos de nós no chão, enquanto emitiam um som assustador. Fernão chamou-os de bugios. Eu não posso afirmar, porque para mim eram apenas macacos grandes e nervosos.

Espero que as coisas estejam bem aí. Torço para que tenha deixado a tristeza de lado. Tudo o que mais desejo é saber que teu coração bate sereno.

Cuida do nosso filho.

Vós sois os amores da minha vida.
Henrique

Carta de Henrique para Malikah e Hasan

Décimo primeiro dia de viagem

Amores meus,

Estamos a chegar ao nosso destino. A apreensão cresce a cada dia, o que é natural. O obscuro preocupa, ainda que estejamos preparados para tudo. O velho não nos surpreenderá com suas artimanhas.

Mas não quero usar este precioso tempo para encher linhas e linhas sobre ele. Melhor escrever que estou com muita saudade, que sinto falta de vós, a ponto de parecer que me falta o ar.

Só penso em ti, minha flor, e na vida que haveremos de ter, juntos.

Com todo o meu amor,
Henrique

Chovia torrencialmente na tarde em que a comitiva do Oeste colocou os pés nas terras de Euclides de Andrade. Parecia que o céu prestava suas condolências aos viajantes. Nem mesmo o clima pendia para o lado do fazendeiro.

Assim que a chegada de Henrique foi notificada, o aristocrata tratou de anunciar suas condições para recebê-lo — a vantagem estava do seu lado, afinal. Nenhum dos homens do grupo tinha permissão para entrar na casa-grande. Eles deveriam se instalar na vila dos colonos, o que foi veementemente recusado. Optaram por permanecer do lado de fora, sim, mas próximos o suficiente, caso necessitassem entrar em ação. Euclides também exigiu que Henrique se apresentasse a ele limpo e vestido adequadamente. Porém o jovem advogado nem confiança deu. O máximo que fez foi retirar o barro das botas, enquanto pensava que sujar o polido chão do pai seria bastante prazeroso.

E tão logo soube que Fernão fazia parte da comitiva o fazendeiro ordenou que ele fosse mantido a uma distância segura, sob vigilância de seus capangas. Não confiava que o enteado não fosse reagir com violência. Henrique mandou dizer ao pai que entraria sozinho, mas o irmão o esperaria lá fora, junto aos demais membros do grupo.

Estando todos entendidos, ainda que sob pressão e mal-estar, finalmente pai e filho voltaram a ficar cara a cara.

No mesmo escritório de sempre, envolto pela mesma decoração ostensiva, o moribundo Euclides, antes um sujeito imponente e altivo, viu Henrique entrar pela porta. As marcas da longa viagem estavam estampadas em seu rosto jovem, mas era incontestável que a aparência do filho havia mudado para melhor. Talvez porque ele amadurecera, ou a realidade desnudada dera a Henrique uma força que agora transparecia, fazendo com que ele se parecesse mais um homem do que o jovem que lhe virara as costas no passado.

— E o bom filho retorna ao lar! — exclamou Euclides, entusiasmado, mas não pelos motivos certos. — Acaso vieste preparado para uma guerra?

A aparência do fazendeiro abalou Henrique. Na última vez que o vira, o pai estava à beira da morte. Ter sobrevivido provava a máxima de que vaso ruim custa a quebrar. Nem por isso voltara a ser como antes. Euclides não passava de uma casca quase seca do homem poderoso que um dia fora.

— Se for preciso levantar as armas, estaremos prontos. Não confio em ti.

O homem arqueou a sobrancelha. Essa nova faceta de Henrique lhe caía bem.

— Creio eu que será desnecessário. Chamei-te aqui para uma conversa amistosa. Não haverá luta.

— O que tu chamas de conversa amistosa desconfio de que seja chantagem. Explica logo quais são tuas condições para deixar seus ex-escravos em paz.

Uma risada seca escapou da boca de Euclides.

— Ex-escravos? Rapaz, cada um daqueles negros ainda pertence a mim. Eles moram ilegalmente nas terras daquele indivíduo que tua mãe cometeu a indelicadeza de parir. Basta eu estalar os dedos que todos retornam, um a um, e vão direto para o tronco, aqueles desgraçados.

A menção à pessoa de Inês fez a raiva de Henrique crescer.

— E ainda não agiste por quê? Posso saber o motivo de tamanha *generosidade*?

— Como consegues ver, já não sou o mesmo. Levou algum tempo até que eu me recuperasse a ponto de conseguir planejar uma ação contra aqueles que me traíram, inclusive tu, meu único e mal-agradecido filho.

— Mantenho minha indagação. Já que elaboraste uma estratégia de vingança, por que não a colocaste em prática ainda? Acaso esperas me trocar por todos aqueles homens e mulheres? — Henrique riu com escárnio. — E o que te faz pensar que aceitarei tuas imposições?

— A vida daquela negra vadia? O bem-estar do crioulo que tu chamas de filho?

O advogado avançou a passos largos até estar a poucos centímetros de Euclides.

— Não ouses ameaçá-los. Não responderei por mim se algo acontecer a eles.

— Estou impressionado com tamanho fervor, Henrique. Antes tu acatavas minhas ordens com resiliência.

— Eu era um bosta com vazias intenções. Ainda bem que acordei a tempo de consertar minhas falhas.

— Claro, claro. — O fazendeiro puxou um maço de papéis de dentro da gaveta da escrivaninha. — Eis aqui tua redenção, *meu filho.*

O envelope era gordo, denunciando seu conteúdo recheado.

Henrique esperou a explicação, que veio logo:

— Eu alforriei cada um daqueles pretos que se viraram contra mim. Todas as cartas estão aqui dentro, devidamente assinadas, inclusive a que torna tua Malikah livre. Está fácil agora conseguir o que tanto desejas.

O advogado não conseguiu esconder a surpresa. Por outro lado, sabia que não ficaria por isso mesmo. Até parece que o velhaco entregaria os pontos assim e ainda se despediria com um aceno amistoso.

— Mas, para que estas cartas cheguem até a negrada toda, é necessário que te sacrifiques. — Euclides respirou fundo, antes de dar o último golpe. — Se deres tua palavra, verás aqueles negros livres para sempre.

Henrique fechou os olhos, pronto para o baque.

— Arranjei um casamento para ti. Casa-te com a filha de um velho conhecido e, nesse mesmo dia, despacho as cartas para Sant'Ana.

Como havia imaginado, a condição do pai era pesada. Ela produziu o impacto de dúzias e mais dúzias de chicotes lançados sobre seu torso nu.

— O interessante de tudo, Henrique, é que agi com generosidade, para não ser visto como alguém sem coração. Não arrumei uma moça desconhecida. Sei como isso seria desagradável a todos.

Henrique mal ouvia. Em sua cabeça, o rosto de Malikah se projetava em dezenas de imagens, momentos compartilhados entre eles, desde os primeiros dias até a reconciliação.

— Inclusive ela e o pai estão hospedados aqui. — Euclides achou que essa informação fosse de alguma relevância. — Presumo que sua falta de resposta seja o mesmo que um sim.

— E se eu disser não? — quis saber, a desesperança o consumindo.

— Ora, não ajas levianamente. Tua recusa é a sentença daqueles negros. É isso o que desejas?

— Quem é a mulher? — questionou Henrique, como se tal informação tivesse alguma importância. Seu cérebro estava a ponto de explodir.

— Bibiana Alves, cujo pai, Cláudio Alves, possui terras vizinhas às de Fernão. Não é uma senhora coincidência?

20.

Julgando os crimes nunca os votos dava,
Mais duro, ou pio do que a lei pedia:
Mas devendo salvar ao justo ria,
E devendo punir ao réu chorava.

Não foram, Vila Rica, os meus projetos,
Meter em ferro cofre cópia de ouro,
Que farte aos filhos, e que chegue aos netos:

Outras são as fortunas, que me agouro,
Ganhei saudades, adquiri afetos,
Vou fazer deste bens melhor tesouro.

Tomás Antônio Gonzaga, "Obrei quanto o discurso me guiava",
em *Antologia Poética*

Quem pensa que Henrique foi embora para o Rio de Janeiro despreocupadamente, desejando aproveitar a vida como um jovem advogado, rico e sem problemas, engana-se. Naquele tempo, ele havia sido contaminado pelos venenos do pai, porém, por mais que o estrago tenha sido grande, a essência do bom moço, herança de uma mãe de caráter reto, ainda permanecia dentro dele.

Questionar a paternidade do filho de Malikah era uma atitude recorrente durante as semanas que passou na cidade, ao mesmo tempo em que entrava de cabeça na vida boêmia, convivendo com pessoas de caráter questionável, bebendo em excesso, dormindo com mulheres aleatórias.

Um desavisado provavelmente condenaria tais atos, julgando Henrique sem ponderação. Como alguém que proclamava seu amor àquela escrava poderia ter mudado tanto? Mas certo é que viver de modo desregrado foi o jeito que o jovem encontrou para embotar seu sofrimento. No íntimo, quando deitava a cabeça sobre o travesseiro, a culpa o consumia, ao mesmo tempo em que se fazia a mesma pergunta, todas as noites: *Será que cometi uma injustiça?*

Como forma de se proteger contra suas próprias cobranças, Henrique definiu que tocaria sua vida, dali em diante, no Rio de Janeiro. Não pretendia voltar tão cedo à Fazenda Real, afastando-se de vez daquilo que o assombrava. Porém nem essa decisão o confortou. Todas as vezes em que resolvia ser honesto com ele mesmo, concluía que agia como um canalha. Mas logo voltava a se entorpecer novamente, estimulado pelas más influências.

Até que foi obrigado pelo pai a juntar as bagagens e fazer a travessia de volta às terras mineiras. Euclides exigia que o filho estivesse presente em seu noivado com a jovem francesa, a tal que perdera a família num naufrágio. Henrique considerava esse enlace de uma insanidade sem igual, afinal seu pai tinha idade para ser pai da jovem. Mas quem era ele para expor sua opinião?

Sem ter meios — nem coragem — para desacatar uma ordem de Euclides, restou ao advogado obedecer, não sem receios. Só de imaginar que se depararia com Malikah novamente sentia um aperto no peito. Teria de evitá-la a qualquer custo.

Mas não seria fácil persistir com tal determinação. Tudo bem que as terras de Euclides pareciam infinitas e a casa-grande possuía cômodos suficientes para fazer alguém se perder lá dentro. Nem mesmo esses obstáculos impediram que Henrique visse a escrava logo em seu primeiro dia na Fazenda Real.

Malikah lustrava os móveis da sala de estar quando ele atravessou o cômodo sorrateiramente para não ser flagrado. Esquivou-se atrás das cortinas com o intuito de observá-la sem reservas. Sua barriga quase não dava sinais da gravidez e Malikah parecia mais magra — e triste, muito triste.

Não suportando a sensação que o arrebatou ao olhar para a única mulher que amara, Henrique escapou depressa. Precisava manter a dureza para sobreviver aos dias naquele lugar.

E eles não foram fáceis. Logo na apresentação a Cécile, a noiva do pai, percebeu a presença da violência, marca registrada daquela casa. Um de seus olhos estava inchado, indiscutível sinal de que sofrera uma agressão, certamente do próprio noivo. Henrique não ficara indiferente àquilo, tampouco reagiu. Num futuro próximo, acabaria arrependido por toda a alienação com a qual aceitou viver durante uma parte da vida.

O jovem não voltou a ver Malikah nos dias seguintes. A casa-grande ficara em polvorosa com os preparativos da festa de noivado. Havia gente transitando em cada canto, mas a escrava parecia não ter sido convocada para tarefa alguma — uma precaução do fazendeiro a fim de evitar um provável encontro entre ela e Henrique.

Deu certo.

No baile, o advogado teve a chance de dançar com a futura madrasta — e acabou penalizado pela situação da moça, nitidamente deslocada e temerosa. Também acompanhou a chegada de Fernão e notou como ele não reagiu bem ao se deparar com Cécile em seus braços.

Que curioso!

Mas o mais surpreendente de tudo ainda estava por vir, uma sucessão de acontecimentos que deixou Euclides de Andrade fora de si e culminou em reviravoltas na vida de todos, inclusive — e talvez principalmente — na de Henrique.

Seguindo um plano preciso, Fernão conseguira fugir com Cécile, evitando o casamento indesejável com o fazendeiro. De quebra, havia levado junto Malikah e dois dos escravos mais saudáveis de Euclides: Hasan e Akin.

Por alguns dias, Henrique compartilhara com o pai um ódio imenso do explorador, responsável por tamanha desonra do aristocrata, um constrangimento que repercutiria por diversos cantos da colônia. Mas a raiva do advogado tinha um motivo diferente. Ele não suportava pensar que jamais veria Malikah novamente e, pior, que ela poderia não resistir à fuga, no estado em que se encontrava.

Portanto, quando Euclides jurou vingança, Henrique deu força. E, mesmo após semanas de espera, assim que Fernão foi capturado e levado de volta à Fazenda Real, o jovem continuava ao lado do pai. Soubera que o aventureiro havia se casado com Cécile, motivo irrefutável para Euclides querer vê-lo morto, depois de sofrer todo tipo de crueldade executado pelas próprias mãos do fazendeiro. Além dessa notícia, chegara aos ouvidos de Henrique que Malikah estava prestes a se casar com Hasan.

Sendo assim, ao ser colocado contra a parede pelo pai, que exigia dele sua fidelidade, o advogado cedeu. Escutou calado os planos de vingança e nem moveu um dedo em benefício de Fernão quando este foi jogado diante de Euclides, moribundo, ferido, revoltado.

Dentro de si, por outro lado, uma voz apelava a Henrique por misericórdia. E foi justo essa voz que, de certo modo, conduziu o jovem ao momento que mudaria tudo.

Atrás da porta, ao ser sumariamente enxotado da sala, ele ouviu cada palavra da confissão de Euclides, que se achava muito esperto, mas acabou traído pelo próprio descuido.

— Teu filho é um idiota por suportar-te. — Escutou Fernão cuspir, dirigindo-se a Euclides.

— Tal qual tu mesmo. Passaste a vida a cheirar a sola das minhas botas, ou já te esqueceste disso?

— Eu estava aqui a enriquecer à tua custa.

A gargalhada do pai ressoou pelo cômodo, maquiavélica, doentia.

— Como se eu não tivesse permitido. Existe um sentimento chamado culpa que um homem temente a Deus como eu não deve cultivar. Quando mais jovem, fiz algo que exigiu minha redenção. Sei que

Deus me perdoou, senão por que outro motivo teria me concedido tantas conquistas?

A curiosidade de Henrique ficava cada vez mais aguçada. Conhecia vários deslizes morais do pai, mas a declaração de que ele havia cometido algo grave no passado o deixara em estado de alerta.

— Vim de Portugal com um nome a zelar, mas um tanto falido — Euclides contou, surpreendendo o filho, que não sabia disso. — E agora cá estou, um dos homens mais poderosos da capitania, quiçá da colônia inteira. É claro como o dia que tenho as bênçãos de Deus.

— Ele provavelmente fica escandalizado a cada vez que tu usas o nome d'Ele para justificar tuas ações escabrosas. E, não duvides, quem se vangloria com tuas vitórias é o diabo, não Deus — pontuou Fernão. Sua ousadia lhe rendeu um golpe cujo barulho repercutiu para além das paredes da sala. Porém, pelo que Henrique pôde perceber, nem um único som saiu da boca do aventureiro.

— Não sinto culpa, mas, sim, um arrependimento sem tamanho. Mais vantagem eu teria feito se tivesse ordenado tua morte quando nasceste. Hoje não estaria a conviver com tua ingratidão.

O jovem advogado franziu o cenho. O que Euclides estava querendo dizer? Até onde sabia, Fernão apareceu na fazenda quando entrava na puberdade. Como o aristocrata poderia ter relação com seu nascimento?

— Vês aquela mulher? Poupei tua vida por ela. Devias ser grato, não um traidor.

Que mulher? Henrique ficou confuso, afinal não havia mais ninguém na sala. A menos que...

Minha mãe?

— Tu precisas de uma camisa de força. És um perigo para a sociedade. — Ele ouviu Fernão declarar com a voz enfraquecida.

— O perigo vem de ti, mas a culpa é minha. Eu permiti que vivesses, por amor àquela lá.

Definitivamente, Euclides falava de Inês. Estaria ele delirando? Talvez a loucura tivesse consumido aquele velho inescrupuloso de vez.

— Está certo. Só gostaria de entender como tua pobre esposa pôde ter sido fundamental em tua decisão de não me matar quando nasci. Sou de Évora. Meus pais eram pobres. Em que altura da vida nos encontramos, afinal? As contas não batem, *senhor*.

A Henrique não passou despercebida a ironia na voz de Fernão. Aquele aventureiro era mesmo duro na queda. Nem praticamente dando olá para a morte ele arrefecia. Dava munição ao embate com Euclides, sem titubear ou implorar pela vida.

— Eu comprei tua mãe. Decidi que ela seria minha no momento em que coloquei meus olhos nela.

O quê?! Henrique ofegou, lutando para controlar suas emoções e não revelar sua presença. Será que havia entendido direito? Imaginou que a mãe de Fernão tivesse sido uma escrava de Euclides. *Uma escrava branca?*

— Minha mãe foi casada com meu pai a vida inteira, seu verme. Respeita a memória deles, já que te dizes tão temente a Deus.

— Tua mãe *postiça* foi casada com teu pai, postiço também. A verdadeira casou-se comigo, para não morrer na miséria.

Tudo o que Henrique conseguiu sentir com aquela confissão foi uma dor profunda no peito. Se não estivesse sendo traído por seus ouvidos, acabara de saber que Inês também era a mãe de Fernão, e este, por sua vez, seu irmão?

— Ah, vejo que estás a duvidar. Então tentarei ser o mais explícito possível — Euclides disse, ansioso por passar toda a história a limpo. — Tua mãe, Inês, aquela lá, casou-se com teu pai, um homem simplório, sem ambição, da raça dos trabalhadores braçais. Eram camponeses e se contentavam com o pouco que tinham. A alegria só cresceu quando descobriram que esperavam um filho, tu. Mas o destino quis que teu pai morresse antes de teu nascimento. Uma lástima.

Incrédulo, Henrique não perdia um só detalhe.

— Da noite para o dia, tua mãe se viu grávida e sem marido. E foi então que eu apareci para salvá-la. Eu a vi em Lisboa, rota, malvestida, a trabalhar perto do cais, uma criada de categoria inferior. A barriga, embora ainda pequena, sinalizava o começo de uma gestação. Eu já não era tão novo, passava um pouco dos trinta, mas não fazia planos para casar. Até ver aquela jovem.

Se o advogado estava achando difícil processar aquela revelação, ele nem calculava o que se passava na cabeça do aventureiro. Tudo o que Henrique sabia sobre o pai, cada parte amoral de seu caráter, ainda era pouco diante da atrocidade que ele cometera com todas aquelas pessoas. Ele tinha comprado Inês, obrigado a pobre mulher a abrir mão do filho, esse filho que um dia viria a ser uma espécie de bode expiatório do fazendeiro!

— Tu ensandeceste de vez. — Ele ouviu Fernão resmungar, agora incapaz de esconder o impacto daquela nova realidade.

— Ainda duvidas? Para quê, se é tudo verdade? Eu comprei tua mãe, rapaz, porque eu a quis desde o primeiro dia. O fato de ela ser viúva e pobre facilitou tudo. Mas Inês não se interessou por mim. O único modo de convencê-la foi quando apontei o óbvio, isto é, o tipo de vida miserável que daria ao filho, isso se sobrevivessem naquelas condições.

— No fim das contas, ela não ficou comigo.

— Não, embora quisesse. Mas eu não permiti. Quando tu nasceste, Inês implorou por ti. Mas o que eu poderia fazer? Eras fruto de outro relacionamento. Então prometi a ela arranjar uma nova família para o recém-nascido.

— Isso não pode ser verdade.

— Mas é. Infelizmente. Antes eu tivesse te largado para morrer ao relento. Porque, Fernão, por mais que me abomines, eu cuidei para que não te faltasse nada, durante tua vida inteira. Percebes agora como és ingrato?

De repente, imagens da vida inteira de Henrique começaram a povoar sua mente: cenas de sua mãe, sempre tão amorosa, doce, querida por todos; os escravos sendo açoitados sem piedade, presos no tronco ou em qualquer lugar; a estupidez com que era tratado pelo pai, desde criança, sua costumeira falta de afeto...

Por um tempo, o advogado o vira como um homem rude, muitas vezes cruel, mas nem um pouco diferente da maioria dos fazendeiros da época. No entanto acabava de constatar que sua maldade ia além do estereótipo comum. Euclides era a personificação do mal, um ser humano corrompido, que se amparava na Igreja quando, na verdade, dava o braço e vendia a alma ao diabo.

Mesmo enojado, Henrique não foi capaz de sair antes de escutar o final da conversa. E, dentro de si, uma decisão ganhava força, a despeito das prováveis consequências.

— Tu afastaste-me de minha mãe, desgraçado! — Fernão urrou, parecendo um animal abatido. — Comprou-a, como a uma mercadoria. És um verme, um ser odioso. Ainda acreditas que devo minha vida a ti?

— Deves não apenas a vida, mas também a família que te arranjei, a vinda para o Brasil, os serviços graúdos que fizeram de ti um homem rico. A proteção que te dei, além da posição social, deves tudo isso a mim — enumerou Euclides, aos gritos. — Contudo, por causa de um rabo de saia francês, cuspiste no prato que comeste a vida toda. Tu te enamoraste pela serpente. Veja a que ponto essa paixão infantil te levou.

— *Tu* és a serpente. E há de pagar pelo que fizeste, de uma forma ou de outra. Rezo para que teu castigo aconteça logo, ainda nesta vida. Caso não, sei que a justiça divina, que tu tanto prezas, não falhará.

— Não viverás para saber.

— Quem sabe, não é mesmo? Agora que tenho duas mães a interceder por mim do céu, tudo pode acontecer.

Mais um golpe foi desferido no rosto de Fernão. Henrique ouviu e pôde sentir a dor do aventureiro. *Meu irmão.*

Inês, sua mãe — a mãe *deles* —, havia amado seu primeiro filho e sido impedida de criá-lo. Agora Henrique entendia aquele ar melancólico que nunca a abandonava, o olhar perdido num ponto distante do horizonte, como se passasse a existência à procura de algo.

Esse algo era Fernão.

— Fui um tolo. Trabalhei para ti, seduzido pelo ouro. Porém, se minha hora estiver a caminho, morrerei feliz. Ainda que nada soubesse, dei um jeito de honrar minha mãe. Tu compraste Inês e eu roubei Cécile bem embaixo desse teu bigode imundo. *Touché!*

Quanto a mim, pensou Henrique, dando um jeito de se esconder quando os feitores arrastaram Fernão da sala e Euclides os seguiu, *chegou a minha hora de honrar Inês de Andrade, eu, seu segundo filho*.

O jovem jurou, diante do quadro da mãe, depois de instantes de reflexão, que, se dependesse dele, o primogênito dela seria salvo. Nem que, assim, acabasse se condenando diante do pai.

Que pai?

Fazenda Real, 1737.

Fazia cerca de duas horas que a chuva havia dado adeus ao dia. Em seu lugar, um céu límpido, tingido de violeta, anunciava o começo da noite.

Henrique não se dera conta disso e duvidava de que qualquer frugalidade voltasse a ter importância em sua vida. Ele estava sentado sobre as raízes altas de um abacateiro, com o olhar distante, mal sentindo a brisa refrescante em seu rosto.

Na frente dele, Fernão andava de um lado para o outro, esfregando a barba de tempos em tempos, fundindo a cabeça para encontrar uma resposta para o grande problema que se abatera sobre todos. Ele não era um sujeito distraído. A vida que levava não lhe permitia ser surpreendido. Então por que diabos não se prevenira contra o retorno de Euclides?

— Irmão, talvez tenhamos que invadir a casa-grande e render a todos — sugeriu ele, não muito confiante em sua própria ideia.

— Não. Dessa vez meu pai está preparado — Henrique retrucou, inexpressivo. — Pode não parecer, mas há homens espalhados em todas as direções. Qualquer movimento nosso e eles reagirão de imediato. Seríamos dizimados, Fernão, um a um.

O ex-aventureiro concordava com o irmão, por mais custoso que fosse admitir isso.

— Não quero iniciar um derramamento de sangue. Seria totalmente em vão.

— Então vai fazer o que ele quer?

Por tudo o que havia de mais sagrado, a simples perspectiva de atender ao capricho de Euclides fazia Henrique ter ânsias de vômito. Mas que outra opção ele teria? Sua vida não era mais importante que a de todos os africanos que fugiram da Fazenda Real. Sua vida jamais seria mais importante do que a de Malikah e a de Hasan. Estava disposto a morrer por sua mulher e seu filho, embora até mesmo essa opção lhe fosse negada. Morto, não valeria nada ao pai. Morto, não poderia dar a ele o neto legítimo para perpetuar seu sobrenome.

— Vou me casar com Bibiana — declarou, contemplando o vazio de um horizonte escurecido pelo crepúsculo. — Essa é a condição de Euclides para despachar as cartas de alforria. Assim que eu enfiar a aliança no dedo dela, acabou. Não haverá noite de núpcias, muito menos um herdeiro. Não quero viver com ninguém mais além de Malikah. E já que isso não é mais uma possibilidade, honrarei a minha verdadeira mulher dessa forma.

Fernão sentia a dor do irmão como se fosse sua. E era! O martírio de Henrique afetava toda a família, que os esperava em Sant'Ana. Nenhum deles merecia passar por essa provação.

— Gostaria que levasses algo para Malikah. — O advogado retirou o bloco de anotações do bolso e o estendeu ao irmão. — Entrega a ela. Depois, por tudo o que há de mais sagrado, tenta fazê-la entender que não havia outra solução para a liberdade de todos.

Os olhos dele estavam secos, mas sua alma sangrava. Ninguém era capaz de calcular tamanho sofrimento.

— Não deixes, nem por um segundo, que ela pense que a abandonei novamente. Caso Malikah volte a acreditar que não a amo, ou que não a quero, ou que me envergonho dela, isso sim será o pior castigo para mim.

A voz de Henrique não continha um só resquício de emoção. Fernão, ao olhar para ele, enxergava uma pessoa incompleta, feita só de casca. O espírito motivado, apaixonado, persistente, confiante parecia ter se extinguido.

Como o irmão lamentava por isso!

— Malikah saberá do sacrifício que tu estás a fazer por ela e pelo menino. Todos saberão, Henrique. Minha meta maior nesta vida será garantir que tua coragem seja perpetuada.

— E a minha é apenas uma: não me esquecer de que tive a honra de ser amado por uma mulher como ela, mesmo quando fui um merda sem caráter. Jamais a esquecerei.

Fernão agachou-se ao lado de Henrique e deu um soco amistoso no braço dele.

— O que muito me impressiona nisso tudo é a frieza daquela Bibiana. Entrou nas nossas vidas, foi acolhida com carinho por Cécile, mas não passava de uma informante do crápula.

— Não sei. Ainda não a vi, mas não paro de pensar que talvez ela seja um joguete do pai, este sim mancomunado com Euclides. — Henrique arrancou uma erva do solo e levou ao nariz, sentindo seu odor. — Veremos.

— Irmão, gostaria que olhasse para mim — pediu Fernão. Era chegada a hora das últimas palavras. Um nó oprimia seu peito. Quem diria que um dia sentiria tanto afeto por aquele rapaz, no passado tão mimado e de personalidade fraca?

Henrique atendeu ao pedido de Fernão e toda a relutância em demonstrar quão fora afetado por aquela guinada do destino transpareceu. A falta de brilho em seu olhar era inconfundível. Simbolizava derrota, terror, tragédia. Nem mesmo o ex-aventureiro, tão duro, foi capaz de não se emocionar.

— Tenho orgulho de ti, verdadeiro, incondicional. Eu colocaria minha vida em tuas mãos, até mesmo a de Cécile, ou a de Bárbara, ou a do meu filho ainda no ventre da mãe.

Henrique ainda não sabia dessa novidade, o que fez sua depressão aumentar mais um pouco. Chegaria um dia a conhecer seu novo sobrinho?

— Honestamente, não acredito que isto aqui seja uma despedida. Eu me proponho a lutar contigo, irmão, se quiseres. Mas ainda que esse não configure um desejo teu, aconselho-te a não entregar os pontos. Algo me diz que há um jeito, sempre há, quando as causas são justas.

Já no limite, Henrique caiu em prantos. Jamais se mostrou tão vulnerável como naquele momento.

— Não conheci nossa mãe. Ainda assim, estou certo de que a força dela, a despeito de seu enorme sofrimento, fez de ti quem és hoje.

Com um meneio de cabeça, Henrique aceitou os elogios de Fernão.

— Sê forte, rapaz. E não esmoreças. Sempre existirá uma saída.

***

Quando, bem tarde da noite, Henrique entrou na casa-grande, Euclides e seus convidados acabavam de jantar. Ainda não havia se limpado desde que chegara, mais cedo. Então concluiu que aquele era um momento adequado para constranger o pai e mostrar que, embora fosse fazer o que ele queria, nunca mais abaixaria a cabeça para o velho.

Caminhou lentamente, com um sorriso cínico armado, encarando uma a uma das pessoas. Primeiro lançou seu olhar mordaz ao vizinho Cláudio Alves, o homem que, numa primeira impressão, transmitia simpatia e simplicidade. Em seguida, enfiou a mão numa travessa de frango e arrancou um pedaço, sem usar talheres nem um pingo de educação. De boca cheia, passou os olhos pelo pai, não lhe dando a menor importância, deixando Bibiana deliberadamente para o fim.

— A reunião dos salafrários! — exclamou, roubando a taça cheia de vinho de Euclides e bebendo tudo num único gole. — Ainda bem que não fui convidado.

— Henrique! — o fazendeiro ralhou, entredentes.

— O que foi? Queriam um noivo? Ora, aqui estou eu. Mas na chantagem não consta que devo ter bons modos.

Em nenhum momento ele deixou de encarar Bibiana. Sentindo-se oprimida, ela abaixou a cabeça.

— E quanto a ti? Enganaste a todos. Não. — Ele se interrompeu, batendo na testa. — Não ludibriaste Malikah. Ela, desde sempre, enxergou a cobra por trás dessa aparência de santa.

— Henrique!!! — Euclides aumentou a voz. Se tivesse condições, teria ficado de pé, de modo que a ameaça surtisse um efeito mais poderoso.

— Tu não me intimidas mais. Grita quanto quiser. Nem assim minha opinião mudará. — Queimando Bibiana com um olhar cáustico, o advogado finalizou: — Minha futura esposa é a desgraçada de uma serpente.

Ela era muito tímida. A menor alteração em sua rotina fazia Bibiana se encolher como um caracol de jardim. Seu mundo resumia-se à casa em que morava com o pai. Qualquer lugar além de seus limites parecia-lhe opressor.

No dia em que sua charrete quebrou próximo às terras de Fernão, a moça pensou que fosse morrer de constrangimento ao ser abordada tão gentilmente pelo dono do lugar e Henrique. Mas teve que superar seu embaraço, porque não havia outra alternativa. Com Cécile ela conseguiu se sentir um pouco mais à vontade. E ao longo dos dias de hospedagem na Quinta Dona Regina devagar foi se acostumando a conviver com aquelas pessoas, estranhas, porém amistosas — a não ser Malikah, a bela africana que demonstrava querer ver Bibiana pelas costas.

Todas as descobertas feitas durante sua estada tiveram um grande impacto nela. Negros e índios convivendo naturalmente com brancos, trabalhando em boas condições e recebendo pelo uso de sua mão de obra; as origens de Hasan, um menino tanto lindo quanto exótico, tratado pelos donos da casa como um parente querido — o que realmente o era; a relação de Malikah e Henrique, antiga e forte o bastante para perdurar mesmo depois de tantas provações.

Bibiana se deslumbrara com a vida dos vizinhos. Enquanto isso, sequer imaginava que seu pai agia por trás, como espião e parceiro de Euclides.

Não queria se casar com Henrique. Motivos para isso não faltavam: ela não o amava, nem ao menos possuía algum sentimento por ele; o advogado, por sua vez, amava loucamente outra mulher. Sem contar que condenava com todas as forças ser usada como arma de vingança. Como seu pai tivera coragem?

Portanto, com o objetivo de esclarecer sua posição, além de oferecer seu apoio a Henrique, ao surgir uma oportunidade, Bibiana foi procurá-lo. Tremia quando se dirigiu a ele. Em qualquer situação, abordar um homem seria um ato embaraçoso para ela, mais ainda nesse caso. O advogado a odiava.

— Posso ter um dedo de conversa com o senhor? — indagou ela, encontrando Henrique sozinho no pátio atrás da casa-grande.

A aparência dele estava de dar dó. Um animal selvagem enjaulado pareceria menos revoltado.

— Deixa-me, mulher! Não quero escutar essa tua voz dissimulada.

Se Bibiana necessitava de um pretexto para fugir, tinha acabado de receber um. Mas não seria covarde, não dessa vez.

— Eu nada sabia sobre a armação que fizeram para nós, Henrique — alegou ela, contendo seus gestos, embora seu coração batesse aflito.

Ele não se deu ao trabalho de acreditar, escarnecendo com um gemido jocoso.

— É verdade — Bibiana suspirou. Estava decidida a revelar tudo o que sabia. — Pela Virgem Maria, é a mais pura verdade, apesar de não ter sido coincidência o incidente com a charrete de papai.

Com essa declaração, ela atraiu a atenção de Henrique, que a estudou cauteloso.

— Ele foi forjado, como acabei por descobrir tão logo colocaram-me a par dos planos de teu pai, ou seja, poucos dias atrás. O condutor calculou com precisão o local em que a condução deveria se acidentar. Ele chocou a charrete em uma pedra grande e então deu no que deu.

Henrique ainda não estava seguro de que aquela informação era verdadeira. Em compensação, algo dizia a ele que acreditasse. Sendo assim, permaneceu imóvel, apenas ouvindo.

— Fui usada como isca para as más intenções de dois homens gananciosos. — Os olhos dela ficaram embaçados. — O senhor não calcula como é difícil descobrir quão vil é seu próprio pai.

— Estás enganada. Eu conheço bem a sensação.

Bibiana corou ao perceber seu lapso.

— Oh! Peço desculpas pela distração.

— Tudo bem. Mas ainda não liguei todos os pontos. Como nossos pais se conhecem? Quando o seu foi envolvido nos planos de vingança do meu?

— Sei que os dois se conhecem devido aos negócios. Ambos são escravistas, extraem ouro, têm fazendas produtivas. Além disso, papai começou a vida nos arredores de Vila Rica. Imagino que vem dessa época a relação deles — explicou Bibiana. — Assim que o senhor Euclides soube que nossas terras fazem divisa com as do senhor Fernão, viu em papai um meio para alcançar seus objetivos.

Sim, Henrique via o sentido entre cada parte da intricada trama.

— Então o convenceu a ajudá-lo, com promessas vantajosas.

— Dinheiro, pressuponho.

Bibiana abaixou a cabeça, envergonhada pelo caráter do pai.

— Sim, além de articular um casamento rentável para mim, a filha recatada e sem pretendentes. Quando eu soube...

Ela engasgou.

Finalmente Henrique se compadecera da moça. Talvez fosse punido por estar sendo ingênuo, mas não via maldade naquela menina. Malikah enganara-se.

Ciumenta.

— Com todo o respeito, não quero ser tua esposa — desabafou Bibiana, quase às lágrimas.

Henrique conseguiu soltar uma risada.

— Não me ofendes. Tampouco eu desejo me casar contigo. Não pela senhorita, espero que compreendas — ele se corrigiu rápido.

— Sei bem. Malikah é teu grande amor.

— Sim.

Por alguns minutos, os dois puseram a contemplar as estrelas. Depois da chuva do dia, lá estavam elas a enfeitar o céu.

— O que faremos? — Bibiana quis saber.

— Teremos que encontrar uma solução. — Henrique estendeu a mão direita para ela. — Vamos tentar?

Ela hesitou antes de aceitar o cumprimento de cavalheiros. Acabou dando de ombros. Era hora de agir.

— Até o fim.

21.

Ser irmão é ser o quê? Uma presença
a decifrar mais tarde, com saudade?
Com saudade de quê? De uma pueril
vontade de ser irmão futuro, antigo e sempre?

Carlos Drummond de Andrade, "Irmão, irmãos",
em *Boitempo*

O bebê de Malikah não parava de saltar em seu ventre desde que ela decidira se casar com Hasan. Parecia que a criança entendia as coisas, mesmo que ainda fosse um serzinho minúsculo. Agora teria um pai e haveria de se orgulhar muito dele.

A vida da escrava não lhe proporcionou uma visão muito ampla daquilo que habitava seu entorno. Focada em seu amor por Henrique, Malikah não percebeu que outro homem, este muito próximo a ela, também a amava. Teria sido tão mais simples se apaixonar pelo guerreiro Hasan!

No momento em que ele abriu seu coração e lhe propôs casamento, além de prometer amar a criança que Malikah gerava como se fosse seu próprio filho, uma sensação tranquilizadora aplacou os medos da escrava. Está certo que não tinha por aquele homem nem uma parcela dos mesmos sentimentos que a uniram a Henrique a vida inteira. Mas isso não significava que não era amor o que sentia por ele, um amor manso, descomplicado, bom.

— O que será que vem aí? Rapaz ou moça? — As mãos de Hasan estavam sobre a barriga de Malikah, enquanto descansavam sob a sombra de uma árvore, na beirada do rio.

— E como vou saber? Não sou adivinha.

Ele sorriu. Ainda era difícil acreditar na felicidade com que foram abençoados.

— Podia ser uma menininha tão linda como vosmecê. Adana, tal qual a senhora sua mãe.

— Meu coração às vezes me leva a acreditar que aqui dentro mora um menino.

O olhar dela estava sonhador. Não via a hora de conhecer seu filho ou sua filha. Mas uma dúvida constantemente a atormentava: ele teria traços do pai?

— E se for? Que nome quer colocar?

— Sei não. Quero ver a carinha primeiro.

Hasan abraçou Malikah e beijou-lhe a testa.

O momento de calmaria parecia perfeito. Mal sabiam os dois que tudo mudaria em breve. Eles não estavam predestinados a ficar juntos.

Na calada da noite, Henrique se postou ao lado de Fernão, amarrado ao tronco, ferido, perdendo os sentidos de tempos em tempos. Uma chuva torrencial se derramava do céu, piorando a situação. Ainda assim, o jovem advogado não arredou os pés de lá.

Ele não sabia dar nome aos motivos que o levaram a agir daquela forma. Culpa? Ódio do pai? Remorso? Busca por redenção? Provavelmente tudo isso junto e algo mais. Já que não possuía a chave dos grilhões que prendiam os braços do irmão ao poste de madeira no meio do terreiro, ofereceria a ele sua presença.

E informações sobre a mãe de ambos.

Às vezes parecia que Fernão mal escutava o que Henrique dizia. A vida dele estava amarrada a um fio frágil, ligado ao coração de Cécile. Quem duvidaria de que era esse amor que o mantinha vivo, apesar de toda a violência que sofrera?

— É estranho saber que Inês de Andrade não foi apenas minha mãe — desabafou o advogado, afogando-se nas águas da chuva gelada.

Ele estremeceu sob a roupa encharcada. Como estaria se sentindo Fernão, praticamente nu e com feridas enormes nas costas?

— Ela era tão etérea que passava a impressão de ser alguém de outro mundo. Tão bonita, tão bondosa... Tu terias gostado dela.

Até o fim da madrugada, Henrique relatou várias situações que envolviam Inês. De vez em quando, Fernão correspondia às histórias, soltando uma ou duas palavras como comentários ou indagações.

— Nossa mãe amava Malikah. Ela tratava todos os escravos bem, mas Malikah era especial para ela.

E para mim.

— Eu a decepcionei tanto!

Delirante, o aventureiro não tinha certeza sobre de quem Henrique falava agora. Talvez das duas.

Assim que os primeiros clarões da manhã despontaram no horizonte coberto de montanhas, sinais de que os feitores estavam prestes a reassumir o trabalho de açoitar Fernão até a morte fizeram Henrique se apressar para fugir.

Antes, prometeu ao irmão:

— Voltarei com ajuda.

Então dirigiu o olhar para o céu e murmurou:

— É muito difícil ser nobre, mamãe.

Depois disso, uma sucessão de acontecimentos alteraria de vez os rumos do destino de todos, a começar pelo fato de que os caminhos de Henrique e Malikah estavam prestes a se cruzar novamente.

Será que em definitivo dessa vez?

Quinta Dona Regina, 1737.

A vida não se interrompe para esperar que os problemas se resolvam. Enquanto muitos sofrem, o vento continua a soprar, animais parem suas crias, flores desabrocham num dia e caem no outro, crianças nascem, chove, faz sol; enfim, o ciclo universal nunca é desfeito.

Os dias decorrentes à partida de Fernão e Henrique também não foram alterados na fazenda Dona Regina. A rotina permaneceu a mesma. Homens e mulheres trabalhavam de dia e descansavam à noite. O que precisava ser feito estava sendo realizado. Nem por isso as pessoas pareciam bem.

Era um período de espera.

Mas não havia uma só alma que se afligisse mais do que Malikah e Cécile. A apreensão estava impressa nas feições das duas, que só procuravam esconder seus temores na presença de Hasan e Bárbara.

A menina, ainda muito nova, tinha seu jeito particular de sentir a falta do pai. Brincadeiras ao longo do dia distraíam-na, mas era à noite que a saudade se manifestava, levando-a a sessões intermináveis de choradeira.

A Cécile cabia se armar de ternura e paciência para controlar a ansiedade de Bárbara, incapaz de compreender o motivo da partida súbita de Fernão. Seus métodos de consolo só serviam para a filha, no entanto. Quando se via solitária, a francesa apoiava as mãos no ventre e dava vazão ao pranto. Lamentava pelo filho que ainda não nascera, por estar sendo privado de receber a alegria típica de uma mãe arrebatada pela nova gravidez.

Por sua vez, Hasan entendia porque sofria. Um pouco mais velho e amadurecendo rapidamente, não conseguia assimilar bem a ausência de Henrique. O menino nem imaginava que chorava pelo pai, mas, segundo Malikah, talvez seu coraçãozinho soubesse exatamente o que aquele homem representava para si.

Além disso, constantemente flagrava a mãe derramando lágrimas. Então o pequeno questionava:

— Por que "tá cholando", mamãe? "Tá" machucada?

Sendo assim, para não entristecer o filho ainda mais, Malikah secava o rosto, dava um sorriso sem vida e garantia a Hasan que estava tudo bem.

— Não é nada, meu querido. Deve ter entrado um cisco em meus olhos.

E tudo isso se repetia, dia após dia, interminavelmente. Por mais que a vida seguisse seu curso, a falta de notícias e a saudade dos seus impunham a essas mulheres uma espécie de castigo.

Mas elas tinham que ser fortes, caso contrário tudo ao redor ruiria.

Fazia vários dias que Henrique e Fernão embrenharam-se sertão adentro. Desde então, poucas notícias chegavam. Um mensageiro ou outro muito raramente aparecia para transmitir alguma nova informação, que se restringia ao fato de que todos se encontravam bem e com saúde.

Era a isso que Malikah e Cécile se apegavam diariamente.

— Tens passado bem? — a ex-escrava perguntou à francesa enquanto trabalhavam na horta. Executavam uma tarefa simples, mas com um excelente poder de distração: plantavam hortaliças.

— Sinto náuseas matinais, todo santo dia. Faço vômito, mas nada sai. Os enjoos só amenizam quando boto alguma coisa ácida na boca — reclamou Cécile, com um desânimo que lhe era incomum. — Não foi assim na vez de Bárbara.

— Então agora terás um menino — Malikah assegurou, ao mesmo tempo em que enfiava a pequena pá na terra úmida.

— Ora, estás a conjecturar. Não há meios de saber.

— Existem diversas formas de comprovar se um neném é menino ou menina, Cécile. Gente estudada demais tende a não acreditar nas simpatias, mas que existem, existem — ressaltou ela. — Tu terás um menino, porque a gravidez está diferente da primeira.

— Hum, digamos que eu acredite então em tais crenças. O que mais posso fazer para ter certeza?

A ex-escrava interrompeu temporariamente sua tarefa e olhou para cima, estreitando a visão. Tentava se lembrar de tudo o que sabia.

— Bem, vontade de comer doces é menina na certa. Se o gosto é por comidas de sal, menino.

— Argh! Não tenho apetite para nada — Cécile revelou. Afora os enjoos, o afastamento do marido reduziu bruscamente sua fome. — Essa não vale.

— Minha amiga, não vai descuidar da saúde. Não é porque eles não... — Malikah engasgou. Precisou respirar fundo para retomar. — não estão aqui que ficarás sem comer. Pensa na criança, nas duas, faz favor.

A francesa assentiu. Estava sendo irresponsável, negligente, mas o que fazer quando coisa alguma descia por sua garganta?

— Que mais? Agora tu aguçaste minha curiosidade.

— Há também a simpatia do coração de galinha. É simples. Basta fazer um pequeno corte nele e colocar para cozinhar. Se ficar fechado, a criança no ventre é um menino. Caso abra, já sabe.

— Menina! — Cécile não resistiu e acabou soltando uma risada gostosa. — Essas crendices de teu povo são tão curiosas.

— E certeiras. Servem para quase tudo na vida.

De repente, as duas voltaram a assumir uma postura introspectiva. Calaram-se, ao mesmo tempo em que cavavam e semeavam.

— Inclusive trazer de volta nossos homens? — A francesa quis saber.

— Ah, se elas fossem capazes de chegar a tanto, pensas que eu não já teria dado um jeito?

Nesse mesmo instante, como resposta ao desejo delas, uma movimentação fora de contexto no caminho de acesso à casa-grande atraiu a curiosidade de quem estava por perto. As duas se entreolharam, cegas ao que sucedia, embora com esperança de que se tratasse de um acontecimento animador.

Não esperaram que as novas chegassem até elas. Partiram apressadas, coração na boca, com um único desejo em mente: reencontrar Henrique e Fernão.

De mãos dadas, Malikah e Cécile deram com toda a comitiva espalhada em frente à sede da fazenda. A maioria dos homens estava sendo recebida pelas mulheres, ou providenciava água para os animais, ou mesmo se encarregava de cuidar da própria vida. Fernão varria os arredores com o olhar, girando em torno do corpo em busca de sua francesa.

Ela o viu primeiro e estancou no lugar, dando um solavanco no braço de Malikah. Um segundo depois, ele a encontrou. Houve uma terna troca de olhares, antes que um corresse para os braços do outro.

A euforia do momento contagiou Malikah, que não via a hora de se jogar sobre Henrique. Ele deveria estar em algum canto, provavelmente procurando por ela.

Afastados, Cécile ouvia do marido a história por trás do retorno deles. Ele precisou ser sucinto. Guardou os detalhes para o momento mais delicado: a hora de contar tudo para Malikah.

— Deus meu! — murmurou a francesa, dividida entre o alívio de ter Fernão de volta e a dor pela tragédia de seus amigos.

— *Mi iyaafin*, estou preocupado contigo. Tantas emoções não farão bem ao bebê. Por favor, não te desesperes. Haveremos de encontrar uma saída para tudo. Eu prometo.

— Oh, pobre Malikah! Pobre Henrique! Que sina é essa?

A ex-escrava pressentiu as más notícias tão logo reconheceu a dor nas expressões de Cécile e de Fernão. Somado a isso, a ausência de seu noivo entre os membros da comitiva só fazia crescerem suas suspeitas.

— Onde ele está? — indagou ela, sem nenhum tato. Às favas com a boa educação! Era o desespero falando por Malikah.

— É melhor que entremos.

O corpo da ex-escrava perdeu a rigidez assim que ouviu Fernão. Ela só não caiu porque ele a amparou, carregando-a semidesfalecida para dentro de casa.

— Farei um chá enquanto tu a acomodas no quarto — orientou Cécile, às pressas. — Se Malikah voltar a si sozinha contigo, querido, procura ser cuidadoso com as palavras. Temo que desta vez ela não suporte.

A francesa limpou uma lágrima solitária que escorria num lado de sua face.

— Subirei logo.

Como aceitar uma injustiça sem mover uma palha sequer a fim de ao menos minimizá-la? Essa pergunta não saía da cabeça de Malikah, catatônica sobre a cama.

— Não sabemos como as coisas andam na Fazenda Real, mas garanto que Henrique não está de braços cruzados — declarou Fernão, convicto de seu discurso.

Cécile segurava as mãos da amiga, frias como o riacho no inverno.

— Ele vai se casar...

— Malikah, tu precisas entender que naquele momento não havia outra saída. Ou ele concordava com a chantagem daquele homem diabólico, ou neste momento exato todos aqui estariam a caminho das Minas Gerais, amarrados uns aos outros, da mesma forma como chegaram da África. — Fernão buscava na lógica os argumentos para consolar a amiga desamparada.

Ela entendia a situação. Nem por isso ficava mais fácil aceitar.

— Não haverá mais um belo casamento na igrejinha da fazenda, não haverá um pai para Hasan, tampouco um futuro para nós. Acabaram os sonhos. Meu Deus, quantas vezes fui amaldiçoada para não merecer viver junto ao homem que amo?

— Maldito é Euclides, Malikah — interveio Cécile. — Um homem indigno. Logo ele terá seu julgamento. O inferno é pouco para que pague todos os pecados que cometeu.

Nenhuma palavra era suficiente para apaziguar sua revolta. Nem ouvia direito o que os amigos lhe diziam.

— Aquela fulana enganou todos vós, menos a mim.

A francesa encolheu os ombros. Tinha de admitir que falhara feio. A aparência e os modos de Bibiana indicavam que se tratava de uma moça de bom coração. Mas não passava de uma serpente, sinuosa e dissimulada.

— Eu só não imaginei que ela fosse tão sórdida. — Malikah era o ódio em pessoa. Estava transfigurada. — Sonsa, sim. Fingia não prestar atenção, embora não perdesse Henrique de vista. Mas daí a espionar a todos nós, aliar-se a Euclides, fazer parte de um esquema vil?

— Minha amiga, apazigua teu coração. A revolta não te levará a lugar algum.

— E a que tenho direito, Cécile? O que me resta? — ela gritou, caindo em prantos. — Absolutamente nada.

Subitamente, Fernão se lembrou de algo:

— É óbvio que coisa alguma substituirá a presença de meu irmão aqui, Malikah, porém trouxe algo enviado por ele para ti.

Ele enfiou a mão no bolso e pegou o bloco de anotações de Henrique.

— O que é isso? — balbuciou ela.

— Mensagens escritas por ele enquanto percorríamos o caminho do sertão.

A ex-escrava jamais esperara por isso. Uma repentina onda de calor aqueceu seu peito.

— Gostaria de ficar sozinha — pediu, num sussurro rouco.

Então Cécile e Fernão a deixaram, respeitando aquele momento que deveria ser apenas dela.

Henrique havia preenchido páginas e páginas de um bloco surrado com mensagens para Malikah e Hasan, escritas diariamente até o fim da viagem.

Antes de abri-lo e iniciar a leitura, Malikah inspirou o odor do caderno, como se, através dele, tivesse a chance de reconhecer o cheiro de seu homem. Fato é que ela conseguiu. Difícil era afirmar se foi uma sensação real ou produzida por seu cérebro. De todo modo, Malikah pôde se deleitar com a percepção, ainda que efêmera, de que Henrique se encontrava ali, bem ao seu lado.

E então reuniu forças para ler suas últimas palavras destinadas a ela.

Carta de Henrique para Malikah e Hasan

Terceiro dia de viagem

Minha amada Malikah,

Até o momento, este é o pior dia de todos. Estamos na estrada há três dias, setenta e duas horas que não ponho meus olhos em ti, que não contemplo tua beleza, que não sinto teu cheiro, a maciez de tua pele, que não ouço o doce timbre de tua voz.

Só Deus sabe quanto tenho me esforçado para não dar meia-volta e desistir de ir ao encontro daquele que um dia chamei de pai. Porém, minha flor, desde que passei a conviver com Fernão, um irmão que a cada dia me surpreende mais, vejo que temos que honrar nossos valores, por mais que isso seja sacrificante.

Amo-te, desesperadamente.

Teu,

Henrique

P.S.: Abraça Hasan bem apertado por mim, todos os dias de tua vida.

Por quantas vezes era possível alguém se apaixonar pela mesma pessoa e sofrer por ela na mesma medida? Malikah sentia-se exatamente dessa forma a cada novo trecho lido, que enchia seu peito de amor, ao mesmo tempo que destruía seu coração.

Carta de Henrique para Malikah e Hasan

Décimo dia de viagem

Meus amados,

Hoje não quero perder tempo a me lamentar. A viagem continua puxada, mas também tem nos brindado com cenários belíssimos, os quais não tive a chance de contemplar naquela primeira vez, por razões que agora não vale a pena serem lembradas.

O sertão é tão rico em belezas naturais, algumas selvagens, outras bucólicas, mas todas encantadoras em igual medida. Encontrei uma flor que, se já não possuísse um nome, atrever-me-ia a batizá-la de Malikah. Alguns homens da comitiva disseram tratar-se de uma espécie chamada caliandra. Porém, para a minha surpresa, é também conhecida por diversas outras formas: mandararé, topete-de-pavão, esponjinha. Enfim! Não importa. O que vale é que ela me lembrou de ti, tamanha beleza misturada a uma personalidade peculiar. Totalmente tu, minha linda flor.

Torço para que estejas bem, porque é só isto o que me interessa: tua felicidade e a de Hasan.

Despeço-me saudoso.

Com amor,
Henrique

Malikah não fez outra coisa senão ler as mensagens do bloco por horas a fio. Quando chegava ao fim, retornava, a ponto de quase decorar as palavras tão docemente redigidas por Henrique. Aquele já era seu livro preferido, que jamais sairia do seu lado, sob circunstância alguma.

Afinal, era o que restava a ela, a única parte de Henrique que não lhe havia sido roubada.

Em um dos trechos, ele suplicava:

Carta de Henrique para Malikah e Hasan

Minha flor,

Caso algo aconteça comigo, do tipo que me impeça de voltar para ti, seja lá pelo motivo que for, rogo para que te resignes. Não cometas imprudências, não corras riscos desnecessários. Acata.

Obviamente não é isso o que desejo, mas não somos senhores do nosso destino. De todo modo, mesmo impedido de voltar ou morto, meu coração é teu. Nada mudará este fato.

Vive, Malikah! Permite que a felicidade faça parte de teus dias. Ensina Hasan a encontrá-la também. De onde eu estiver, estarei em paz se consciente de que nosso filho cresce rodeado de alegria, num ambiente propício para que tome decisões retas ao longo da vida.

E não suportarei a simples suposição de que tu tenhas entregado tua alma à tristeza.

Sempre estarei contigo, de uma forma ou de outra.

Com todo o meu amor,
Henrique

— Ah, Henrique, o que me pedes é impossível! Não existe felicidade para mim neste mundo sem ti.

22.

Senhora da Conceição, nunca se ouviu dizer que fosse desamparado quem houvesse implorado vosso auxílio. Tenho fé que também não serei desamparado, que ouvires a minha prece e que lançareis sobre meu lar as bênçãos que vos suplico.
Imaculada Conceição, ouvi o meu apelo.

Oração de pedido a Nossa Senhora da Conceição, em Canção Nova

Fazenda Real, 1737.

Três semanas haviam se passado e muitas providências estavam sendo apressadas para a realização do casamento entre Henrique e Bibiana. Aparentemente, os dois tinham aceitado a imposição de seus pais, em especial o advogado, que desde o ataque durante o jantar naquela primeira noite dava a entender que não criaria mais caso.

Essa mudança de estratégia — do ataque para a resignação — se devia aos esclarecimentos da moça quanto à origem dos planos para uni-los. Bibiana, além de não ser cúmplice, prometera buscar uma saída com Henrique, com a intenção de que o matrimônio entre eles não se realizasse, seu falso noivo pudesse voltar para Malikah e ela ficasse livre de um compromisso que não desejava para si.

Enquanto Euclides acreditasse que tudo transcorria conforme delineara, por trás dos panos, os dois teriam liberdade para desenvolver uma tática de contra-ataque. Contudo, era de extrema importância darem a entender que não se toleravam. A mínima desconfiança sobre seus reais objetivos jogaria tudo por terra — ou melhor, Henrique não tolerava Bibiana e ela morria de medo dele, um excelente disfarce.

Entretanto, por mais que ideias não faltassem, nenhuma delas parecia verdadeiramente efetiva. Ou eram pueris demais, ou dependiam de quase um exército inteiro para funcionar.

E o tempo, enquanto isso, implacável como ele só, tornava tudo ainda mais angustiante. Consequentemente, não eram raros os momentos em que ambos acabavam permitindo que a descrença recaísse sobre suas cabeças, fazendo a esperança parecer uma grande bobagem.

Não bastasse a proximidade do casamento, marcado para a semana seguinte, a falta de notícias de Sant'Ana estava acabando com os nervos, já em frangalhos, de Henrique. A essa altura, Malikah já estaria a par da chantagem de Euclides. Passional como era, na certa não reagiria nada bem. E como haveria de ser diferente?

Durante cada instante de seus dias, o advogado pensava nela e em seu filho. Absolutamente nada o consolava.

Tanto desespero o levou a recorrer à única pessoa que talvez tivesse o poder de apaziguar seu espírito atormentado, nem que fosse apenas por algumas horas. Quanto tempo fazia que Henrique não ia visitar a mãe! Quando se lembrou disso, sentiu um profundo remorso, o que tratou de resolver logo.

O túmulo dela estava lá, como havia visto da última vez, bem-cuidado, limpo, solitário atrás da capela da fazenda. Mas faltava-lhe cor. O jazigo era todo em mármore, porque Euclides tinha necessidade de ostentar seu poder, porém nem a sofisticação própria daquela pedra imponente foi capaz de diminuir a frieza que o rondava.

Somente Malikah possuía a sensibilidade para perceber isso e minimizava aquele estado enchendo o túmulo de flores multicoloridas. Ela parecia a rainha de todas elas, a espalhar cor por onde estivesse.

Agora nem as flores nem Malikah estavam lá, e nada podiam fazer para alegrar o abrigo eterno de Inês de Andrade. Essa constatação caiu sobre Henrique como uma bigorna, entristecendo-o pelo estado de abandono em que se encontrava o jazigo da mãe. Prometeu que, enquanto estivesse na Fazenda Real, cuidaria pessoalmente para corrigir isso.

Ele não disse nada quando chegou. As palavras ficaram travadas em sua garganta, fazendo as emoções se acumularem dentro de si. Sentia tanta falta de Inês, de seu carinho, do modo como ela olhava para ele e fazia tudo parecer bom.

Embora mudo, as lágrimas não tiveram que se esforçar para caírem. Muitos anos antes, seu pai havia dito, de um jeito incisivo, que homens jamais choravam. Certa vez, ao ser flagrado chorando por ter esfolado os dois joelhos numa queda à beira do rio, Henrique apanhou de Euclides, enquanto este instruía, aos gritos: "Meninos não choram, seu fracote! Não se querem virar homens de verdade no futuro!". Foram tantos socos que o pequeno Henrique foi obrigado a passar quase uma semana deitado devido às dores espalhadas pelo corpo.

Hoje não importava mais o que Euclides pensava a respeito de coisa alguma. A masculinidade de alguém, bem como sua coragem, não se media pela quantidade de lágrimas deixadas de cair. O pranto, pelo contrário, provava que a pessoa possuía sentimentos. E sem eles o ser humano não passava de casca, dura feito rocha, inexorável como uma arma.

Ao ler o nome completo da mãe entalhado na placa sobre o túmulo, Henrique apoiou os braços sobre o tampo frio, com a cabeça pendida em cima deles, e chorou forte, alto, abrindo as grades que aprisionavam sua dor desde que soubera que havia se tornado o alvo da vingança do pai. Soluçou feito uma criança necessitada de colo, de carinho de mãe. E, afinal, não era por isso que Henrique tinha ido até ali? Mais do que verificar o estado do túmulo de Inês, o advogado fora buscar amparo.

Não é relevante apontar o tempo que ele passou daquele jeito. Basta dizer que foi o suficiente para acalmá-lo. Ergueu o rosto quando considerou estar pronto, mais aliviado, sem embaraço ou arrependimento por ter perdido o controle.

— Nossa, minha mãe, há quanto tempo precisava disso! Parece que voltei aos tempos de meninice, quando corria para os teus braços sempre que me metia em confusão ou ficava triste. Teu consolo era instantâneo, por meio de conselhos ou canções. Agora, mais do que nunca, necessito de tuas palavras. O que a senhora faria em meu lugar?

Olhando ao redor, Henrique encontrou umas flores silvestres e se dirigiu a elas, arrancando uma a uma com cuidado até formar um buquê.

— Não são tão bonitas quanto as que Malikah costumava trazer, mas vão eliminar a sensação de abandono que esta pedra transmite. Tu és feita de cor, minha mãe.

Num surto verborrágico, ele relatou, durante horas, todos os problemas em que estava metido. Mas também falou de Fernão, da beleza do lugar que o irmão construíra e que tão bem cuidava, das pessoas vivendo e se relacionando em harmonia, a despeito da cor, da cultura, da etnia. Contou casos da sobrinha Bárbara, a neta tão linda de Inês, adorável em todos os aspectos, e de Hasan, seu filho inesperado, mas querido acima de tudo.

— Ele é bonito de um jeito surpreendente, minha mãe, o resultado da mistura perfeita entre mim e Malikah. — Henrique fechou os olhos, buscando na memória cada traço do menino. — Os olhos são esverdeados, grandes, como lindas obsidianas, sempre brilhantes, porque ele esbanja alegria. Jamais soube o que é sofrimento, a não ser os normais de criança, que não chegam a doer de verdade. Teu neto tem os cabelos encaracolados, cachos largos, cor de mogno, que estão crescendo em torno de seu rostinho rechonchudo. A mãe não permite cortá-los. Quero ver até quando manterá essa decisão.

Não, ele talvez não visse, a não ser que tratasse de descobrir uma forma de driblar a chantagem de Euclides.

— Os lábios são fartos como os da mãe. Garanto que haverá de partir muitos corações quando se tornar rapaz. E a cor de sua pele é marrom, um marrom meio dourado, um tom que nunca vi em ninguém.

Quisera o destino permitir que Henrique acompanhasse o crescimento do filho.

— Ah, minha mãe, se não for pedir demais, a senhora conseguiria intervir por nós aí onde está?

A natureza costumava se manifestar sempre que o nome de Inês de Andrade era invocado. A maioria das ocorrências passava despercebida, senão todas, ou porque as pessoas não estavam atentas a elas, ou pelo fato de parecerem apenas uma reação corriqueira do tempo. Quem haveria de se importar com uma brisa, uma folha caindo, uma flor bailando no ar?

Coincidência ou não, a natureza reagia, sinalizando que Inês não abandonara os seus, jamais. Dessa vez, assim que Henrique se despediu da mãe, com a promessa de voltar no dia seguinte, um pitaguá[20] pousou no túmulo, resvalou o bico no buquê de flores silvestres e pôs-se a soltar seu canto, agudo, firme, uma onomatopeia transcrita pelo homem assim:

Bem-te-vi! Bem-te-vi!

Os pés de Bibiana estavam prestes a cavar uma vala no piso de tanto que a moça andava de um lado para o outro, ansiosa para encontrar Henrique depois da descoberta que fizera. Ela começava a acreditar que aquele seu jeito ingênuo ludibriava muita gente. Ninguém se importava com a presença de Bibiana, pois era difícil imaginá-la com segundas intenções.

Para o azar de seu pai — e de Euclides, por tabela —, os dois, envolvidos pela ganância pessoal, acabaram mudando algo dentro dela. Tímida, sim. Imbecil, nunca mais. A jovem estava disposta a tomar a direção de seu destino para si. E com a informação que acabara de receber de bandeja, ela se permitiu renovar suas esperanças.

Mas Henrique não aparecia e Bibiana tinha a sensação de que iria sufocar no segredo.

Acalorada e inquieta, ela saiu para tomar uma brisa do lado de fora da casa-grande. Assim poderia ficar de olho em qualquer sinal do advogado. Mas a conversa entre eles teria de ser extremamente reservada. Caso contrário, estariam perdidos para sempre.

Henrique não tardou a aparecer. Logo que surgiu no campo de visão da moça, ela fez um sinal, chamando sua atenção no mesmo instante.

— O que houve? — questionou, esbaforido pela corrida para alcançá-la mais rápido.

— Encontrei a brecha de que precisávamos para escapar — revelou ela, movimentando os braços tal qual um ganso desajeitado; culpa da empolgação.

— O que queres dizer? — Henrique sentiu o impacto daquela declaração, já imaginando a mãe lá do céu, mexendo os pauzinhos em seu auxílio, como acabara de pedir.

— Henrique, descobri onde teu pai guarda as cartas de alforria! Caso consigamos pegá-las, não haverá mais motivos para continuarmos aqui, a prosseguir com essa história de casamento.

O medo de se deixar contaminar pela agitação de Bibiana impedia Henrique de chegar a alguma conclusão. Então ele quis entender melhor:

— Tu descobriste o esconderijo das cartas? Como?

O sorriso escancarado da moça era o primeiro visto pelo advogado desde que a conhecera. Sem seu eterno vinco na testa e o ar acanhado, ela ficava muito bonita, de um jeito meigo, singelo. Um dia haveria de se apaixonar e ter esse sentimento correspondido por uma pessoa do bem.

— Margarida instruiu-me a levar um chá para papai e o senhor Euclides, no escritório. Quando entrei, estavam diante de um cofre, escondido atrás da imagem de Nossa Senhora da Conceição, aquela enorme, esculpida em ouro e pedra-sabão. — Bibiana soltava as palavras numa velocidade impressionante para alguém tão econômica ao falar. — Os dois conversavam sobre a chantagem, enquanto teu pai devolvia o envelope para o cofre, a vangloriar-se de sua astúcia.

— Como tens a certeza de que eram as cartas? — Os pulmões de Henrique pesavam em seu peito devido à repentina dificuldade de respirar. — Poderia ser qualquer documento.

— Porque ele usou todas as letras, Henrique. — Desde que se tornaram cúmplices, Bibiana não usava mais o "senhor" ao se dirigir ao advogado, uma exigência dele. — Disse mais ou menos isto: "Estas cartas são nossas garantias, Cláudio, pelo menos até o fim da próxima semana, quando nossos filhos se unirão diante de Deus". Então trancou o cofre e mudou de assunto, distraído pelo chá.

— Ele não te escorraçou do escritório? Euclides acredita que as mulheres não merecem a menor consideração.

— Os dois nem deram por minha presença direito.

Eles trocaram um olhar, cada qual tentando visualizar o passo seguinte.

— Agiremos esta madrugada. — Henrique tomou uma decisão. — Quando todos tiverem se recolhido, invadiremos o escritório e roubaremos as cartas. Mas seremos obrigados a deixar esta casa imediatamente.

— Tu conheces o segredo do cofre? — questionou Bibiana. — Também me preocupo com uma fuga desgovernada. Conseguiremos escapar dos homens de teu pai sem um bom plano antes?

Quando essa mocinha se tornou tão sabida?, era o que Henrique se perguntou. Mas ela estava com a razão, em todos os aspectos, inclusive.

— Não tenho a menor ideia da combinação numérica que abre aquele cofre. Eu nem sabia que ele ficava atrás da santa — admitiu, cobrindo os dois com uma camada de desânimo. — Mas isso não há de ser um empecilho. Não agora, que descobrimos a localização das cartas de alforria. Nem que tenha de parti-lo ao meio, tirarei o envelope de lá.

— Certo. E quanto à fuga?

— Bibiana, escuta bem: assim que pusermos nossas mãos naqueles documentos tão valiosos, sairemos daqui de um jeito ou de outro. Posso roubar dois cavalos, ou seguiremos a pé mesmo, mas iremos, até que a Quinta Dona Regina desponte no horizonte e mais um pouco, quando estivermos com nossos pés dentro daquelas terras.

— Não quero ser pessimista, Henrique — ela disse, suspirando. — Porém é certo que o senhor Euclides moverá o mundo para nos alcançar. Além disso, ele sabe onde é nosso destino certo.

— Será tarde demais para ele. Nem a Coroa terá argumentos contra as alforrias devidamente assinadas — explicou Henrique, confiante. Seus olhos azuis brilhavam ao visualizar o futuro, agora sim promissor. — E lá no nosso espaço ninguém pode contra nós, Bibiana, ninguém.

— E eu... — A moça engasgou. Que rumo tomaria depois que tudo acabasse? — Meu pai obviamente virará as costas para mim.

— Tu serás bem-vinda. Fernão há de demonstrar sua gratidão ao abrir as portas a ti.

— Não estou certa de que Malikah me aceitará — arrematou, chutando uma pedrinha solta no solo.

Henrique soltou uma risada divertida. Sua linda mulher surtaria ao se deparar com Bibiana chegando com ele à fazenda. O alívio que sentiria ao vê-lo logo duelaria de igual para igual com a ira e o ciúme. Mas o advogado não hesitaria em se encarregar de fazer Malikah se concentrar apenas nele, por dias a fio, de preferência.

— Bibiana, não é minha intenção despertar medo em ti, mas aquela nervosinha, num primeiro impacto, soltará fogo pelas ventas. — Com um olhar sonhador, Henrique imaginou a cena. — Todavia cairá de amores por tua pessoa tão logo souber o que está a fazer por nós.

— Espero que não demore.

— E eu espero que tudo transcorra conforme queremos.

Na madrugada daquele mesmo dia, sem que ninguém sequer imaginasse o que estava prestes a ocorrer, Henrique desceu até o escritório, tateando para encontrar o caminho. Preferiu não usar o lampião para iluminar seu percurso — receava que a luz pudesse chamar a atenção de alguém, denunciando-o —, embora o levasse apagado consigo. Ele seria necessário para iluminar o cofre.

Bibiana permaneceu no quarto, de sobreaviso, vestida para uma possível fuga. Apesar de ter insistido muito para acompanhá-lo, Henrique achou mais prudente estar sozinho enquanto tentava roubar as cartas de alforria. Se fosse pego, somente ele arcaria com as consequências.

Dentro do escritório, o advogado trancou a porta e acendeu o lampião em seguida. Sabia exatamente onde a imagem de Nossa Senhora da Conceição estava, dirigindo-se imediatamente a ela, para quem fez uma prece em silêncio:

Imaculada Conceição, desce tuas bênçãos sobre nós. Este é um momento crucial de nossas vidas, portanto auxilia-nos. Ele se referia a todos os afetados pela vingança de Euclides. *Também peço humildemente que me ilumine aqui e agora. É fundamental que eu obtenha êxito nesta empreitada. E te juro, Nossa Senhora, que se trata de um furto justificável. Amém.*

Então Henrique afastou a santa com cuidado e aproximou a luz do lampião para enxergar o cofre.

— Hum... — resmungou, de testa franzida.

Quando morou em Coimbra, ele e seus colegas de faculdade viviam se metendo em confusão. Uma delas virou até folclore entre os rapazes de seu grupo. Certa vez, resolveram invadir o escritório do reitor para xeretar, aquela necessidade que os jovens têm de não dar a mínima para as regras. Arrombaram a fechadura da porta usando apenas um fio de metal e acharam aquilo tão fantástico que desejaram encontrar outra porta para abrir. O cofre no canto da sala era a resposta aos seus anseios. Passaram horas tentando, até que finalmente ouviram a tranca ceder. O azar deles, no final das contas, foi terem sido denunciados pela barulheira feita. Só não foram expulsos porque todos eram filhos de pais influentes, mas amargaram um castigo em forma de detenção por uma semana.

Agora, diante do cofre do pai, Henrique conjurava o passo a passo executado naquela época. Se conseguira uma vez, haveria de ter sucesso novamente.

Primeiro ele girou o disco de combinação várias vezes no sentido horário. Sabia que, ao ouvir um clique, as rodas internas estariam liberadas. Depois levou-o à posição zero.

Suor brotava em sua testa e escorria pelas laterais do rosto. Estava tanto nervoso quanto concentrado.

Apurou a audição, porque sabia que, naquele caso em especial, ela tinha mais valia que os olhos. Então continuou o processo.

A partir do ponto inicial, Henrique girou a roda lentamente, agora no sentido anti-horário, atento para escutar outro clique. A cada vez que o cofre fazia os barulhos esperados, o advogado anotava os números num papel que encontrou sobre a escrivaninha de Euclides.

E assim ele foi fazendo, devagar, com precisão, anotando e girando, ouvindo os cliques e voltando. Após muitas tentativas e diversos erros, um som diferente de todos acelerou seus batimentos cardíacos. A madrugada já havia avançado em algumas horas. Era tudo ou nada.

Esperançoso, Henrique puxou a alavanca, e qual foi sua surpresa ao sentir a porta deslizar para fora! Ele relanceou o olhar para a imagem de Nossa Senhora da Conceição e agradeceu em silêncio. E imediatamente, sem perder tempo, retirou o envelope que escondia a chave da liberdade de dezenas de africanos. Que peso ele sustentava nas mãos!

Sua pulsação pressionava seus ouvidos, dando a impressão de que iriam explodir em breve.

Henrique tratou de apressar seus movimentos, deixando o cofre como tinha encontrado logo que se apossou das cartas. Por fim, moveu a santa e lhe fez uma reverência, antes de escapar pela porta, abraçado ao envelope, direto para o quarto de Bibiana.

Ela estava pronta.

Ao escutar as leves batidas em sua porta, a moça já sabia quem era. Ela e Henrique tinham combinado a sequência de toques de modo que não fosse preciso perguntar quem batia. Respirando fundo, Bibiana foi ao encontro do advogado, quando poderia simplesmente fingir que não sabia de nada e permanecer na fazenda, ainda nas graças do pai.

Mas não mais aceitaria uma vida guiada por alguém, uma vida a qual não fosse ela própria a condutora. Fugindo com Henrique, estaria desatando os laços com a família, no caso um pai egoísta, que via na bela filha uma moeda de troca.

De mãos dadas, os dois precipitaram para fora da casa-grande sem emitir um único som. O cenário ainda estava mergulhado em puro breu, mas as primeiras luzes do dia não tardariam a aparecer.

— Depressa! — Só quando se viram a alguns metros da sede que Henrique ousou falar. — Levaremos um dos cavalos, mas temos que ser ligeiros. Fernão nos trouxe por uma rota alternativa e vamos tomá-la também. Isso despistará os capangas de Euclides. Eu espero.

Bibiana o seguiu, concordando com qualquer coisa que Henrique sugeria. Não era perita em fugas. Porém, até onde sabia, todos os residentes da Quinta Dona Regina tinham experiência nessa área.

— Como conseguiste abrir o cofre, afinal? — indagou ela, ao ganharem vários quilômetros de distância das terras de Euclides de Andrade. Tinha a sensação de que voavam sobre o cavalo, mas começava a sentir um certo alívio.

Henrique fez um barulho esquisito com a boca. Não parava de pensar que, no fim das contas, seu pai pagara para ser roubado, quando o enviou a Portugal, e, inadvertidamente, o estudante de direito na época aprendera a destrancar fechaduras como um ladrão de carreira.

— Concentração.

— Ah, sim. — Mas ela não achou a resposta satisfatória.

— E um pouco de experiência.

Uma gargalhada escapou da garganta de Henrique. Nem ele acreditava que havia conseguido. Sendo Inês, Imaculada Conceição, seu aprendizado tortuoso com os amigos em Coimbra, fato é que conseguira!

Quando chegassem à fazenda do irmão, deixariam todo mundo boquiaberto.

23.

Ai, há quantos anos que eu parti chorando
deste meu saudoso, carinhoso lar!...
Foi há vinte?... Há trinta?... Nem eu sei já quando!...
Minha velha ama, que me estás fitando,
canta-me cantigas para me eu lembrar!...

Guerra Junqueiro, "Regresso ao lar",
em *Os simples*

Um homem ganancioso como Euclides, que tem tendência a nunca aceitar uma derrota, ao se ver passado para trás, transforma-se numa criatura sem o mínimo senso de racionalidade. Demorou, é verdade, mas tão logo se deu conta do roubo das cartas de alforria organizou em tempo recorde uma ação de busca dos *marginais*, como passou a chamar o filho corrompido e a bandida da Bibiana, a quem queria a sete palmos sob a terra, por mais que Cláudio Alves não concordasse.

Este, por sua vez, não encontrava palavras para justificar a atitude da filha, sempre tão obediente. Chegou a insinuar que Henrique forçara a pobre menina a ser sua cúmplice, desculpa que Euclides nem sequer ouviu até o fim.

Como seu estado físico e a saúde debilitada não permitiam que o fazendeiro em pessoa saísse à caça daqueles dois e recuperasse ele próprio as cartas — seu objetivo maior —, teve que se contentar em ver um grupo de homens, entre eles alguns escravos, embarcar nessa missão.

Euclides torcia — e rezava fervorosamente, recorrendo a Deus, a Jesus, à Virgem Maria e a todos os santos de sua devoção — para que a dupla de ladrões não estivesse tão longe. Enquanto isso, lutava contra uma dor que consumia seu corpo, começando no meio do peito e irradiando para as outras partes, especialmente os braços. Orgulhoso, recusava-se a passar mal, porque não queria expor suas fragilidades. Mas bastava olhá-lo com mais atenção que facilmente se perceberia sua palidez e o tremor nas mãos.

Não é hora!

Seu organismo que tratasse de se restituir de um modo ou de outro, porque Euclides se recusava a padecer antes de ver seus inimigos vencidos.

A essa altura, Henrique e Bibiana estavam horas à frente de seus perseguidores. Eles também contavam com a camuflagem oferecida pelo caminho alternativo, pouco conhecido por qualquer pessoa, senão os selvagens. E como Fernão possuía boas relações com membros de diversas tribos, fora apresentado à tal rota, compartilhando a informação com seus companheiros.

No entanto, os maiores perigos e dificuldades residiam nesse trajeto, justamente por ser restrito à maioria dos homens que habitavam aquelas bandas da colônia.

Praticamente despreparados para a viagem, logo os dias começaram a pesar para Henrique e Bibiana. Para se alimentar, tinham que contar com a boa vontade da natureza, que nem sempre cooperava. Às vezes uma árvore frutífera assomava-se diante deles, que se fartavam como se estivessem diante da última refeição de suas vidas — algo bem possível. Em outras, simplesmente não aparecia nada, e as barrigas vazias quase os levavam a uma fraqueza extrema.

Mas prosseguiam, com toda dificuldade; ainda assim, desistir não estava nos planos dos dois. Haveriam de chegar às terras de Fernão e entregar as cartas de alforria, nem que fosse o último ato da vida de ambos.

***

Na Quinta Dona Regina, o clima era de tristeza. Dentro ou fora da casa-grande, cada pessoa carregava uma parcela de melancolia dentro de si, em proporções diversas. Os menos amigos da família apiedavam-se dos mais chegados. Entredentes, comentavam pelos cantos que o ambiente na Dona Regina jamais voltaria a ser o mesmo.

Malikah mal saía de casa; era a mais depressiva entre todos. Pudera! Seu amor se perdera entre as colinas de Minas Gerais, condenado para sempre. O pobre Hasan, ainda que muito pequeno, sentia a consternação da mãe. Consequentemente, adotou um comportamento irritadiço, uma decisão inconsciente que tinha por objetivo chamar a atenção de Malikah, como se ele gritasse: "Ei, ainda estou aqui!". Não que ela tivesse abstido de sua maternidade. Perto de Hasan, a ex-escrava travava uma batalha interna para se mostrar um pouco mais forte, determinação quase sempre derrotada pela desesperança.

Ela sempre soube que não suportaria um novo abandono, ainda que Henrique não tivesse alternativas — ou principalmente por causa disso.

Talvez o único que ainda mantinha um sopro de otimismo fosse Fernão. Enquanto aventureiro, passara por cada percalço na vida! Esteve na mira da lança de um paiaguá, um tipo de índio *emboscador* e muito traiçoeiro. Viu a morte diante dos olhos, mas escapou. E quando flagrou Estêvão, membro antigo de sua comitiva, a ponto de violentar Cécile no Caminho Novo? Felizmente ele aparecera a tempo de matar o desgraçado e salvar sua amada francesa.

Não. Depois de enxergar todas as facetas da vida, cada uma mais terrível do que a outra, não podia acreditar que Henrique seria de fato sacrificado em prol de todos os africanos que libertaram da Fazenda Real. Por mais que o passar dos dias e a falta de notícias tornassem tudo muito duvidoso, ainda assim ele acreditava.

E foi com essa credulidade, a mesma de todos os dias, que Fernão saiu para o trabalho logo cedo. Havia vários serviços a serem realizados e os homens aguardavam sua orientação.

Na metade da manhã, muitas providências haviam sido tomadas, desde a escolha de uma nova área para plantio de cana-de-açúcar, a transferência do gado para outro local de pastagem devido ao desgaste do anterior e a contagem do ouro recolhido nas minas para negociação.

Satisfeito com a produtividade do dia, Fernão se deu ao luxo de dar uma pausa para fazer um lanche rápido na cozinha. Ia entrar pelos fundos da casa, quando a correria de dois puris o fez mudar de ideia. O ex-aventureiro apressou-se para ir ao encontro deles.

— Acaso vós estais com a mãe na forca? Que pressa danada é essa? — quis saber, reconhecendo pelas expressões dos índios que algo inimaginável tinha acontecido.

Sem fôlego e numa linguagem complexa, que poucos conseguiam compreender por ser uma mistura de vários dialetos, entre eles o português típico da colônia, os puris contaram a Fernão que, durante uma andança corriqueira pelas redondezas, encontraram um cavalo pastando solto perto da foz de um riacho. Como acharam aquilo estranho, passaram a vasculhar a área, até que se depararam com duas pessoas, um homem e uma mulher, desacordadas dentro de uma gruta. Os índios tinham quase certeza de que era Henrique, mas estava escuro e eles não enxergaram bem.

— Meu Deus! — As mãos de Fernão começaram a tremer. — Precisamos ir até lá, mas sem alarde. Não podemos levantar falsas esperanças. Onde está o animal agora?

— Preso lá perto — um deles respondeu, justificando em seguida que optaram por não remover o casal, pois não sabiam se os dois estavam em condições de pegarem a estrada novamente.

Preocupado, Fernão fez a pergunta que julgava ser a mais importante naquele momento:

— Eles estão vivos?

— Sim. Respiram.

Não querendo perder mais tempo algum, chamou três homens, entre eles Akin, e seguiu os puris, todos a cavalo, um deles puxando uma espécie de carroça, caso fosse preciso remover o homem e a mulher deitados. Ao longo do percurso, Fernão implorou aos céus que fosse Henrique e que o irmão estivesse bem, dentro do possível. Nem imaginava se deparar com o pior.

Lá chegando se enfiou na gruta, um cubículo úmido, quase nada arejado, ambiente propício para a morada dos mais variados tipos de insetos e animais peçonhentos.

— Henrique! — exclamou ao constatar que era mesmo o advogado, encolhido sobre o corpo, como se protegesse algo escondido por baixo das roupas. — Deus do céu!

Mesmo na escuridão, Fernão reconheceu a mulher: Bibiana. Por mais que desconhecesse os motivos que os levaram juntos até ali, precisava providenciar socorro urgente para ambos, não somente ao irmão.

— Hum... Quem está aqui? — Num sopro de voz, tão fraco que mal foi ouvida, Henrique questionou. Sua consciência lutava para se manter lúcida. Não fosse assim, como defender as cartas e a vida de todos os africanos cujos nomes estavam grafados nela?

— Sou eu, meu irmão. Não fala agora. Vamos tirar-vos daqui. — Emoção e alegria enchiam o peito do ex-aventureiro durão. Henrique estava vivo, a caminho de casa!

— O envelope... Pega... o envelope.

— Que envelope?

Mexendo-se com certa dificuldade, ele suspendeu a camisa e mostrou o objeto preso entre seu abdômen e o cós da calça.

— São as cartas... dos escravos. Esconde.

Ao repassar essa informação e saber que aquele tesouro estaria seguro com Fernão, Henrique se rendeu ao cansaço e à dor que o consumiam por inteiro. Não temia mais. Agora a liberdade de Malikah e Hasan estaria garantida para sempre.

— Depressa, precisamos de ajuda!

A voz retumbante de Fernão ecoou entre as paredes da casa-grande, criando um enorme estardalhaço, principalmente quando as pessoas atraídas pelos berros perceberam o porquê do apavoramento.

A primeira a dar fé dos fatos, além dos trabalhadores no meio do caminho, foi Cécile. Ela escapou da biblioteca tão rapidamente que deixou os sapatos para trás.

— Minha Virgem Maria! — Levando as duas mãos ao peito, a francesa quase desfaleceu assim que viu Henrique e, em seguida, constatou a situação física do cunhado.

Devido à dureza do percurso desde os arredores de Vila Rica, à falta de estrutura para a viagem e à febre repentina que recaíra sobre ele e Bibiana, o advogado encontrava-se num estado bem deplorável.

— Chama Sá Nana, Cécile, rápido! Não sabemos o que eles têm. Os puris foram buscar o curandeiro. Desconfio de que seja a ordinária da maleita.

Ela sentiu o impacto daquela possibilidade. Sabia que muitas pessoas morriam dessa doença, transmitida pela picada de um mosquito. Desde que chegara ao Brasil, Cécile jamais havia visto alguém ser acometido por essa enfermidade, mas conhecia diversas histórias, algumas positivas, embora a maioria não tivesse um final feliz.

Henrique foi levado ao quarto que era dele, enquanto removeram Bibiana para o que ela ocupou quando esteve hospedada na fazenda.

Toda essa movimentação despertou Malikah da apatia que a levara cedo para a cama. Atraída pelos sons da confusão, ela seguiu pelo corredor, encontrando Cécile no meio do caminho.

— Oh, minha amiga! — A francesa ofegou, pálida e emocionada. — Henrique! Ele está aqui!

— O quê?! — A rigidez das pernas da ex-escrava falhou. — Onde, onde? Oh, não acredito!

Em poucas palavras, Cécile fez uma síntese dos acontecimentos, mas nem chegou a terminar o relato, uma vez que Malikah praticamente voou até irromper ofegante no quarto de Henrique. Ao ver seu amado inconsciente sobre a cama, além de desfeito, magro, o cabelo e a barba emendando num emaranhado disforme, ela caiu de joelhos diante dele e desatou a chorar.

O pranto não era só pelo estado delicado de Henrique. Havia também uma generosa dose de alívio por ele estar de volta, com vida, ainda que lutando por ela. Ele enfim tinha voltado! Voltado para Malikah.

— O que houve com ele? — questionou a Fernão assim que se acalmou um pouco. Delicadamente, ela afastava os cabelos do rosto de Henrique, ao mesmo tempo deixando um rastro de carinho na pele fustigada pelo clima.

— Não sei ao certo. Mas para mim está claro que eles fugiram.

— Eles? — Ela ergueu o olhar, encontrando o de Fernão em busca de esclarecimento.

— Bibiana também veio.

— Como é?! — Malikah não gritou nem fez o questionamento com raiva. Era pura perplexidade. A cada minuto o retorno de Henrique ficava mais e mais confuso.

— A moça também está inconsciente. Por pouco não encontramos os dois sem vida. — Fernão encheu o peito de ar, soltando-o devagar enquanto esfregava o rosto. — Por muito pouco, Malikah. E algo me diz que ela não é a vilã que imaginávamos. Caso contrário, não teria vindo.

Ela considerou aquele argumento como válido. Independentemente da história por trás da presença de Bibiana, só tinha a agradecer aos anjos e santos por Henrique ter voltado — e à querida Mãe de Deus, claro, a quem dirigia sua maior devoção.

— E essa nem é a maior surpresa de todas — emendou Fernão. O aventureiro não cabia em si de orgulho do irmão, que não só escapou da vingança de Euclides como fez o serviço completo, conseguindo colocar as mãos nas cartas de alforria. — Desconheço o método que ele usou e logo que estiver bom arrancarei dele toda a verdade. — Porque Fernão acreditava mesmo na recuperação de Henrique, sempre otimista. — Fato é, Malikah, que as alforrias estão aqui, de cada africano e seus descendentes que habitam estas terras. Pelo modo como o encontramos, com o corpo encurvado sobre o envelope, ele lutou para proteger os documentos, mais do que sou capaz de imaginar.

As últimas palavras ditas por Inês de Andrade antes de morrer subitamente voltaram às lembranças de Malikah:

Quando se tem um coração bom, é impossível ser solitário, meu menino. Conserva o teu. Mantém tua pureza, tua bondade, teu amor, e lá do céu eu ficarei muito feliz.

Um pouco mais calma, mas ainda engasgada, novas lágrimas se formaram em seus olhos, descendo em fila indiana pelas curvas de seu rosto. Que mãe não se alegraria com um filho como Henrique? Certamente dona Inês estava exultante no céu.

Não demorou para que Sá Nana, seguida por Cécile, assumisse seu posto de curandeira, antecipando-se ao pajé.

— Deveríamos trazer Bibiana para cá. Separados, será difícil cuidar deles — sugeriu a francesa, inquirindo Malikah com o olhar.

Só havia uma cama no quarto, de casal. Isso poderia ter levado a ex-escrava a negar veementemente a recomendação, porém não foi o que ela fez.

— É claro. Não percam tempo.

Sendo assim, Fernão providenciou a remoção dela, ao mesmo tempo que Cécile agarrou a mão da amiga e apertou forte. Entre elas estava mais que óbvia a existência de um caso raro de almas irmãs, uma dádiva na vida das duas. E essa ligação se estenderia ao longo dos anos, estreitando-se mais e mais.

— É maleita sim — declarou Sá Nana, no instante em que estudou as reações de Henrique e, logo depois, de Bibiana. — Essa febre alta... E vosmecês podem ver que o peito "tá" a pular. É o coração acelerado. Logo, logo começarão a não falar coisa com coisa. Vou precisar de umas plantas e aí... Só Deus mesmo.

— Deus e tuas habilidades de cura, mulher — acrescentou Fernão, já acostumado com a falta de tato de Sá Nana.

Logo o pajé apareceu, carregando sua bolsa cheia de ervas e alguns outros apetrechos. Para a malária, uma doença tão comum em regiões de clima tropical, o indígena tinha uma sabedoria muito particular. Gabava-se por jamais ter perdido um "paciente" acometido pela maleita. Isso porque sempre aplicava os mesmos medicamentos, em doses precisas: madeira amarela de um tipo de abútua, que é uma planta trepadeira, e a seiva amarelada da caopiá, árvore também chamada pau-de-lacre.

Já Sá Nana, também perita em curas, possuía outras técnicas, tão eficientes quanto. Ela usou picão-preto, embaúba e mata-pasto como os princípios ativos dos chás preparados para amenizar os efeitos na malária em Henrique e Bibiana.

Com tanto sendo feito para salvar os dois, como bem dissera a cozinheira, agora só restava a todos rezar, sem perder de vista a evolução do quadro dos convalescentes.

— A tendência agora é que a febre ceda dia após dia — explicou. — A tendência e a esperança.

Muitas horas se passaram desde que o tratamento começou a ser aplicado em Henrique e Bibiana. A moça voltou para o quarto de hóspedes, sendo vigiada ora por Cécile, ora por Sá Nana, e até mesmo por Úrsula, que deixou sua casa para ajudar.

De Henrique quem cuidava era Malikah, que não saiu do lado dele para coisa alguma. Na hora das refeições, alguém levava a comida para ela. Não que tivesse fome. Comia apenas com a intenção de se manter forte, estado fundamental para não cair prostrada também.

Às vezes, ele gemia e abria os olhos. Malikah chegava a se apavorar, temendo os abomináveis delírios. Mas era apenas a fraqueza impedindo-o de falar com mais coerência. Nesses momentos, tudo o que Henrique queria era um pouco de água, sendo atendido prontamente pela mulher, que sempre finalizava a tarefa de saciar a sede dele com um beijo terno em sua testa.

E assim foi, até que, ao soar do canto dos primeiros pássaros da nova manhã, enquanto Malikah cochilava com os braços apoiados na cama, sentada no chão duro havia horas, o advogado acordou. Dessa vez não foi por um curto período, apenas para pedir água. Seus olhos se abriram ao mesmo tempo em que a consciência ressurgia, elucidando os últimos acontecimentos, que voltaram com toda força à mente de Henrique.

Embora estivesse fraco, ele conseguiu suspender o corpo e apoiar as costas na cabeceira. E então avistou Malikah.

No mesmo instante seu peito inflou de emoção e piedade. Mesmo dormindo, era nítido o sofrimento marcado no rosto dela. Como Henrique gostaria de ter evitado tanta dor!

Porque não conseguia mais ficar longe de Malikah, ele usou os dedos para despertá-la, fazendo um carinho no braço que estava mais próximo.

Então ela suspirou profundamente. E deu um pulo, pondo-se de pé num salto apavorado.

— Tu acordaste? Estás bem? Oh, Deus, precisas de algo? Devo chamar...

— Psiu! — Henrique abriu um sorriso, impressionado com a saudade, ainda maior do que era capaz de calcular. — Vem cá, minha flor. Se há algo de que preciso é do teu abraço.

A primeira reação de Malikah foi cair em prantos e, em seguida, em cima dele, esquecendo-se de que ele ainda estava se recuperando de uma doença séria.

Os dois se apertaram um ao outro, mal acreditando que o destino os unira de novo, pela quarta vez. Quarta vez! Ora, e isso não significava que foram predestinados?

— Minha flor... — balbuciou Henrique, distribuindo beijos pela face dela, sobre seus olhos, nos cantos da boca e, finalmente, nos lábios. — Amo-te tanto. Tanto!

Ela tinha sabor de lágrimas.

— Henrique, estou tão feliz! Pensei que nunca mais haveria de te ver. Mãe do céu, que sofrimento!

— Shhh... Cá estou, amor, cá estou. E agora para sempre.

— Se tu tivesses morrido... Nem sei.

— Ei, não morri. — Ele tomou o rosto dela entre as mãos, olhando fixamente em seus olhos embaçados pelo choro. — Não era hora, afinal. Primeiro vamos nos casar.

Malikah não segurou a risada que subiu por sua garganta, tão dolorida de chorar.

— Estás enfraquecido. É necessário recuperar as forças. Nada mais importa por enquanto — contrapôs ela, enquanto deslizava o nariz no pescoço de Henrique.

— Claro que importa. Basta de escapar pela tangente, minha flor. Preciso fazer-te minha mulher o mais rápido possível. — O advogado deu um sorriso meio de lado, cheio de segundas intenções. — Principalmente porque não resistirei a ti por muito tempo.

— Em breve, meu querido. Também não vejo a hora de ser toda tua.

Beijaram-se com paixão dessa vez, sem reservas, cheios de desejo e saudade. Mergulharam nas carícias, a ponto de começarem a ofegar. Até que Malikah se afastou.

— Acalma-te, homem! Ainda estás doente — ordenou ela, arfante.

— E tu? Perdeste peso? — ele reparou, sentindo a culpa pesar em suas costas, ainda que não fosse o responsável direto pelo padecimento dela.

— Foram semanas difíceis, Henrique — foi só o que disse, deixando implícita a causa de seu emagrecimento.

— Sei disso, minha flor, mas prometo que agora somente os bons ventos soprarão em nossa direção.

— Como podes afirmar isso? Acaso esqueceste de teu pai?

— Não, porém ele perdeu o único trunfo que tinha nas mãos.

— Sim, as cartas. — Malikah sorriu, mas logo a preocupação fez sombra em seu semblante. — Fernão nos deixou a par. Por isso mesmo, Henrique, temo que Euclides contra-ataque, agora não mais a fim de negociar.

— É possível. No entanto aqui não encontrará ambiente propício para suas artimanhas. Estaremos preparados, meu amor.

Ela não quis esticar aquela conversa, portanto se calou, embora não se sentisse tão tranquila quanto Henrique. Tinha certeza de que a reação do fazendeiro era questão de dias, semanas no máximo. Dessa forma, seriam forçados a viver de sobreaviso dali em diante.

— Não me perguntaste por que Bibiana viajou comigo.

— Nem me lembrei disso. Quando vi que acordaste, esqueci tudo que não fosse apenas ti — confessou, o que levou a ser novamente beijada antes de poder continuar. — Mas agora exijo que esclareças a questão, porque estou curiosa de verdade.

A febre não havia sido vencida completamente. Tampouco a energia de Henrique restabelecera por completo. Sua cabeça ainda doía um pouco, bem como suas juntas. Contudo foi de bom grado que ele detalhou cada parte do plano, nem tão elaborado — mas ainda assim eficaz —, que culminou no retorno dele à Quinta Dona Regina, portando todas as cartas de alforria necessárias, com Bibiana a tiracolo.

Malikah ouviu tudo sem esconder a admiração pela astúcia de Henrique e aliviada porque a moça não estava envolvida na estratégia perversa de Euclides e do pai, o abominável Cláudio Alves, lobo disfarçado de cordeiro.

— Então agora podemos nos sentir livres de verdade, eu e os demais negros que vivemos aqui, inclusive nosso filho! Só pode ser um sonho. Somos forros! — ela comemorou, dando-se conta da enormidade do que Henrique havia conquistado para todos.

— Sim, minha flor, nunca mais será cativa, nem tu e nem Akin, nem Dara, nem Abuya, nem Doto... — ele listou o nome de muitos agora realmente ex-escravos, até ser vencido pelo sono de novo.

Feliz como havia muitos dias não se sentia, Malikah ajeitou as cobertas sobre Henrique antes de ir até a janela, voltar os olhos em direção ao céu e sussurrar:

— Obrigada, dona Inês, por devolver teu filho para mim. Reforço aqui a promessa de cuidar dele para todo o sempre.

24.

Erguendo os braços para o céu distante
E apostrofando os deuses invisíveis,
Os homens clamam: — "Deuses impassíveis,
A quem serve o destino triunfante,

Porque é que nos criastes?! Incessante
Corre o tempo e só gera, inestinguíveis,
Dor, pecado, ilusão, lutas horríveis,
N'um turbilhão cruel e delirante...

Antero de Quental, "Divina comédia",
em *Sonetos*

Um animal ameaçado é capaz de qualquer reação para se defender. Os ataques costumam ser violentos e aleatórios, sem o mínimo da estratégia usada quando a situação é mais favorável. O resultado geralmente é drástico.

Como uma fera enfurecida, Euclides não planejou a vingança dessa vez. Nem chegou ao ponto de pensar nessa palavra, que pressupunha organização e método para se fazer eficiente. O fazendeiro, ao se ver enganado pelo filho e por uma mulherzinha inexpressiva, rugiu feito uma onça e partiu para uma ofensiva imediata.

Custava a crer que seus homens não deram conta de capturá-los. Voltaram à fazenda alegando terem perdido o rastro da dupla, embora tudo indicasse que tomaram a direção oeste, rumos às terras de Fernão, muito provavelmente.

— Energúmenos! Será possível que não tenhais um grama de competência em vosso corpo? — esbravejou ele, enlouquecido. — Terei eu mesmo que resolver toda a questão!

Ignorando seu estado de saúde, sua idade, as dificuldades do trajeto, tudo que pudesse impedi-lo de levar sua ira adiante, Euclides partiu rumo a Oeste amparado por homens acostumados à dureza imposta pela rusticidade da colônia, ciente de que até poderia perder a vida no percurso ou durante a batalha. Entretanto não permitiria que os traidores escapassem ilesos, vivendo seu conto de fadas nos recônditos do Brasil.

Enquanto Henrique e Bibiana se recuperavam da malária, tratada à custa de bastante chá de alho e de casca de angico, que o advogado tomava muito a contragosto, igual a uma criança teimosa, a rotina na Quinta Dona Regina voltava a entrar nos eixos.

De novo, os serviços passaram a ser realizados com a alegria que era peculiar ao lugar, ainda mais agora com as cartas de alforria — devidamente escondidas para evitar "incidentes" — garantindo a liberdade dos africanos e seus descendentes. Nunca, até então, em parte alguma entre as fronteiras daquele imenso Brasil, soube-se de um lugar em que todos os seres humanos eram vistos como iguais, afora qualquer característica intrínseca à sua origem. Não havia antídoto melhor para uma época em que a humanidade mal tolerava as diferenças.

Finalmente Cécile curtia a nova gravidez, tendo tranquilidade para dedicar sua atenção ao filho sem o medo de perder Fernão ou a angústia de presenciar a dor de Malikah pela ausência de Henrique.

De um modo geral, os ânimos se acalmaram e o clima de paz voltou a imperar nas terras do ex-aventureiro.

Todavia, de vez em quando, um provérbio proferido por Adana assombrava a felicidade de Malikah, talvez a pessoa mais arisca quando o assunto era Euclides de Andrade. Por mais que Henrique insistisse no fato de estarem preparados para qualquer ação do fazendeiro, argumento endossado por Fernão, a sombra do medo não a abandonava. Afinal, depois de tantas surpresas indesejadas, não sobrava espaço para a confiança cega. "É a água calma e silenciosa que afoga um homem", dizia o ditado. Lembrar-se dessas palavras fazia Malikah estremecer.

E ela, no final das contas, não estava errada ao se preocupar. Não que Fernão, famoso pela astúcia, estivesse apático diante da possibilidade de uma ofensiva de Euclides. Homens montavam guarda dia e noite nas fronteiras da fazenda, armados e prontos para o combate. Ele mesmo fazia questão de inspecionar os arredores, atento a qualquer movimentação suspeita.

Além dessas precauções, Bartolomeu Bueno da Silva, o segundo Anhanguera, fundador do arraial de Sant'Ana e capitão-mor das minas do Oeste, quase um inimigo declarado da Coroa, ofereceu seus préstimos a Fernão, usando seus homens para inspecionar a vila e relatar o menor sinal de anormalidade.

Entretanto nenhuma prevenção foi suficiente para deter Euclides, que podia estar consumido pelo ódio, mas ainda era um homem inteligente em se tratando de investidas. Só havia uma maneira de vencer os inimigos. Logo, invadir a Quinta Dona Regina, empunhando armas de fogo, espadas e facões, só os levaria a uma batalha sangrenta, cujas chances de vitória honestamente eram do lado oposto.

Não. O animal enfurecido às vezes também raciocina. E quando o faz emprega requintes de crueldade, pois não tem apenas a intenção de matar; ele quer ver sua presa padecer, lenta e dolorosamente.

Dessa forma, sem alarde, já no limite de suas forças, Euclides preparou a arapuca. Antes, foi obrigado a recuar. Em vez de investir com todo o contingente humano de que dispunha, ele destacou apenas alguns, que se misturaram à população de Sant'Ana como se fossem novos bandeirantes chegando à região, algo muito comum naquele período, quando a futura capitania de Goiás estava prestes a se tornar o novo eldorado do Brasil.

Ao mesmo tempo, na surdina, o fazendeiro se estabeleceu nas terras de Cláudio Alves, tão próximo dos inimigos que quase podia sentir o rastro deles no ar. Os demais homens se entocaram no mato, evitando contato com outras pessoas, com o claro objetivo de se manterem despercebidos.

E esperaram, todos eles, um tempo que fez a ira de Euclides aumentar numa progressão geométrica.

Até que finalmente a ocasião ideal surgiu.

Os moradores da Quinta Dona Regina, especialmente Malikah e Henrique, estavam prestes a passar por mais uma experiência terrível, se não a pior.

Bibiana já se sentia totalmente restabelecida. Após dias de cama, engolindo soluções com os piores gostos possíveis, tudo o que ela desejava era um passeio ao sol, para sentir a natureza penetrar em seu corpo, lembrando-lhe de que estava viva e livre.

Ia sair de casa e dar uma volta sozinha, mas reorganizou seus planos ao passar pela biblioteca e ouvir gritos e choros de duas crianças nervosas. Encontrou Bárbara e Hasan numa pirraça terrível, enquanto Cécile e Malikah tentavam levar uma aula adiante.

Dias atrás, a moça e a ex-escrava haviam tido uma conversa franca e emocionada, que culminou num abraço fraterno e juras de uma nova amizade. Então Bibiana não se intimidou ao entrar na sala e oferecer ajuda:

— Vejo que há duas pessoinhas irritadas hoje, não? — comentou ela, dirigindo-se aos pequenos com um sorriso carinhoso. — Quem sabe as mamães permitem que vós venhais passear um pouco comigo?

— Ah, será uma bênção! — exclamou Cécile, jogando os braços para o alto. — Não é possível ler sequer um parágrafo com esses dois a esgoelar dessa forma.

— Prometi que sairei com eles assim que terminarmos, mas e a paciência? — Malikah fulminou o filho e a afilhada com o olhar.

— "Passeá"! "Passeá"! — Hasan e Bárbara entoaram, esquecidos das lágrimas, batendo palminhas.

— Então dai cá vossas mãozinhas e deixemos as vossas mães em paz.

Tão simples quanto piscar os olhos, eles passaram do choro às risadas e saíram saltitando com Bibiana, que vinha se mostrando uma moça com bastante jeito para crianças.

— Aonde iremos? — ela perguntou, mais para agradar. Sabia que não podiam ir muito longe, pois ainda se sentia um tanto enfraquecida.

— Riacho! — Hasan se manifestou primeiro.

— "Boboieta"! — gritou Bárbara, o que levou Bibiana a unir as sobrancelhas.

— Pegar "boboieta", "Bábaia". É assim que fala.

A moça não resistiu a tanta fofura e caiu na gargalhada. Eram lindos aqueles dois. Por um instante, desejou um dia ser agraciada com a bênção de ser mãe também. Encantada, ela deixou que eles a guiassem, sem tirar os olhos de cima das crianças. Não queria que se machucassem. Tinha certeza de que Malikah e Cécile não gostariam de receber os filhos de volta com um arranhão sequer.

Atravessaram a campina de trevos, um lugar tão encantador que levou os três ao chão, rolando sobre as plantinhas verdes. *Ah, se alguém me vir!*, temeu Bibiana, contaminada pela alegria dos primos. Ela recolheu algumas e encheu os cabelos de Bárbara, que ficou parecendo um gnomo loiro.

— Ela tá "engaçada" — troçou Hasan, dobrando-se de tanto rir.

Quando se cansaram daquela brincadeira — algo que ocorria numa velocidade impressionante devido à energia que sobrava naquelas crianças —, seguiram para o riacho. Os seixos lisinhos, aos montes na margem, viraram os novos brinquedos dos pequenos. Até Bibiana se divertiu com as pedrinhas, lançando-as na água com o intuito de fazê-las quicar, fracassando em todas as tentativas.

Teria sido uma manhã divertida, de uma alegria pueril, ao lado de crianças adoráveis, não fosse o que aconteceu em seguida.

Do meio do mato, protegidos pela alta vegetação, dois homens enormes avançaram sobre o trio. O primeiro rendeu Bibiana, surpreendendo-a por trás. Com uma mão, prendeu os braços dela nas laterais do corpo; a outra tapou sua boca. O segundo homem agarrou Hasan e Bárbara de uma só vez, que começaram a se debater feito peixes na rede.

— E a menina? Vai também? — indagou o mais alto, o que segurava as crianças.

O outro levou alguns segundos para tomar a decisão.

— Não. O patrão ordenou que capturássemos o crioulo.

— Os dois juntos não seriam um prêmio maior?

Apavorada, Bibiana se contorcia nos braços de seu captor. Não podia permitir que levassem as crianças.

— Quieta, mulher! Ou torço o pescoço de vosmecê aqui mesmo, na frente desses diabos!

Ele fazia tanta força para controlá-la e Bibiana estava tão fraca que era impossível escapar daqueles braços opressores. Num instante, o capanga de Euclides amordaçou-a com uma tira suja de tecido e amarrou as mãos e os pés dela. A moça não fedia nem cheirava para o velho fazendeiro.

— Amarra a menina também. Só o fedelho vai.

Dito isso, os dois homens largaram Bibiana e Bárbara à beira do riacho, esta vermelha de tanto abafar o choro na mordaça, querendo a mãe, e arrastaram Hasan para o meio do mato.

O menino, além de assustado, não compreendia o porquê de tamanha violência não só contra ele, mas também contra a priminha e a moça bondosa. Tentou soltar um berro para pedir socorro. Porém estava rendido.

Então, fácil assim, Hasan foi levado, com endereço certo: Fazenda Ouro Velho, diretamente para as mãos do avô, Euclides de Andrade.

Na Quinta Dona Regina, deram falta de Bibiana e das crianças na hora do almoço. Para quem havia saído cedo para um passeio rápido, a demora não parecia natural.

— Vou atrás deles — anunciou Malikah, já se encaminhando para a porta.

— Eu também — disse Cécile.

Fernão não tinha chegado para a refeição, bem como Henrique, que voltara a executar algumas tarefas.

As duas caminharam lado a lado, chamando pelos nomes dos três, cada vez mais alto. No íntimo, ambas pressentiam que não se tratava de um atraso à toa.

— Estiveram aqui — apontou a francesa assim que passaram pela campina de trevos. — Vê como os ramos estão amassados.

— Talvez tenham ido até o riacho e perderam a hora — arriscou Malikah, lutando para manter a esperança. — Tu não acreditas que Bibiana...

— Oh, de modo algum — Cécile refutou a hipótese antes mesmo de ela terminar de ser formulada. — A mocinha já nos deu provas o suficiente de que é uma pessoa de confiança.

— Sim, foi uma ideia tola.

Seguiram, portanto, na direção do riacho; os corações cada vez mais acelerados, antecipando a tragédia, que não tardou a se desnudar diante delas.

As silhuetas de Bibiana e Bárbara entraram no campo de visão de Malikah e Cécile tão logo avistaram as águas do rio. As duas amigas ergueram as saias e dispararam ao encontro da menina e da moça, deitadas na grama com os braços e pernas amarrados.

O terror quase as partiu ao meio. Trêmulas, lutavam para desatar os nós das amarras, acalmar a pequena Bárbara e descobrir o que havia acontecido.

— Onde está Hasan? Onde está meu filho? — Malikah repetia sem parar, varrendo os arredores com os olhos. — Hasan! Hasan!

— Bárbara, minha pequena, a mamãe está aqui. — Por sua vez, Cécile embalava a filha nos braços. A menina parecia em choque.

— Diz, Bibiana, onde está meu filho? — a ex-escrava inquiriu, transtornada. Estava de joelhos no chão, sem sentir os ferimentos que os pedregulhos causavam em sua pele. Nenhuma dor poderia ser mais intensa do que a que o sumiço do filho causava.

— Dois homens... — a moça ofegou, tomada de desespero. — Levaram Hasan. Levaram o menino, Malikah.

— Ahhhhh!!!

O grito da mulher propagou por toda a extensão daquelas terras, espantando as aves que repousavam ali por perto.

— Hasan!!! Meu pequeno... Meu menininho...

Ela se deixou ser amparada por Cécile, sem nunca soltar a filha, e por Bibiana, que se juntaram em torno de Malikah.

— Perdão. Eu não consegui detê-los. — Como se alguma delas pensasse que tal atitude fosse possível; qual o poder de uma moça franzina contra dois homens imensos?

— Não foi tua culpa — disse a francesa. — Precisamos agora avisar a todos. Malikah, minha amiga, Hasan há de ser encontrado.

Quem disse que ela ouvia alguma coisa? Só fazia chorar e repetir:

— Meu menininho, meu menininho...

25.

Ah! Esta noite é a noite dos Vencidos!
E a podridão, meu velho! E essa futura
Ultrafatalidade de ossatura,
A que nos acharemos reduzidos!

Augusto dos Anjos, "Vozes da morte"

Por pouco a comitiva de Fernão rasgou novamente o sertão, marchando até Minas Gerais, com destino à Fazenda Real. Isso teria acontecido imediatamente à propagação da notícia do desaparecimento de Hasan, caso uma mensagem não tivesse chegado à Quinta Dona Regina antes.

Foi Henrique quem a recebeu, prestes a cometer um parricídio, pois não duvidava nem por um segundo que Euclides estivesse por trás do rapto do filho.

O bilhete, entregue por um mensageiro desavisado, dizia:

Carta de Euclides para Henrique

A vida inteira, desde que deixei Portugal rumo à América em busca de enriquecimento por meio do ouro, lutei para construir e manter o patri-

mônio que tenho. Precisei ser incisivo, às vezes tive de me fingir de tolo, fui duro, elementos essenciais àqueles que adquirem e desejam perpetuar o poder.

Todavia estive prestes a perder parte do que acumulei devido a contatos mal planejados — vulgo Fernão e sua corja, bem como Cécile, mulher vulgar, pivô da minha quase derrocada — e ao meu próprio filho, sangue do meu sangue, um fraco que se enamorou por uma preta, da raça de gente que veio ao mundo para servir pessoas como eu, não ser tratada com a mesma consideração de um semelhante.

Entretanto eu me reergui. Adquiri novos escravos, que continuam a lida de minerar para mim, a tornar-me cada vez mais rico. Perder a negrada que se bandeou para o lado dos inimigos é o mesmo que uma brisa, sem efeito algum.

Minha única necessidade nesta vida é agora vingar-me de quem me prejudicou. Tentei ser brando; não fui levado a sério. Portanto peguei para mim algo que é muito caro a vós, em especial ao meu filho ingrato e à sua negrinha. O crioulinho, curiosamente mesclado com traços brancos, o que faz dele uma criança exótica, por isso cara, está comigo. Para reaverem-no, terão de ser rápidos, antes que eu o passe adiante, no mercado de escravos, ávido por criaturas raras como o menino. Mas, desta vez, não facilitarei a vida de ninguém.

Ansioso por um novo encontro,
Euclides de Andrade

— De onde veio este bilhete? — Henrique se dirigiu ao mensageiro, erguendo-o pela gola da camisa, como se fosse o pai personificado na pessoa de um reles leva-e-traz.

Malikah chorava baixinho, com os braços de Cécile em torno dela. Para acalmá-la, Sá Nana a tinha obrigado a beber um chá de melissa, compartilhado pela francesa e por Bibiana, todas abaladíssimas. Quanto a Bárbara, finalmente conseguira cair no sono, graças a Úrsula. A antiga dama de companhia de Cécile se prontificara a cuidar da menina pelo tempo que fosse necessário.

— Ora, e eu que sei? Só me mandaram trazer — respondeu o rapaz, mentindo descaradamente.

— Fala, diabo, ou arrancarei tua língua com meu próprio facão! — Fernão ameaçou, assomando-se sobre ele.

— Diz! — O berro de Henrique feriu os ouvidos do mensageiro, que entendeu que seria melhor revelar tudo de uma vez. Todos saberiam, de qualquer forma.

— Veio da fazenda vizinha, a Ouro Velho.

Sem mais serventia alguma, o rapaz foi jogado contra uma parede, escapulindo em seguida, feito um rato. Ninguém se preocupou com ele desde então.

— É hora de atacar, irmão — anunciou Fernão, sem nem ao menos cogitar uma alternativa diferente. — Para tudo nesta vida há um limite de paciência. Não existe misericórdia que amenize a alma daquele verme. Ele clama por uma batalha. Portanto a terá.

— Sim, faremos o que for preciso para resgatar meu filho — declarou Henrique, pensando em tudo o que o homem que passou a vida chamando de pai fez contra tantas pessoas, inclusive àquelas que o advogado mais amava: sua mãe, Malikah, Hasan e até Fernão.

— Vou também! — Num pulo, Malikah ficou de pé enquanto secava as lágrimas com o dorso das mãos.

— Isso está definitivamente fora de cogitação — objetou Henrique, segurando-a pelos ombros. — Acaso ficaste louca? Não permitirei que te ponhas em perigo, minha flor.

— Minha vida nada vale sem Hasan. Tu és o meu grande amor, Henrique, sempre foi e sempre o será — ela suspirou. — Porém Hasan é parte de mim, é o que tenho de mais precioso. Jamais serei inteira novamente se eu o perder. Acompanhar-vos no encontro com o demônio pode ser perigoso, eu compreendo. Contudo não existe nada mais prejudicial para mim do que não ter meu menino de volta. Portanto ninguém me impedirá. Nem mesmo tu.

Henrique estreitou Malikah em um abraço apertado. Seus instintos de macho dominador induziam-no a proibi-la de seguir adiante com tamanha insanidade, nem que fosse preciso amarrá-la. Por outro lado, ele compartilhava exatamente cada palavra que sua mulher havia proferido. Não haveria vida sem Hasan.

Cécile estava prestes a se manifestar, mas foi cortada por Fernão antes que expusesse ideias semelhantes:

— Nem sequer pensas em colocar para fora teus pensamentos. Estás grávida, portanto ficarás bem aqui, a esperar por nosso retorno.

— Não sou uma donzela, Fernão. Já esqueceste que comandei um batalhão para ir atrás de ti? — Ela cruzou os braços, indignada.

— Não duvido de tua capacidade, *mi iyaafin*. Porém agora carregas nosso filho no ventre. Não é seguro a vós.

— Sim, minha amiga, escuta teu marido — Malikah pediu, emocionada com o apoio incondicional daquela francesa teimosa. — Fica e reza por nós, pois precisaremos muito de tuas preces.

Os homens de Euclides e mais os de Cláudio Alves estavam de prontidão na entrada da fazenda, portanto não foram surpreendidos pelo grupo que partiu da Quinta Dona Regina. Como nas sangrentas batalhas medievais, antes de irem às vias de fato, quando os soldados se encaram a uma certa distância, armas a postos, avaliando-se mutuamente, os membros dos dois lados agiram da mesma forma. Houve um enervante período de reconhecimento e tomada de decisão.

Malikah estava sentada atrás de Henrique sobre o cavalo, uma condição imposta por ele, não aberta a discussão.

— Vamos entrar — anunciou Fernão em voz alta, preferindo a diplomacia à luta, pelo menos enquanto não fossem atacados.

— Não estão autorizados. Caso deem um passo adiante, serão duramente impedidos de prosseguir.

— Viemos ter com Euclides de Andrade — insistiu o ex-aventureiro, dentre todos os demais, o único que conservara a sanidade para persistir numa conversa em vez de partir diretamente para o combate.

— Ele é hóspede aqui e não deve ser importunado.

— Canalha! — gritou Henrique, sem direcionamento preciso. Poderia estar xingando o porta-voz dos inimigos ou bradando contra o pai. — Dai-nos passagem agora, capacho! Ao que parece, estamos em maior número.

Isso era uma grande verdade. Bastava vaguear a vista pelos inúmeros homens postados frente à porteira da fazenda e comparar com os que estavam atrás. Sem mencionar o repentino surgimento de uma grande quantidade de puris, espalhados pelas laterais da entrada, apontando suas flechas para os homens de Cláudio. Quando eles notaram que acabaram encurralados pelos índios, concluíram que só lhes sobravam duas saídas: arriscar serem cruelmente atacados por aquelas lanças mortais ou abrir passagem aos invasores.

Qualquer uma das opções traria a eles sérias consequências. Então resolveram agir, avançando sobre o batalhão comandado por Fernão. Mais que depressa, os índios contra-atacaram, bem como os homens da vanguarda, o que gerou uma imensa — e rápida — confusão.

As flechas contaminadas de veneno derrubavam um capanga atrás do outro, abrindo espaço para a invasão da propriedade de Cláudio Alves. Logo, aqueles que não tombaram foram rendidos, impossibilitados de manter a posição de defesa.

E não tardou para que a casa-grande fosse completamente tomada, além de seus arredores. Nem Euclides, muito menos o dono da Ouro Velho calculavam a quantidade de homens que eram fiéis a Fernão e sua família. Podiam não ter apoio algum da Coroa, algo que não lhes fazia falta, mas eram venerados pelas pessoas aceitas sob sua proteção. Nem mesmo dois grupos de capangas unidos podiam contra o dono da Quinta Dona Regina, o irmão Henrique e seus aliados.

Somente Henrique, Fernão e Malikah entraram na sede. Os demais permaneceram na retaguarda, de prontidão contra qualquer tipo de emboscada. Os três não sabiam o que encontrariam lá dentro, embora estivessem preparados, até mesmo a ex-escrava, que levava uma arma consigo. A meta era achar Hasan e levá-lo de volta para casa, sem violência, ainda que cada um deles tivesse seus motivos — vários — para acertar as contas com Euclides.

— Hasan! Hasan! — Malikah chamava sem parar, atraindo a atenção das empregadas, que corriam ao se deparar com a fúria marcada nas expressões do trio.

Como jamais haviam visitado aquela fazenda, não sabiam ao certo que rumo tomar. Por isso foram testando os cômodos, abrindo portas com chutes e socos, gritando não só o nome do menino como dos dois homens que engendraram aquilo tudo.

Cláudio, com muito medo do resultado daquela loucura — arrependia-se do dia em que concordara em ajudar Euclides —, optou por se trancar no seu quarto, o mais distante possível do iminente fogo cruzado. Queria todo mundo fora de suas terras o quanto antes.

Ao contrário dele, o velho fazendeiro de Minas Gerais aguardava placidamente numa poltrona do escritório de seu anfitrião, tendo dois capangas no papel de guardas, postados atrás de si, e o pequeno Hasan preso em seus braços. O menino, estranhamente quieto, era mantido prisioneiro, sem saber que, repousando ao lado do avô, havia um arcabuz pronto para ser usado.

E foi esse o cenário encontrado por Malikah, Henrique e Fernão. Assim que invadiram a biblioteca, o choque causado pelas condições de Hasan quase fez com que eles perdessem o foco. A bem da verdade, ela avançou sobre Euclides, sem medir as consequências, clamando pelo filho, que se agitou ao ver a mãe.

— Hasan! Solta meu filho, demônio!

— Mamãe! "Quelo" mamãe!

Claro que o encontro dos dois não foi possível. Os homens do fazendeiro elevaram suas armas, apontando-as diretamente para Malikah, que estancou a poucos passos de onde estavam o menino e Euclides. Este apertou o neto ainda mais, usando o arcabuz como garantia de que a vantagem era toda dele.

— Como ousas ameaçar meu filho?! — bradou Henrique. — És mais odioso que imaginei. Solta-o! Tuas diferenças são comigo.

Antes de se manifestar, o fazendeiro gargalhou alto.

— Perdeste a oportunidade de ser o herói, desgraça da minha vida — pronunciou-se, chegando a encostar a arma em Hasan, que gritava desesperado, sem entender por que as pessoas pareciam tão bravas e sua mãe não podia ir até ele. — Quiseste bancar o esperto e olha a bagunça que armaste. É tudo culpa tua, um fraco de caráter, que se amasiou com essa preta, a manchar meu sobrenome da pior forma possível. E ainda por cima vós gerastes uma cria, esta criança por quem clamam e que padecerá diante de vossos olhos.

— Nunca! — Malikah berrou, mexendo-se novamente.

— Mais um passo, negra dos infernos, e teu filho morrerá.

A situação era bastante complicada. Euclides tinha Hasan sob a mira de sua arma. Os capangas apontavam para a ex-escrava. Henrique e Fernão miravam o fazendeiro. Um mísero movimento poderia significar uma tragédia sem precedentes.

Estavam num impasse.

Apenas o choro de Hasan transgredia o silêncio imposto pelo nó que se formara.

— Calma, meu pequeno, a mamãe está aqui — pediu Malikah, buscando forças para consolar o filho.

— O que tu queres? — Henrique questionou. Precisava ganhar tempo para encontrarem uma saída. — Diz!

— Nada, agora mais nada importa. Posso até ser morto hoje, mas antes tiro de ti, filho ingrato, teu bem mais precioso.

Nesse momento, o tempo pareceu parar, ainda que tudo tivesse ocorrido de modo instantâneo e imprevisível, obrigando que as ações fossem executadas por instinto.

Cláudio Alves, o comparsa de Euclides, decidiu ouvir a voz que não parava de alertá-lo quanto ao fato de acabar indo para o inferno se permitisse que uma criança inocente fosse assassinada a sangue frio dentro de sua casa. Deixou, portanto, o quarto e invadiu o escritório, surpreendendo por trás os capangas do aristocrata. Atirou em um, depois no outro, usando uma pistola de pequeno porte, mas muito eficaz. Porém não chegou a matá-los, pois mirou suas pernas.

O barulho provocou um estardalhaço, a começar por Euclides. Assustado — e já sem muita destreza devido aos problemas de saúde —, o arcabuz escapou de sua mão, livrando Hasan de ser seu alvo. No mesmo instante, o menino tentou correr, amedrontado com toda a confusão, mas não chegou a sair da poltrona, já que o fazendeiro o pegou pelo pescoço, aplicando-lhe o que hoje chamam chave de braço.

— Desgraçados! — praguejou, completamente alterado. A veia da garganta saltava a ponto de denunciar a velocidade de seus batimentos cardíacos. — Atirai, vamos! E eu acabo com a vida do crioulo numa torcida de mãos.

Cada um dos presentes na sala apontava um tipo de arma para Euclides, exceto os capangas agonizantes no chão e Malikah, embora a dela estivesse bem ao seu alcance. E foi nesse instante, a despeito de todas as consequências que poderiam recair sobre ela, que a ex-escrava tomou uma decisão. Desembainhou a pistola, guardada num coldre emprestado por Fernão, e atirou para cima.

Hasan abriu um berreiro, e tanto o tiro quanto o choro serviram de distração para que ele finalmente escapasse do aprisionamento de Euclides, correndo até a mãe.

— Mamãe! Mamãe!

Ele agarrou as pernas dela, ao mesmo tempo em que Malikah agachou para recebê-lo.

— Meu amor, meu querido, minha vida! — enquanto falava, ela beijava o rostinho do filho, encharcado de lágrimas. — Está tudo bem agora. Mamãe está aqui.

Euclides soube naquela hora que seu fim havia chegado. O fazendeiro Cláudio não era uma ameaça, já que cuidava de vigiar os feridos caídos na sala. Tampouco gostaria de interferir naquela rusga familiar. Eles que se entendessem como bem quisessem. Achava que já tinha feito o suficiente, escolhendo o lado certo daquela vez. No entanto,

tanto Henrique quanto Fernão mantinham o aristocrata sob sua mira e todos dois possuíam mais de um motivo para dar fim à vida daquele homem, que só praticou atrocidades a vida inteira.

— Qual de vós atirará? — indagou, com um sorriso irônico estampado no rosto. — O órfão cuja mãe eu comprei e de quem me livrei como se descarta uma praga da plantação? Ou o filho infiel, fraco como uma mocinha, que fez um filho numa negra imunda e, portanto, está condenado a ser tão escória quanto ela?

— Eu!

Num ímpeto, Malikah ergueu-se e puxou o gatilho. A força da detonação do projétil fez com que ela cambaleasse dois passos para trás. A bala perfurou um dos ombros de Euclides, causando nele uma dor profunda, que o fez ofegar.

A ex-escrava, ainda assim, mantinha a pistola empunhada, como se o velho moribundo continuasse sendo uma ameaça ao filho. Porém, em vez de atirar mais uma vez, ela colocou para fora tudo o que sentia a respeito daquele homem:

— Vosmecê matou minha mãe! — A linguagem mais uma vez cedia ao estado emocional dela.

Enquanto falava, o choro incontido embargava sua voz. Ninguém ousou interrompê-la.

— Minha mãe morreu de tanto apanhar naquele maldito tronco, diante de meus olhos! Eu era só uma menina e vi minha mãezinha perder a vida pelas mãos sujas de um homem abominável.

Henrique queria consolá-la, fazer Malikah esquecer tamanha dor, mas Hasan correu para ele, pois notou que sua mãe não estava agindo como de costume.

— Eu cresci sem mãe, sem família, a ver todo tipo de crueldade, porque tu pensavas ser Deus. E o que fizeste com dona Inês e os filhos dela?! Por pouco não arruinaste a vida de ambos.

— Atira logo, negra. Apesar de morto, minha alegria será a certeza de que, condenada, viverá para sempre em exílio naquele continente imundo que chamas de lar, longe daqueles que ama. — Euclides não sentia um pingo de medo. Jurava que seria acolhido no céu quando sua alma deixasse o corpo.

— Desgraçado, tu machucaste meu menino! — continuou Malikah, indiferente às provocações dele. — Ele quase perdeu a vida! Portanto, posso suportar todas as consequências, mas hei de te matar sim. Sangras agora. Aproveita o último suspiro.

Antes que disparasse a arma pela segunda vez, Fernão adiantou-se a ela. Esperto, ele arrancou a pistola das mãos de Malikah e finalizou sua reação atirando diretamente no peito de Euclides, que resfolegou por alguns segundos antes de tombar morto na poltrona.

Henrique pegou Hasan no colo e prendeu a cabeça do filho na curva de seu pescoço, evitando que o pequeno presenciasse a cena. O advogado estava diante do pai, morto pelas mãos do irmão, e não conseguia sentir coisa alguma.

Em seguida, olhou para Malikah. Sua mulher, tão corajosa, estava prestes a desmaiar. Por sorte, Fernão a amparou, enquanto a ouvia repetir:

— Por que me impediste, por quê?

— Seria um fardo muito grande para ti, querida. Quanto a mim, bem, é mais um de quem precisarei prestar contas no meu juízo final.

Como se o entendimento houvesse recaído sobre ela somente naquele momento, Malikah sentiu o sangue fugir do seu corpo e começou a tremer. Henrique dirigiu-se a ela, estreitando-a num abraço, com o filho entre eles.

— Acabou, minha flor. Estamos todos a salvo.

— Teu pai... — murmurou, a cada instante mais consciente da gravidade da situação. — Oh, Deus, era teu pai...

— Shhhh... Como posso sequer me apiedar do homem que matou minha mãe aos poucos, tentou tirar minha mulher de mim inúmeras vezes e quase assassinou meu filho?

Era uma verdade dura, mas impossível de ser questionada.

— Meu amor, Euclides nunca foi um pai para mim, não do tipo que serei para nosso Hasan. Prometo.

Henrique depositou um beijo na cabeça de Malikah.

— Tu já és o pai perfeito, amor meu. O melhor que nosso filho poderia ter.

Não houve batalha, afinal. Exceto pela morte de Euclides e pelos dois homens feridos — além daqueles atingidos pelas flechas dos puris —, tudo foi concluído rapidamente.

Cláudio Alves achou por bem criar uma história para justificar o assassinato do aristocrata. Naquela época, a justiça na colônia era quase inexistente. Cometiam-se crimes dia e noite sem que houvesse qualquer punição. No entanto Euclides de Andrade era um nobre, protegido da Coroa Portuguesa. Logo, sua morte seria encarada com rigor. Fernão acabaria sendo julgado e certamente condenado ao exílio na África, uma das penas mais comuns nos idos do século XVIII.

Para todos os efeitos, o aristocrata, arrependido da maldade que por pouco não cometera contra o neto, tinha tirado a própria vida. E assim foi propagada a notícia da morte de um dos homens mais cruéis que já havia habitado o Brasil Colonial, espalhando-se rapidamente pelo sertão, até chegar a Vila Rica.

Por fim, Fernão e Henrique apertaram a mão de Cláudio, selando um acordo de paz, embora estivessem certos de que a relação jamais passaria de cortês para uma amizade entre vizinhos. A participação do dono da fazenda Ouro Velho nos planos maquiavélicos de Euclides deixara marcas difíceis de serem simplesmente apagadas. Talvez um dia, quem sabe?

A introspecção marcou o retorno à Quinta Dona Regina. Ainda que a certeza de uma paz duradoura confortasse o coração de todos, os meios para se chegar a esse ponto mexeram com os sentimentos de cada um deles, por razões que se diferenciavam entre si, mas pertinentes e inquestionáveis.

Malikah chegou ao ponto de quase assassinar alguém, e teria feito. O que mais a abalava era o fato de acreditar que não se arrependeria, caso Fernão não a tivesse impedido de seguir em frente.

Este, por outro lado, estava ciente de que havia expurgado uma praga da Terra. Talvez, se fosse a sangue frio, não teria atirado para matar. No entanto, ao se lembrar de sua origem, da maneira como sua mãe foi forçada a abandoná-lo, o mal que isso causou a ela, além da punição sofrida dois anos atrás, quando quase morreu naquele tronco abominável, sentia um certo consolo por ter assassinado o pai de seu irmão.

Henrique parecia anestesiado. Viu o homem que lhe deu a vida morrer diante de seus olhos. A despeito disso, não estava reagindo como alguém que acabou de perder o pai. Alguém como Euclides de Andrade, um homem capaz de atropelar vidas sem se condoer, não merecia piedade.

Cécile, que não se aguentava de tanta agonia, recebeu o grupo na porta de casa, andando de um lado para outro até avistar os cavalos entrando na propriedade. Ao ver que todos estavam bem, carregando Hasan de volta, caiu num choro aliviado.

— Contai-me tudo, pelo amor da Virgem! — exigiu, tão logo os braços do marido a contornaram, pressionando-a contra ele. — Oh, meu menino querido, tu voltaste para nós! — exclamou, dirigindo-se ao afilhado, aninhado no colo da mãe.

— Prometo atualizar-te, *mi iyaafin*, mas depois. Agora precisamos descansar. Tudo se desenrolou de uma forma muito desgastante.

— Fernão — Henrique chamou antes que cada um seguisse seu rumo. — Sempre agradecerei a Deus pela bênção de ter permitido que nos descobríssemos irmãos. Entre as inúmeras crueldades cometidas por Euclides — a voz dele subiu de tom ao pronunciar o nome do pai —, encontrar-te em meio a tanto sofrimento foi uma dádiva. Obrigado pela fé em mim.

Um abraço entre irmãos foi trocado, com direito a socos nas costas e lágrimas por parte das mulheres.

Viver uma tragédia — ou várias — nunca está nos planos de pessoa alguma. Porém, muitas vezes, a ocorrência delas resulta em algo bonito, ainda que à base de muita dor e sofrimento.

26.

Meu amor
Vou lhe dizer
Quero você com a alegria de um pássaro
Em busca de outro verão
Na noite do sertão
Meu coração só quer bater por ti
Eu me coloco em tuas mãos
Para sentir todo o carinho que sonhei
Nós somos rainha e rei

Johann Sebastian Bach, "Céu de Santo Amaro",
arranjo e adaptação de Flávio Venturini

Malikah rezava de joelhos diante da imagem de Santa Bárbara na capelinha batizada com o nome da santa. Havia passado uma semana desde a morte de Euclides e a vida voltava a entrar nos eixos.

Agora apenas um incômodo rondava a rotina dos irmãos Fernão e Henrique: o destino da fortuna do aristocrata. Eles decidiram não agir enquanto notícias do testamento não chegassem à Quinta Dona Regina. Se porventura o único filho de Euclides de Andrade fosse o herdeiro, tentariam encontrar uma solução para o patrimônio. Certo é que o advogado não tinha interesse naquelas terras.

Contudo não era o momento de gastar pensamentos e conjecturas com isso.

Era tempo de fechar ciclos.

Ao pé da santa, Malikah agradecia pela vida do filho, já menos traumatizado com o rapto e a violência que havia sido obrigado a presenciar. Hasan, por ser uma criança muito amada e viver num ambiente de união e aconchego, logo se distraiu com o carinho que recebeu de todos. Apenas à noite, quando ia dormir, costumava se lembrar dos acontecimentos. Então pedia à mãe que entrelaçasse seus dedos aos dele até que pegasse no sono.

— Ora, ora, finalmente encontramos a mamãe — disse Henrique, ao entrar na igrejinha puxando Hasan pela mão. — Psiu! Ela está a rezar.

O menino pousou o dedinho sobre os lábios, aceitando o pedido de silêncio.

Ao vê-los, Malikah abriu um sorriso e ficou de pé, alisando a saia.

— Já terminei minha conversa aqui. Mas podemos ficar um pouco mais, se quiserdes.

Hasan balançou a cabeça e correu para pular no colo da mãe, que o estreitou num abraço terno, cheio de amor. Henrique logo quis sua parcela de carinho também, roubando-lhe um beijo sem receio de como o filho interpretaria o gesto.

— Hasan — falou ele, deslizando o nó dos dedos na bochecha do pequeno —, eu amo muito a tua mamãe, bem como te amo também.

O menino só ficou olhando, como se estivesse à espera de algo mais.

— Vós sois tudo para mim, por isso quero que sejas meu filho. E tu, gostarias de ter-me como teu pai?

A respiração de Malikah ficou retida em sua garganta. Ela e Henrique não combinaram como dariam a notícia a Hasan. Porém ele era tão pequeno que provavelmente não conseguiria entender a extensão de tudo. Revelar sua paternidade de forma simples era o bastante naquele momento. Mais tarde, quando tivesse idade suficiente, contariam a história completa.

— O papai de "Bábaia" é o titio Fernão. Tu és meu papai — declarou o menino, surpreendendo os pais pelo modo como já encarava a paternidade de Henrique como sendo uma verdade, sua própria verdade.

— Sim — confirmou o advogado, incapaz de impedir a emoção de ressaltar através dos seus olhos azuis. — Sou o teu papai, sempre fui e serei para sempre, meu amado filho. Prometo fazer de tudo para que tenhas orgulho de mim ao longo de toda a tua vida.

— Tá bom — respondeu Hasan, com a singeleza típica das criancinhas, plantando um beijo estalado no rosto de Henrique. — "Agoia" vamos "passeá"!

Feliz e com lágrimas escorrendo pelo rosto, Malikah abriu um largo sorriso. Ali estava sua família, com quem dividiria o futuro. Nem mesmo em seus sonhos mais otimistas imaginou um dia alcançar tamanha felicidade, que agora seria eterna, ela tinha certeza disso.

Era o dia mais bonito do ano, como muitos observaram ao abrir suas janelas. Não fazia calor, embora o sol tivesse enfeitado o céu solitariamente, sem a companhia das nuvens. A tarde começava a se impor, fresca, límpida, sob o cantarolar dos pássaros voltando para seus ninhos.

Um suave cheiro de flores completava a magia daquele que já configurava um marco na vida dos moradores da Quinta Dona Regina: um jovem bacharel, com formação em Direito pela Universidade de Coimbra, filho de um abastado aristocrata, único herdeiro inclusive — Euclides manteve o testamento original, acreditando que Henrique se casaria, no final das contas, com Bibiana —, estava prestes a se unir por laços matrimoniais a uma ex-escrava, negra, africana, arrancada ainda pequena de seu lar para servir aos objetivos ignóbeis de uma sociedade escravocrata e desumana.

O sino da capela de Santa Bárbara espocava de sua pequena torre, conduzido por um dos inúmeros meninos que viviam livres e alegremente nas terras de Fernão. Lá dentro, um Henrique trajado com roupas elegantes, de barba aparada e muito nervoso, esperava por sua Malikah, ao lado do padre Manuel Rodrigues, radicado em Sant'Ana a pedido de Cécile, que tinha aquele jesuíta na conta de amigo.

A francesa não cabia em si de tanta felicidade. Além de plena com a nova gravidez, a iminência do casamento de sua grande amiga com seu cunhado preencheu as últimas semanas com muitos afazeres e uma expectativa deliciosa. Ela passara os dias planejando cada detalhe, de modo que tudo ficasse mais que perfeito.

Agora contemplava a noiva, tão maravilhosa no vestido imaculadamente branco, confeccionado pelas mais experientes mulheres da vila, que usaram tecidos finos e nobres e muita renda *guipir*. Os cabelos foram presos no alto da cabeça, formando um leque de cachos modelados pelos dedos eficientes de Cécile. Nas mãos, Malikah exibia as delicadas luvas que um dia foram de Inês de Andrade.

— Meu coração dá mostras de querer saltar pela boca, *mon amie*, tamanha a tua beleza. — A francesa secou discretamente o canto dos olhos. — Jamais vi uma noiva tão linda!

Malikah rodopiou em frente ao espelho, encantada com sua aparência. Tinha que admitir: realmente estava bonita.

— Ah, Cécile, minha irmã, nem sei como te agradecer por tudo o que fizeste e ainda fazes por mim, ou melhor, por todos. És uma bênção para nós!

Elas se estreitaram num abraço fraternal.

— Ora, não choremos. Hoje é dia de alegria — lembrou Cécile. — Vamos, senão tu chegarás atrasada. Teu noivo bem pode sofrer um ataque caso não corras logo para ele.

Uma charrete, enfeitada com fitas coloridas e muitas flores, esperava por elas, que ocuparam seus lugares tão logo ficaram prontas. Bárbara e Hasan, igualmente arrumados e lindos, acompanhavam as mães. Seriam respectivamente dama de honra e pajem da noiva.

Assim que chegaram à entrada da igrejinha, uma pequena comitiva esperava por elas: Úrsula, Sá Nana, Bibiana, Akin e Fernão, a pessoa que entregaria Malikah a Henrique.

— Oh! — exclamaram as mulheres, embevecidas com a beleza da noiva.

— Deixo-te aos cuidados do meu marido, *ma chère*. Vamos todos entrar porque chegou a tua hora. — Cécile depositou um beijo no rosto extasiado de Malikah e sussurrou ao pé do ouvido dela: — Vai encontrar teu homem.

Os acordes de uma canção africana começaram a soar de dentro da capela ao sinal da francesa. Tambores, instrumentos de sopro e vozes em coral entoavam:

— *Ia uê ererê aiô gombê/ Ia uê ererê aiô gombê.*

De mãozinhas dadas, Bárbara e Hasan percorreram toda a extensão da capela, arrancando suspiros dos convidados.

— É chegada a tua hora, querida Malikah — anunciou Fernão, solenemente. — Esperar que um homem nascido em liberdade possa aceitar ser confinado ou proibido de ir aonde quiser é tão impossível quanto esperar que os rios corram ao contrário. Essa é uma máxima propagada pelos índios, os verdadeiros donos destas terras, que tomamos como nossas. Tu não aceitaste e cá estamos, a dar um passo contra crenças idiotas, criadas por pessoas que um dia hão de prestar contas com o diabo. Meu irmão não poderia ter uma mulher melhor.

— Obrigada, amigo. Se não fosse por ti, por teu amor a Cécile, por ter dado ouvidos a Hasan, quando ele idealizou nossa fuga da Fazenda Real, decerto tudo isto aqui — ela abriu os braços, ilustrando sua referência — não teria se realizado a nenhum de nós, este nosso oásis.

— Sentes falta da África? — Foi a última pergunta, a última frase proferida antes de caminharem de braços dados rumo a Henrique.

Malikah soltou um longo suspiro, elevando os olhos para o céu.

— Não mais. Aqui é meu lar, onde estão as pessoas que amo, as únicas. A África somos todos que resistimos e tentamos encontrar um norte em meio ao caos. Eu encontrei. Sei que muitos encontraram e ainda encontrarão.

— Pois bem. Entremos, então.

A paciência de Henrique resistia por um fio. Estava prestes a avançar pela igreja em busca da noiva. Cécile sorriu para ele, pedindo calma com o olhar, e foi justamente nesse instante que Malikah surgiu no portal.

A partir daí, ele não teve olhos para nada mais, a não ser à sua noiva, magnífica em seu vestido nupcial.

Ela caminhou com elegância ao lado de Fernão, segurando um singelo buquê de flores do campo.

— Eis aqui tua futura esposa, meu irmão.

Depois de beijar gentilmente a testa dela, o ex-aventureiro entregou-a ao noivo, que imitou o gesto de Fernão pousando sua boca na pele macia de Malikah.

— Minha flor...

Ninguém ficou indiferente às palavras do sábio padre, em sua homilia:

— Mateus, em seu Evangelho, escreveu: "Assim, já não são mais dois, mas uma só carne. Portanto, o que Deus uniu o homem não separe". É preciso, entretanto, ter cuidado com tais palavras, meus caros noivos. Não basta estarem unidos aos olhos de nosso Criador. Portanto, meus filhos, assim que vós vos tornareis uma só carne e um só espírito, deveis cuidar um do outro, como quem cuida de si mesmo. A família é o santuário da vida. Protegei-a e havereis de ser abençoados eternamente.

Malikah e Henrique apertaram suas mãos, conscientes de que fariam o impossível para seguir o discurso do jesuíta.

— Há algo de muito especial em vossa união. Não fraquejastes diante das dificuldades. Henrique, tu agiste com o coração, como Jesus nos ensinou, ao vencer as barreiras do preconceito. Todos os seres humanos são iguais aos olhos de Deus. Imbecis são aqueles que creem no contrário. — Padre Manuel Rodrigues reduziu o tom de voz. — Inclusive a maioria dos clérigos, infelizmente. Rezemos para ter um coração que sempre abrace a todos, sem distinção. Afinal, Deus há de julgar-nos conforme tratamos nossos semelhantes.

Por fim, todos concordaram que foi uma belíssima cerimônia. Os noivos trocaram as alianças sob forte comoção, arrancando suspiros da maioria dos presentes. E quando o padre declarou que já eram marido e mulher o beijo de Henrique em Malikah fez o rosto do jesuíta adquirir um tom avermelhado de vergonha.

Foi uma noite festiva, em que a alegria deu o tom à festa. Entre cantos africanos, indígenas e barrocos, as pessoas se divertiram, dançaram, jogaram conversa fora, fartaram-se com uma quantidade incalculável de iguarias, enfim, extravasaram a felicidade por serem livres e comemoraram a união de dois jovens que mereciam muito uma vida de paz.

Só bem tarde, quando conseguiram se despedir dos convidados, Malikah e Henrique finalmente ficaram a sós, no quarto que agora era apenas deles.

— Marido.

— Esposa.

Disseram, de olhos grudados, corações acelerados e com o desejo de unirem seus corpos novamente.

— Amo-te, minha flor.

— E eu, a ti.

Com destreza, Henrique soltou os laços que prendiam a frente do vestido de Malikah, revelando seu espartilho novo, além de muito sensual.

— Isso já é provocação, mulher.

— Por quê? Não consegues tirá-lo de mim?

— Hum... — Rugindo feito uma fera, o advogado testou toda a sua paciência lidando com as diversas camadas das roupas de Malikah, que, mesmo com muito custo, acabou nua diante do marido. — Deus do céu, como és perfeita!

Ela não se acanhou. Pelo contrário, tratou de livrar Henrique das vestes elegantes também, algo que o estimulou ainda mais.

— Olha. Vê o que a senhora fez comigo. — O timbre da voz dele fez Malikah se arrepiar. Demorou uns cinco segundos até que se lembrou de seguir a ordem dele, abaixando o olhar.

Imediatamente sentiu o rosto em chamas.

— Sou eu o motivo de tudo isso? — ela riu, maliciosa. — Deveras?

— Ora, sua dissimulada, ainda duvidas?

Henrique colou os lábios nos dela, arrancando da mulher um beijo de enfraquecer as pernas. A língua dele enrolou na dela, depois afastou-se, tracejando os contornos da boca de Malikah, só a pontinha.

— Oh! Oh, amor! — Ela suspirou.

Ele adorou saber que era a fonte do prazer da, agora sim, sua esposa. E mais do que isso, Henrique estava arrebatado pela realidade de ser o homem dela para sempre. Era um sentimento tão poderoso, quase sobre-humano, que o fazia se sentir o maioral.

— Vem para a nossa cama, minha flor — sussurrou ele, conduzindo-a de costas, até que caíram sobre os lençóis. — O que tu queres?

— Tudo.

— Isso. Brinca com fogo.

Por alguma razão, tanto Henrique quanto Malikah tinham consciência de que essa seria diferente das outras vezes em que fizeram amor. Em especial porque agora ela era dele e ele, dela, para sempre.

Seus olhos pousaram nos da esposa. Em seguida, passearam pelas curvas de Malikah, lentamente.

— Quero-te — exigiu, tenso, apertando o maxilar.

— Tens-me.

E assim, depois de mais um beijo cálido, muitas preliminares, sussurros que beiravam a indecência, obtiveram o que tanto desejavam.

A alma dos dois pareceu saltar de seus corpos, voltando aos poucos, até que uma calmaria recaiu sobre eles, transmitindo-lhes paz.

À medida que suas respirações normalizavam, Malikah, aconchegada ao peito do marido, acariciava com suavidade as laterais do corpo de Henrique, incapaz de não admirar o lindo contraste que eles faziam.

Claro *versus* escuro, não mais um problema, uma aberração.

— Ouves, amor? — indagou ela, em meio à névoa causada pelo prazer saciado.

— O quê? — Henrique resmungou, sonolento.

— És meu. A despeito de tudo, agora és meu. Meu marido!

— Sim, definitivamente, teu marido — ele riu. — Teu homem, o pai do teu filho e de todos os outros que decerto ainda teremos.

Ainda que o cansaço fosse grande e o sono estivesse dando sinais de vida, Malikah e Henrique encontraram fôlego para mais uma rodada de amor. E depois outra, e outra, e outra mais...

Não foram os primeiros. Mas a batalha travada pelos dois para superar todos os limites impostos pelo racismo, pelo preconceito e pela escravidão ficaria marcada eternamente na história daquele Brasil, a colônia portuguesa de maior prestígio no mundo, arraigada aos costumes de uma sociedade ainda muito distante de ser exemplo para a humanidade do futuro.

Mas segundo um famoso ditado africano: "A esperança é o pilar do mundo".

Epílogo

Fases que vão e que vêm,
no secreto calendário
que um astrólogo arbitrário
inventou para meu uso.

E roda a melancolia
seu interminável fuso!

Cecília Meireles, "Lua adversa",
em *Vaga música*

Dez anos depois...

A viagem até Minas Gerais já não era assim tão custosa. Com a inauguração do Caminho de Goiás, ou Picada de Goiás, a estrada, aberta pelos aventureiros Francisco Rodrigues Gondim e Manuel Rodrigues Gondim, oferecia menos riscos aos viajantes, que agora levavam um tempo menor para chegar a Vila Rica e cercanias.

Henrique e Malikah partiram da Quinta Dona Regina, acompanhados por uma pequena comitiva, a fim de irem, com os filhos, visitar

Cécile e Fernão na Fazenda Real. Fazia meses que não se viam, tempo suficiente para deixar todos eles mortos de saudades.

Após a leitura do testamento de Euclides de Andrade, quando descobriram que o único herdeiro de sua fortuna era Henrique, os irmãos titubearam quanto às providências que deveriam ser tomadas com o intuito de resolver a questão. Por fim, entenderam que Henrique deveria tomar posse do que era seu por direito e dar o destino que quisesse aos bens.

Num primeiro momento, o advogado pensou em se desfazer de tudo, vendendo a quem lhe fizesse uma oferta razoável. No entanto, ao ouvir os apelos de Malikah, acabou desistindo. Sua esposa, sempre muito lúcida no que dizia respeito a tomadas de decisão, argumentou com propriedade, alertando o marido:

— Por mais que não desejes viver novamente naquele lugar, tampouco quero eu, trata-se de um patrimônio teu, meu querido. Está certo que não nos traz boas recordações, porém nossas mães foram enterradas lá. Além disso, se tocadas nos moldes que tu e Fernão gerenciais a Dona Regina, aquelas terras têm tudo para prosperar e ajudar muitos forros, como eu, a recomeçar a vida aqui na colônia.

Então Henrique escutou a mulher e manteve o patrimônio do pai, embora não soubesse como conseguiria administrá-lo a distância. Não podia nem pensar em morar naquela casa outra vez, muito menos submeter Malikah àquela provação. Eram tantas lembranças terríveis!

Até que Fernão encontrou a resposta, oferecendo-se para comprar parte das terras e se transferir para lá com Cécile e as filhas, Bárbara e Teresa, deixando sua propriedade para o irmão e a família. A proposta, em princípio, gerou estranhamento em todos, que se questionavam por que o ex-aventureiro, dono de uma fazenda tão organizada e produtiva, estava pensando em mudar de vida.

— Para ajudar meu irmão e plantar a semente do fim da escravidão por aquelas bandas também.

A separação se mostrou dura tão logo aconteceu. Malikah e Cécile, além das crianças, sentiam falta uma da outra. Porém firmaram o acordo de sempre se visitarem, pelo menos duas vezes anualmente: a família residente em Goiás, elevada à categoria de capitania em 1744, ia a Minas no primeiro semestre; a de Minas partia para o oeste na segunda metade do ano.

E era cumprindo esse pacto, que já funcionava havia quase uma década, que Cécile e Fernão não viam a hora de receber irmão, cunhada e sobrinhos.

Sendo assim, no dia 21 de abril de 1747, ao entardecer, os egressos de Goiás chegavam à Fazenda Real, agitando a casa-grande e levando muita alegria. Da varanda, o casal e as meninas, Bárbara e Teresa, com onze e nove anos respectivamente, observavam primeiro Henrique, em seguida Malikah e depois Hasan e Adana descerem da charrete. Pareciam exaustos.

O reencontro foi o causador de uma profusão de emoções explícitas. Houve muitos abraços apertados, lágrimas derramadas e risos incontidos. Os irmãos, com aquele jeito típico dos homens, trocaram tapas e socos nas costas, enquanto Malikah e Cécile pareciam duas jovenzinhas cheias de novidades — e hormônios. Ambas já tinham ultrapassado a casa dos trinta anos.

As meninas mais novas, Teresa e Adana — esta com oito anos —, davam pulinhos de felicidade e logo correram casa adentro, refugiando-se no quarto da primeira, cheio de brinquedos de madeira esculpidos por Akin, agora um homem-feito, forte igual a uma rocha. Vale destacar que ele partiu com Fernão e família para Minas Gerais, alegando ser fiel à amizade de sua Céci. O ex-aventureiro preferiu não dar importância ao fato de o rapaz adorar tanto a sua esposa.

Quanto a Bibiana, há muito tempo decidiu conduzir sua vida sem a interferência do pai, com quem voltou a se relacionar, mas sem a proximidade de antes. Porém essa é uma outra história, para ser contada numa nova ocasião.

Diferentemente do restante das pessoas envoltas pela aura de felicidade, Bárbara e Hasan, o belo rapazinho de quase treze anos, pareciam ressabiados. Quanto mais cresciam, menos conseguiam se relacionar como antigamente. A infância indo embora podia ser uma transição triste para muitas crianças.

— Olá — ela disse.

— Oi — respondeu ele.

— Quer ver a nova ninhada de gansos que nasceu esta semana? — convidou Bárbara, torcendo a saia do vestido com as duas mãos.

— Agora não. Estou cansado.

Em vez de se encolher com a resposta atravessada, a menina franziu a testa e fulminou Hasan com os gélidos olhos azuis, como os do pai.

Malikah e Cécile trocaram olhares cúmplices.

— Então entremos todos. O jantar será servido daqui a pouco.

Naquele mesmo dia, durante a animada refeição em que toda a família se reuniu em torno de uma imensa mesa, localizada diante do retrato de Inês de Andrade — sempre contemplado por Fernão —, Bárbara e Hasan mantiveram-se à parte das conversas pronunciadas em alto som.

— Amanhã quero visitar o túmulo de mamãe — anunciou Henrique, que ainda sentia um ligeiro desconforto entre as paredes daquela casa, por mais que Cécile tivesse trocado todos os móveis. Não sobrara absolutamente coisa alguma, nem mesmo um tamborete, da época de Euclides.

— Irei contigo — Malikah fez coro. — E depois podíamos levar as crianças para um passeio a Vila Rica. O que achas, Cécile?

— Uma excelente ideia! Há tanta beleza a se ver por lá. Hasan, querido, tu ficarás impressionado com as fontes. São inúmeras e tão exóticas!

— Sim, madrinha — o rapazinho respondeu.

— Bárbara sabe contar a história de quase todas — completou a francesa, procurando meios para quebrar o gelo entre os dois.

A menina enrubesceu e não confirmou a afirmação da mãe. Decidiu não dar trela para Hasan, que de repente se mostrava taciturno, parecendo não querer interagir com ela.

O jantar terminou tarde. Mesmo assim, todos ainda encontraram disposição para se reunir na grande varanda. Havia muitos assuntos para serem colocados em dia.

Aconchegados, os dois casais aproveitavam a companhia uns dos outros, enquanto as crianças brincavam com cavalinhos de pau.

— Odeio vir para cá — Hasan resmungou, entredentes, e só Bárbara ouviu.

— Então por que tu vens?

— Porque sou obrigado.

— Pois penso que tens idade suficiente para ficar por lá, já que tu não gostas daqui.

O menino deu de ombros.

Algo se quebrara ali, rompendo a amizade que um dia os mantivera unidos como irmãos.

Será que o destino preparava algo maior para eles?

A vida é uma lousa, em que o destino, para escrever um novo caso, precisa apagar o caso escrito.[21]

Notas

1. Corrente de ferro ou de madeira com que se prendia pelo pescoço um grupo de condenados ou que se punha no pescoço dos escravos.

2. "Não, não!", em iorubá.

3. Todos os africanos, ao chegarem ao Brasil, eram obrigados a adotar um nome de origem portuguesa, além de serem proibidos de praticar rituais típicos de suas tribos na África, como cultos religiosos.

4. A Igreja Católica alegava que o cativeiro era uma espécie de bênção para os negros, segundo Padre Antônio Vieira.

5. Em "Canto dos escravos", Canto II, interpretação de Clementina de Jesus.

6. Os *vissungos* eram não só canções de trabalho entoadas pelos negros, mas também em outras práticas do cotidiano dessas pessoas. Havia *vissungos* para o amanhecer, para a hora de comer, para o momento de desejo, para os enterros, entre outras atividades cotidianas.

7. Canto em língua africana que significa algo como "Mulher sacode as nádegas, que a chuva está para cair".

8. "Muito bom mesmo", em francês.

9. João 2: 15-17.

10. "Querida", em iorubá.

11. Está fazendo frio, a galinha está arrepiada e a crioula bonita, Dona Maria de Ouro Fino, está chorando por não poder ir à venda.

12. Movimento também conhecido como estrela.

13. "Amor meu", em iorubá.

14. Meu Iro,/ O que eu posso te dar?/ Meu Iro,/ O que eu posso te dar?/ Eu não tenho nada para dar./ Vou orar por você./ Sua vida vai ser feliz/ Até a eternidade.

15. Modo popular de se referir ao veneno da cobra.

16. "Meu amado filho", em iorubá.

17. Planta sagrada, guardiã dos terreiros.

18. "Querido", em francês.

19. "Meu amor", em francês.

20. Nome indígena do bem-te-vi.

21. Machado de Assis.

Agradecimentos

"Qual a sua palavra preferida? A minha é gratidão.

Penso que seja uma palavra com muitas gavetas onde guardamos retalhos e linha para costurarmos passado, presente e futuro num mesmo momento.

Além de ser uma palavra linda, é elegante e grande por natureza, já vem no aumentativo. Ela garante que a estrada por onde a vida traz o carregamento de sonhos continue aberta.

É uma palavra que me acorda todas as manhãs. Sou grato por tudo na minha vida, pelas coisas ruins e pelas situações boas. As ruins me mostram como me abrigar nas tempestades, já as boas me levam pras nuvens, bem acima dos furacões." – Allê Barbosa

Dedico as palavras acima a todas as pessoas que estão ao meu lado, tanto na vida pessoal como na carreira. Família, amigos, leitores, meus ídolos literários, todos têm sua parcela de responsabilidade no que conquistei até agora. Gostaria de dar alguns destaques especiais, em virtude da publicação deste que é meu oitavo livro:

Equipe da Editora Globo (meu carinho a todos dessa que é a editora mais fofa do mundo; Sarah Czapski Simoni <3) e da Villas-Boas & Moss Literary Agency (Luciana, obrigada por tudo).

Eugênia Ribas-Vieira, não só por ter me estimulado a permanecer nas trilhas dos romances históricos, afirmando que eu me encontrei nesse gênero, mas também pelas conversas, pelo apoio, pelo norte e pela fé em mim. Adoro você!

Rita Carvalho, minha mãe, que considera *O amor nos tempos do ouro* a melhor história que já escrevi e me incentivou a escrever esta sequência, sugerindo inclusive algumas cenas.

Aline Tavares, Ana Cláudia Fausto (e Helena, na barriga enquanto a história de Malikah se desenrolava), Ana Luísa Beleza, Janyelle Mayara (Janyel...), Mayra Carvalho (obrigada pelo lindo poema, mais uma vez), Rafaela Cavalhero (minha musa do design), Thaís Feitosa, Thaís Oliveira, Vivian Castro e Viviane Santos, minhas betas, amigas, pessoas que o amor pelos livros trouxe até mim. Que sorte a minha!

Glauciane Santos, que viu em mim algo que nem eu mesma enxergava. Amiga, o mundo ainda dará muitas voltas, mas eu nunca deixarei de ser grata a você.

Sídia e Dayanne, amigas "divas" queridas e indispensáveis. É nóis!

Gleice Henrique, pelo texto de abertura do livro, tão lindo que chorei.

Carolina Gama, pelo poema *Por nós dois*, composto em homenagem ao casal Cécile e Fernão, de *O amor nos tempos do ouro*.

Leitores espalhados por todo o Brasil e até de outros países (Portugal, Cabo Verde, Argentina, Colômbia), blogueiros, incentivadores do meu trabalho, recebam meu abraço apertado.

Familiares, amigos da Ensa, alunos.

Rogério, Hugo e João.

Nossa Senhora Aparecida, de quem sou devota por influência do meu pai e a quem entrego meu destino.

Este livro, composto na fonte Fairfield,
foi impresso em papel pólen soft 70 g/m² na gráfica Imprensa da Fé.
São Paulo, Brasil, julho de 2017.